白桦林
Bílé břízy

［捷克］阿尔诺什特·卢斯蒂格

杜常婧 译

中国青年出版社

自序

这本书,我很早之前就已经写好。起初它没能出版,接受审查之后,它以残缺不全的模样问世了。我知道,总有一天我会坐下来修复它,让它变成我想要的样子。然而时机来得不凑巧:一九八九年春天,博胡米尔·赫拉巴尔来到美国,给我捎来一个口信,说捷克斯洛伐克作家出版社愿意出版我的《夜之钻》、《夜与希望》和《蒂达·萨克索娃》,付给我二十万克朗,前提是我要在某地消费掉,比如在卡罗维发利①。对于这家出版社而言,二十一年来,我(像其他许多人一样)是个死人,一个不存在、无名无姓、没有现在更没有未来的人。我担心他们处理书稿时不尊重我的意愿,不征得我的同意。于是我说:不。除非所有在世的被禁作家的书稿都能得以出版——我愿意排在队伍的末端,在他们之后。秋天时,我聆听自己的心声改写了《白桦林》。围绕在布拉格极权主义文学周围的人们不理解,一个人六十岁后不是应多一些自省、少一些虚荣心吗?可就算最好的愿望或清白的良心也无法写成一本书,理出更佳的思路。我要说明情况。只有读者可以评判这本书。在此呈上。

---

① 位于捷克西北部,以温泉著称。

I

1

兵营一带寒冷荒芜得像片荒漠。西边是小块的松林,南边是农场,废弃的高岭土矿,"山冈",中间的白桦林如同立在银色沙滩上的翠绿小岛。二十八个男人列队进入辅助技术营①的兵营营区,绕开指挥部大楼,向铁丝栅栏后面的小木屋前进。他们很少唱歌。非唱不可时,他们就声嘶力竭地狂吼,跑调跑得厉害。他们从没去过"山冈"。"山冈"充满了秘密,或许它并没有那么神秘。(一个部队曾给"山冈"写了支歌儿,这歌新兵们已经不知道了。)"山冈"自上而下看起来让人联想到一只紧握的拳头,谜一般将这里激情燃烧的岁月握在掌心。

有时,辅助技术营的士兵们会把酒偷偷带进木屋。窗外的斜坡上响起一首歌,唱的是美丽的梅瑞狄斯,她是美国小说《瓜达康纳尔岛》里一名遇害水手的情人。他们把吉他、口琴或梳子包在薄纸里。(这种歌是不允许唱的,几个士兵已经为此被关过禁闭了。)

曲子在消散之前飘送到了"山冈"。

春天和秋天,兵营泥泞不堪。雨接连下了三五天没个停歇,

---

① 辅助技术营也叫做强制劳动军营,是前捷克斯洛伐克人民军队的一个单位。1950—1954年间,按照当时的《国防法》,对"政治上不可靠的人"进行拘留和教养工作。成立辅助技术营的一个重要原因也是为获得一定的廉价劳动力。

河水漫过堤岸,整个地区如同遭受了暴洪。夏天蚊子肆虐,冬日白雪封地。从十二月到二月末,"山冈"顶部巨大的雪块像一颗冻结的泪滴,仿佛以迅雷不及掩耳之势从苍穹坠落。

练习实弹射击的时候,也有鸟儿往返穿梭。秋天的联合训练、春天的进攻和防御、进军或撤离欧洲,在这些分段演练中,总有燕子飞来飞去。士兵们认得这些飞禽,这里是苍鹰、雀鹰和乌鸦的地盘。(不知什么原因,燕子选定了"山冈"作为往返途中的栖息地。)

城市离得很远。二战后,德国移民就从村子撤走了,他们大部分是玻璃工人、农民和矿工,在这里生活了上千年。他们留下了农舍、毁坏的棚屋、填平的水井、荒了的田地或是玻璃熔化炉的残迹,仓房、方塔与掩体那边练习射击的靶子遥遥相对。土地吸饱了石油,变了味道。被炸成齑粉的村庄让人回想起战争的罪孽,有罪的人和无罪的人,阵亡的战士,被强暴的妇女和遗孤的嘶喊声交织在一起,隐隐回荡。这回响包含了对责罚的想象,既有正义,也有复仇。这片土地能唤醒人们忘却的和残留的记忆。

战争过后,废弃的财产遭到掠夺。与衣服、农具和家族遗物的命运一样,许多家具,甚至连挂在墙上的画像和菜谱、绞肉机、磨咖啡或罂粟籽的磨粉机都被挪了地方。

在农场,军队占用了砖砌建筑作为临时军火供应站。人们不喜欢士兵。村民们害怕这些不稳定的军队势力。人们来了又去,不时为妻子、女儿和家禽,为少得可怜的家产,为种植蔬菜和马铃薯的小块土地而忧心忡忡,有时也为子猪而担惊受怕。辅助技术营的人员使这种忧虑进一步升级,他们被列为受罚部队。村民们没有产生幻觉:这是个劳动改造营,除了铁锹和十字镐,他们从没看见这支队伍的士兵拿过步枪、刺刀或其他武器。众所周知,辅助技术营在圣道布罗蒂瓦①和天堂城堡②兄弟部队里的人都是昔日的贵族,前银行经理或被没收了财产的财主的儿子们以及被共和国认为不可靠的人。那些没落贵族在娶了美国夫人的总统③统治下,从上一代就被废除了封号,他们把总统骑马的画像藏进了地窖:世界发生了翻天覆地的变化。社会分裂成两派,多数派是过去的受剥削者,另一派是曾经的剥削者,他们所谓的走狗更是有数不清的阶层分类。农民们从孩提时就清楚,得闭紧嘴巴跟上形势,以免引火烧身。

"全见鬼去吧。"辅助技术营来到的第一天,农场里年纪最大的妇女说。

"报应。"她男人补了一句。他是最老的自耕农之一,穿着缴获的没有编号的德国军服。

就连步兵也对佩戴 PTP④ 黑色徽章的人不屑一顾。这是一个兵种对另一个兵种表达鄙视的方式。

从复活节到圣诞节,大门入口处都挂有装饰着针叶枝的标语:为我们的社会主义祖国服务。除了标语,除了他们呼吸的空气和脚下踩着的土地,他们再没有什么是共同的了。

有时步兵们在辅助技术营工作队周围齐步走,冲他们大呼小叫,于是两方的指挥员们就命令他们唱歌。

在砍伐一空的林区后面,向西,直到能看到的地方为止,旧

---

① 位于捷克共和国中捷克州的拜隆县。
② 位于捷克共和国南摩拉维亚州的布尔诺市。
③ 指前捷克斯洛伐克第一任总统马萨里克(1850—1937),其妻夏洛特·加里格(1850—1923)为美国纽约人。
④ 辅助技术营的捷克语缩写。

坦克的残骸从泥土里挖出来。在四分五裂的带刺铁丝网和反坦克龙齿前面,筑起了新的防御线,奉总参谋部命令,谁都不得移走那些铁丝网和龙齿。这让人想起过期的日历和新日历,已经终结的战争和还未发动的战争,或两者兼而有之。抑或未经宣战而成为第三次世界大战的战争,谓之冷战。

边境警备军防守严密,他们有权逮捕或击毙任何一个试图穿越障碍进出国境的人。边境警备的战士配备有警犬,每一个被他们抓到或射伤的人,除非有通行证和赦免特权,否则警犬能在一扑之下咬穿他的喉咙。(部队喊着"我为人人,人人为我"的口号分得了猪排,晚饭是熏肉,狗吃的跟人一样。)农场的人已经习以为常。他们即便轻松地喝着啤酒也不会聊起这个话题,这对他们来说没什么关系。

农场成立了统一的农业合作社,养了一阵子马。马是由青年人来看管的。等合作社从养马变成养猪,许多年轻人从合作社离开了。

起初还留下几个姑娘,最后只剩了一个。她父亲是个酒鬼,过世了。她没有母亲,也没地方可去。(人们还说,她哥哥进了疯人院。)

她常常在禁区徘徊。大兵们逗弄她。她来到小路上,只遇到动物而已。农场还有马的时候,人们从拂晓到黄昏都能看见她。她一有空就去骑马。骑马并不会使她厌倦,而是令她精疲力竭。

一次午夜过后,人们看见她赤身裸体地骑着马,在薄雾迷蒙的黎明时分才回到农场,很可能是迷路了。薄雾缠绕着她和那匹马,她时近时远,如同雾一般游动。(当时还有人听见她唱歌。)

人们传言农场里养猪的姑娘是个疯丫头。据说有一次她问合作社的邻居,既然他是光棍一条,在城里的资助人又那么有势力,为什么不从几十个姑娘里挑一个娶了呢?为什么没出嫁的姑娘要等成老姑娘呢?有关这个赤身骑马的姑娘的流言,像流水一般连绵不绝,没有穷尽。

她一阵子与大兵们亲近,一阵子又不亲近。

一年里的大部分时间,边境都是寂静的。河水从未知的远方流淌而来,又向未知的远方流去,随着一年不同的季节变化,时而暗淡,时而微蓝或混浊,简直跟地图上描摹的一样。土堤斜坡下的岸边生长着白桦树,有着光秃秃的小枝和白色的树皮,一年中大部分时间,叶子都是饱满的绿色,有时微微颤动,有时静若处子。这使人联想到已经有过或将要发生的声音,与风、鸟群、树、虫子、天空、河水或"山冈"发出的声音相仿。

兵营周围几乎所有的白桦树都被士兵们砍倒了。被劈成条块烧火用的木头还来不及运走,它们腐烂时发出的声音犹如土地或人在恸哭。下雨之前,天气闷热潮湿,木头就会发出荧光。人们不清楚自己过的是无知无觉的日子。河水和雨水在水波里说话。晚春时节,小乌鸦出生了。两三个世纪以来,鸦群在不断壮大,从黎明到黄昏,从夜晚到清晨,呱呱的叫声充盈着这个地区。长久以来这里的声音来自水和天,还有各种风声,乌鸦的穿行,地壳的裂动,这种运动以自己的频率持续着,恒久不变,无人可以搅扰。

傍晚,雾从林子里升起来,兵营里开始传出打闹声。打架不需要什么理由,但凡有点由头就能瞬间触发。可能人类需要宏大的战争,也需要小打小闹。这就像人都会有自己喜欢的人,也有嫌恶的人。又好比人们看见有人戴着转运的辟邪物,就相信再戴一件会给他带来霉运。如果战争不能使一个人的自我得到满足,另一场战争必定爆发。有时仅仅是因为他对战争无动于衷,或者兴致勃勃。(除了与敌人作战,或许人也需要跟朋友交战。人们不知道用什么方式来宣泄自己的情绪,如果敌人比朋友更好找,选择对手就容易得多了。)

根据军事报告记载,打架事件是由压力、无聊或误会引起的。很少有这类事件记录到军事报告中,报告每天都要送到卡罗维发利的师部去。指挥员也可以通过改变驻军的过去或现在而改变他们的将来——至少在报告里。正如上一个指挥员所说:"没头脑的人才往自己军队的脸上抹黑。家丑不能外扬。"

上一次,步兵们抓到辅助技术营的士兵,把他给臭揍了一顿,倒不是因为他是"茨冈人"(就算也有点这方面的原因),而是出于愤怒:步兵一整天都必须操练,完了还得修理坦克。

旧的军事法规废除后,宵禁也连带被取消,军队解散以后斗殴就开始了。步兵们在十点整解散。十点零三分辅助技术营的士兵们就展开行动。受伤的人被军团的救护车运走,土地上暗褐色的污渍到下雨时才能冲洗干净。

由于类似的打架事件,两个月前老指挥员刚一上任就被罢免了。一名大尉接替了他的位子。这位新任长官此前在卡罗维发利那个地方的师部服务,做反间谍工作。

他通过了相关的指挥速成训练。他发现,凡事总有利有弊,辅助技术营的这桩差事也是如此。"我们在那边需要个可靠的人,"将军对他说,"您相信人民,您热爱人民。他们正等着您呢。"

"遵命,将军。"大尉回答。

在大尉的无数个梦里必须忍受"遵命"这个词的反复回响。他把它看做是紧闭的门和打开的门。要他容忍这件事,必须赋予它意义,从负面的意义里抽离出正面的,从无用的意义抽离出实用的。(如果他有孩子和更好的婚姻,可能就不用这么全神贯注地思考了。)这思考中涵盖了过去和未来。我们所有人都必须去其他地方看看,大尉想。

大尉听到一支歌,在唱我们前进吧,同志们,到我们自己的地方……我们已经打过最后一场仗了……大尉不知道士兵们是认真在唱,还是自我解嘲地吼那么两嗓子。

他们在唱对土地和铁丝网的爱,这让大尉冒火了,同时他又妒忌他们所相信的东西,也可能是他自己的误解吧。他怀疑他们的诚意是否经得住考验。他可以闯进连队寝室,让值班员喝令制止他们。或者他无声无息地现身,让他们消停下来,可他烦透了为让歌声停止而对他们发号施令。他不能禁止他们喘气。这是爱国者与自己的土地分享的歌唱,对铁丝网之爱的歌唱。难道他们唱的不是事实吗?土地属于每一个降生在这里的人。

他们唱起怀旧的歌,说好明天再唱,那时大尉就不在这儿了。他听到一堆混杂的声音,分不清谁是谁的。

即使他不认同这些歌,也可以跟他们一块儿唱。他觉察到有些刺儿是冲着师部军官们去的。他们梦着另一种他们无法体验的生活,梦境使这种生活显得更加丰满。他们根本不在意许多人因为唱这种歌而被关禁闭。

"狗杂种,"被免职的老指挥员说,"我从第一秒钟就看清了我到这儿来带的是些什么东西,他们这种样子非被关起来不可。"他同新来的指挥员握了握手,"或许您能想办法让他们之间不起内讧。"

辅助技术营的士兵们穿了打着补丁的制服,通常都没有腰带。他们只进行队列训练,就连接近消防设备的权利都没有。(大尉已经就这一点写报告给师部了。)他们把守着三条路,两条通往指挥部,第三条通向农场。他们几乎嘲弄一切事情:包括实例说明,比如蘑菇云如果向东面和西面扩散,双方的军队均会遭到辐射,北面和南面无人居住的土地也会受到影响。再比如核武器会使世界重新从一穷二白的状态开始。隐蔽在较深的原子弹防空洞里,就可以幸存下来。他们拒绝接受这种观点,是因为他们永远也造不出这样的隐蔽所吗?军人的美德使他们掌握了与行军灶不离不弃的艺术。他们的工作一接近农家,他们就蜕变成地道的农夫。大尉接管他们之前,他们在猴子峡谷工作,峡谷位于巴伐利亚边境的分隔区附近,距离允许住人的标记线还有五十米。那边除了茅屋里的老大爷已经无人居住了。

"他们不是人,简直是一摊烂泥。"老大爷说。刚来第一天时,他们吃完了他的午饭,随身带走了两个夹了点树莓酱的黑麦面包,还把啤酒喝得精光,闻起来一身恶臭。

辅助技术营的状况与送交师部报告上写的很少一致。大尉接到任务,要在林中空地掘出炮台和散兵坑,建三个可以一览邻国和我国数十公里范围的瞭望台。

"他们的腿看起来像是灌了铅。"门口的哨兵第一次看见他们时说,当时他刚完成基本训练,过来换岗。

这是一片绿色的荒野。他们不知道龟裂的土地里埋着炸药陷阱、自动触发设备、带电铁丝和精密的信号系统,这些装置都由最优秀的工程师们参与设计。铁丝不会对强风作出反应。对于野猫、刺猬或其他毛手毛脚的丛林动物造成的破坏,这些设备都会敏锐地自我修复,重启到戒备状态。

周六和周日,还有平时晚上,辅助技术营的大兵和村民们在小酒馆里侃大山,人民委员会就设在那里。貌似委员会的人倒愿意隔着一百公里远的距离跟这些人对看。他们把一个马倌关了起来,因为他说国家从白山战役①溃败之后就不打仗了,在两次世界大战面临生死存亡的关头也束手就擒②,国家不需要军队,还不如让他们去采购比利时牲口呢。(他们唯一能做而且能做好的事情,就是生产数以亿计的子弹和高度发达的武器,低价出售给外国军队和国家。)他们过了一个月就放了他,因为农场上人手不够。

去年,农场的一个女人不得不把房门锁上两道,在屋里等她丈夫从田里回来。大兵们来借水,听他们说混凝土的硬度还不够。"茨冈人"对那女人说,他会从手掌中读出命运,只换个夹火腿的面包就行。她还能享受多少年夫妻生活?会不会偶尔也能有个外遇?她的孩子们会怎样?说话的工夫,窗口和窗纱间的一打鲜苹果就不见了。

村民们的传言,连辅助技术营这个受罚单位的大兵们也不放过。对村民们来说,他们没有什么差别,村民全凭着绿色、红色和黑色肩章来认人。小酒馆里的人们相信,辅助技术营的士兵里有个心绪烦乱的"牧师"。(据说,他因为叛国罪被押送庭前,由于证据不足获释,还有人补充说是由于"无罪责"。)这些小道消息在人们喝啤酒时被传得口沫横飞。

据说"茨冈人"从手掌读出了上一个指挥员兼少校的天机,说他要去某个地方,赚很多钱。"茨冈人"也不知道去哪儿,大多

---

① 发生在1620年的神圣罗马帝国,是"三十年战争"中具有决定性意义的一场战役,标志着波希米亚时代的终结。
② 史实为:第一次世界大战所遭受的大失败导致了奥匈帝国的崩溃,1918年10月28日捷克斯洛伐克共和国成立。第二次世界大战期间,捷克斯洛伐克部分地区被纳粹德国占领,其他地区成立了波希米亚-摩拉维亚保护国和斯洛伐克共和国两个傀儡。

数情况他都说不出所以然。少校没什么可遗憾的。我们所有人都会死,但很少有人知道是在哪一天,几点钟。"茨冈人"为此蹲了十四天牛棚。少校则被搞得一头雾水。

冬末,大尉接管兵营时,军团里出现了偷柴火的事件。搁在深沟里的一根根树桩和原木不翼而飞。军官里有人认为辅助技术营的士兵们与这桩丑闻有染。而大尉拒绝惩罚他们,除非军官里有人拿得出证据。

木材的事没有任何蛛丝马迹。总部那边把大尉叫了去,他在那边待到了十一点钟。师部正派人到团部调查,他们害怕面对军区的检查。他应该在没有证据的情况下认罪吗?这么一来,就会有军官对士兵提出指控。还是等证据摆到他眼前再确认是谁的罪吧。两种选择他都不愿接受。在军队里,荣誉原则不是应该对所有人都同样适用吗?军人不是应该做到不偷窃、不撒谎、不欺瞒吗?大尉辩解说:哨兵的证词不足为信,难道他们看见步兵和工兵小屋的火比其他时候烧得旺了?坦克兵几乎都生火的。

接下来的十五个晚上,辅助技术营木屋顶上的烟囱一直没有冒烟。

2

大尉看到男人们听见重型车的声音都转过身来。他下令上等兵(大兵们给他取了个绰号叫"犹大")停止工作。这是个大晴天。军营的士兵们放下工具,准备吃午饭。工头坐在自己的自行车旁,他是民政管理处的职工。大尉带着几分不情愿集合起队伍。

"师部那里又来了命令,要查证木材被盗的事。看起来这事还没完。(上头有人在跟他作对吗?)我担心的事儿发生了。我按规定向你们宣读命令。"

他的话感觉很疏远,他一边宣读命令一边希望已经去掉了这份烦心事儿。(如果是步兵、工兵或坦克兵们偷了木材还不承认,那部队里总该有人听到些被盗木材的风声吧?)

回答他的只有默然的敌意。

"没人听说过吗?"

没人听说。这是他的麻烦,不是他们的。他试图从一列列士兵的沉默中读出些什么。从他们的动作里读,从他们毫不掩饰的漠不关心里读。他的眼睛停留在"十九岁"的脸上。"十九岁"像只关在笼子里的猫一样瞪着眼睛。(所有人都有点像关在笼子里的猫一样瞪着眼睛。)

这不是第一次集合、第一次调查。大尉恨不能像童话里的苍蝇一样拥有瞬间的超能力,探听他们解散之前会说些什么。对于军团、师部和军区的许多人来说,他们是隐形的,仿佛就不存在。大尉的脸上露出尴尬的表情,混杂着坦诚、公正和无奈。他在脑子里看到办公室记录表填上了八点钟,他们对他进行疲劳审讯,没有人感到满意。士兵们跟他谈话如同跟外国人交流,他表现得像个无能的指挥员。(他该何去何从?)

"战士,您处在我的位置上会怎么办?"他问"麦基克"。

"我不在您的位置上,大尉同志。"

"您以为这么一来就能把一切都敷衍过去了?"

"我尽量遵守规定。"

"所有规定?"

"凡是要求和执行的规定,大尉同志。"

"噢。"士兵们又开始鼓噪了。

"我没问你们，"大尉说，"等我想问你们的时候，你们再说话。"

部队里传过一个看不见的动作。可能只是有人在跺脚后跟，把重量从一条腿移到另一条。大尉用目光扫了他们一遍："麦基克"，"猴猴"，"十九岁"（他又像只笼子里的猫似的瞪着眼睛了），"黎高－黎高"，"检察官"，"兄弟俩"，"查拉"，"文身"，"索姆拉克"。二十八个男人，一支凝聚在一起的营队，这个"凝聚"指的倒不是战斗经验或共同操练什么的，他们每个人都很有个性，难以归类。他可以在办公室让他们叫做"犹大"的上等兵帮忙，但是他从老指挥员的经历知道，上等兵做的事已经远远超过他自己的意愿了。

"我们生活在中庸的时代，大尉同志，""麦基克"补充说，"中庸在主导，中庸掌握生杀予夺的大权，中庸在窃取和杀戮。"

"我没问这个，我也不这么认为。"大尉说。

大尉并不否认他们的能力：不论是外在的还是内在的。但起码有一点，他们没有共同语言。他们倚赖现实和幻想来支撑自己。他们能改变吗？如果不是自我改造，人能改变到什么程度——除非是被迫？他们只对享乐感兴趣。他们宁可追求幼儿园一般的生活，被玩具包围着？他们想逍遥自在地摆脱一切，甚至对最恶劣的行径视而不见？昨天宣读命令前，"十九岁"在给"文身"讲，他怎么把一只白色的麻雀放到麻雀堆里，结果它被其他麻雀给啄死了。（"文身"很奇怪，为何鸟类忍受不了差异。为什么人类就不一样呢？）军事图书馆里的一本书让他印象深刻，那本书讲的是日本渔村老人的故事。当他们意识到自己成为年轻人的累赘时，他们用石头敲碎自己的牙齿，到山里去。没了牙齿就没办法咀嚼,在这种情况下连狼都生存不下去。

"我想知道,您对生活期望些什么。"大尉说。

"您前十分钟所谈到的新生活。""麦基克"说。

"对您来说只是个词儿?"

"我们已经习惯了,大尉同志。"

"您那个词并没回答我的问题。"

"对于我自己来说,我不喜欢什么事不温不火地发生。生活应该要么冷若冰霜,要么热情似火。"

"怎么讲?"

"就像我已经多次意识到的,大尉同志:生命是一种馈赠。而活着是种天赋,天赋是稀罕的。"

重型车缓慢地靠近了。布满深水洼的路变得拥挤不堪,尘土飞扬。

大尉转向上等兵:"解散吧。"

他们以为他会去射击场看看,卡车就是从那儿开过来的。他只往那边走了一小段。射击场上,工兵们在挖掘射击位置,参照的图纸与他们开始的不一样。这么一来,辅助技术营的工作算是(又一次)白干了。

上等兵下达了稍息和解散的口令。大尉让开路,好避开一会儿重型车搅起的尘土。部队的队形被分解了。二十八个男人。

3

工头转过身,看到角落里大尉的眼睛。工头待在自己的自行车旁,从背包里拿出午饭。他没掺和到这桩军事公案中。(他自己的事情已经够多了。)他把大尉看做是可以含沙射影的对象。每个时期他都给自己假想一个魔鬼。第一次是十字军,第二次是社会主义者,下一个天晓得会是谁了。他并没吃到什么苦头,在碰钉子之前他就掉转方向了。(如同战争期间,犹太邻居们开始在胸前佩戴黄星①一样。现在,还为时尚早。)

　　大尉穿着自己无懈可击的制服,迈着步子,腰杆挺得跟标尺似的。他不像总部军官们那么肥胖,一坐下裤缝都要撑爆了。对于工头来说,大尉是这么一种人,他会把周围人所没有(或许他们也有)的特点归结到他们身上。上面可能会把他又像前任指挥员一样召回去,派给另一个军营和守备部队。大概大尉会像他的前任以及极有可能出现的继任一样,找到比现在更好的位置吧。他们派他到哪儿,他就俯首帖耳地到哪儿。这些新人像多米诺骨牌似的,工头想。他们就像是连在火车头后边的车厢。而轨道通向哪里,只有老天爷知道。为什么早上他们不把工字钢的横梁运来呢?工头已经等了三个星期了。他再火大也没有用,他们连装细一点软沙的沙袋也不运。调度上下扯皮,他们总能找到替罪羊。希特勒时期之后,这方面没有多大改观。所有人都互相推诿,没人肯负责任,后果难以估量。也许这跟希特勒时期不能同日而语,可其他的事——怠工要坐班房,全家受处分,孩子们不能进入高等院校,这一点倒颇为相似。这也是多米诺骨牌,跟连接在"火车头后的车厢"一样相互作用,即便立着也在行驶。起初,工头以为军队什么都不缺。到目前为止,就算不是应有尽有,部队分到肉的分量也要大一些,更不用提军官们的待遇了。他们有一份美差,全世界都害怕战争。除此之外,没

----
① 1938年纳粹政权实施反犹、排犹政策,规定犹太人必须佩戴六角黄星标志以示身份。二战后,作为死亡标志的黄星变成了荣誉勋章。

有别的。

工头开始吃饭。

4

泥浆灌进姑娘的大皮靴里,她消失在挖出来的黏土堆后面。她在农场工作,有时候,清晨五点钟已经有一大堆活要干了。

重型车运来了午饭。"十九岁"叫住军营旁边拿着工具的工头,说他没把他做的所有工作都记下来。"十九岁"的声音让大尉怔住了,他从这声音里听出他没料到的倔犟。"十九岁"的执拗盖过了昨天的冷漠。(从昨天起,"十九岁"不时被水塘和水洼里的水溅到,他在修一条总有卡车过往的道路。)

"我们午饭后再处理这事。""十九岁"撂下一句话。

"我们没什么事可处理的,"工头回答,"我记下了我看见您做的事。我们计量方法一样。"

"麦基克"给"十九岁"提了点意见,这些大尉已经听不见了。(根据老指挥员的报告,"麦基克"写给维也纳的母亲:"有些事情毫无价值,赋予它更大的意义是浪费时间。"上一任指挥员像万灵节的水怪一样搜集兵营里士兵们的言论。)"麦基克"学过心理学,他们让他把时间用在警犬身上,他负责十二只狗。后来,师部下达了警戒命令,他们就把他安排到这个敏感的位置上。"麦基克"教给军官们一条基本准则:别对警犬们表现出恐惧。面对他们养的兽类,没有人敢接近罚点球十米的范围内。"麦基克"靠近一只警犬,它仰面躺着,带着对异类敢于靠近的诧异,让他在自己肚皮上搔痒。老指挥员警告过他:"战士,您别以为能像对狗那样对付我们。"

昨天夜里,为了摆脱对未解决的木材案的怒火,也因为已经有十四天没有给布拉格的妻子写信,大尉读了屠格涅夫的《春潮》①。(一个男人爱着一个女人,甚至愿意为她献出生命,为什么要跟另一个他瞧不起的女人在一起呢?为什么人们不能相互理解?他们害怕自己,甚至害怕那些最亲近的人吗?人与人距离越近,就越疏远吗?爱情里的弱者为什么羡慕那些强者?)他想着屠格涅夫小说里的那句话:"弱者从来都没能力自己了结什么事,他们只是等待事情自行了结。"他想到自己的妻子,想到婚姻的神圣,想到男人和女人的共存以及他们的相似之处。处在他的情形下,可能连但丁也理解不了这种感天动地的爱情。大尉对妻子的爱是悲哀的。他们的感情不像双塔教堂,他们缺乏庄重与虔诚,因为肉体的接触,这两个"塔身"就会发生变化。

他们的关系缺少亲密性,缺少一种可以延长亲昵关系的亲密,这种亲密会激起同生共死、一起体验爱的愿望。情人们总感觉会先于心爱的人离开,死在对方的怀里。有时,大尉感到羞愧,他在妻子身旁好几次都想死。

太阳烤着大尉的面颊,他在想营队里男人们的荣誉列表。如果荣誉对所有人的意义都一样,就好办了。大尉又想到士兵们的名字和绰号,还有他们为什么会有这样的绰号。名字包含着什么?大尉的妻子名叫卡特琳娜,意思是内心的纯洁。(她父母翻了两本旧祈祷书和半本电话簿,才定下她的名字。)

"猴猴"被叫做"猴猴",不会是个巧合。他走起路来像个猴子,把身体的重量从一条腿换到另一条,还能单腿立着。现在,他正在挠胳膊肘,"检察官"在他旁边站着。餐车旁队伍里的第四个

---

① 屠格涅夫写于1872年的中篇小说,讲述了一个感人的爱情故事。

是上等兵,他被叫做"犹大"(大概只有他们知道为什么)。有些绰号会引起让人不舒服的联想,比如"牧师"、"荷兰人"、"查拉"、"文身"、"兄弟俩"("哥哥"和"弟弟")、"索姆拉克"、"黎高-黎高"。他们里面还有个"伽利略",有时他们也管"麦基克"叫"施韦策医生"。他们给一个人起了"林德伯格"的绰号,但大尉看到文件才知道,这个外号跟航空没有一点关系①。这个大兵的妻子在利贝雷茨②,她的宝宝在商场里连同婴儿车都被偷走了。大兵的父亲和岳父都是小业主,所以他被安排到辅助技术营。

兵营附近的"山冈"一直没有名字。为什么呢?山顶的岩块是从哪儿冒出来的呢?有时,"山冈"令大尉联想到女人,怀孕的妇女或是给婴儿哺乳的妇女。它像女人的乳房、手掌、收紧的双腿和膝盖。(或是没有干涸的泪滴。)他在心里为"山冈"寻找一个名字。他在什么地方不是听过有人把"山冈"叫做"爱情"吗?就算差得再远也无所谓,"山冈"可以被冠以任何名字:"丑八怪"、"船"、"真理"、"信心"、"世界的尽头"。

最后,大尉想起了部队邮局。直到下午五点,邮局的嘎斯牌越野车才在左边斜坡后露脸:车灯、挡泥板和车身侧翼、一个前轮,接下来是溅上泥浆的车厢。稍后,他可能会收到妻子的来信。

排队领午饭的队伍中,士兵们在谈论着什么。因为刮风,大尉没有听全。

"他们盗窃词语。""牧师"说。

---

① 查尔斯·奥古斯·林德伯格(1902—1974),美国飞行员,作家,发明家和探险家,曾在20世纪20年代末30年代初为促进美国航空业的发展作出过贡献。1932年他的男婴被绑架杀害,这起案件被称为"世纪之案",并导致林德伯格携家人于1935年逃离美国到欧洲定居,在那里居住到日军偷袭珍珠港。
② 位于捷克共和国北部。

"牧师"认为纳粹开始改变词语和它的意义。当然,他们最终不仅仅是消灭词语。词语跟人一样,有自己的精神:它们可以被重塑、改造、扼杀,被驱赶到遗忘的角落。然后,他们可以假装人和词语一样,把婴儿、肢体残疾的人、盲人、聋哑人、同性恋者赶尽杀绝。他们认为,他们想到的这些人妨碍了他们。

"麦基克"说:"纳粹们梦想着最美好的东西,但只是为了他们自己,以伤害别人为基础。我经常跟我爸爸说这事儿。"

"牧师"质疑他们为最残忍的事情所做的道歉,这些话听起来比他们掩盖的行为和罪恶要温和得多。(首先,从人群里找出另一个阶级的成员,然后是阶级敌人,要像对待敌人一样对待他们。就算最正直的人,也可以反过来作为最一无是处的人来处置。有多少人就是这么到了辅助技术营的?)

"他对此既不愿哭哭啼啼,也不感到痛心疾首。对我来说这不是个悲剧,""麦基克"说,"我不想篡夺真理的特权。"

大尉想到词语的多层含义,语言的灵活性;想到他们只敢暗示些类似的话;想到应考虑到所有情况的审核或判决;想到为什么"牧师"和"麦基克"这么频繁地绕在纳粹主义的话题上。

他的思想跳跃到坐落在军区宫殿里的图书馆。宫殿是财主们没花几个子儿,从破产的贵族手里买下,又被政府征用了的。图书馆闲置了半年,人们才用内政部没收卡罗维发利地区办事处地窖里的书籍把它填满。没人想到去读这些书,它们的书脊是镀金的。这些书象征着被毁灭的词语吗?那些被判定缄默的词语?

"我是从德国知道这件事的,""麦基克"补充说,"从对词语的谴责和灭绝到对人性的否决和屠戮。"他又说,"即使连奥地利他们也不放过。他们烧书时,母亲的女友从他们小屋的屋顶上观察着边境。她说,这令她情绪十分激动。那景象几乎像空袭一样,变态的美感让人不安。"

"麦基克"所说的是多么残酷的逻辑!大尉并不怀疑,他的目的是消除一切疑虑,包括兵营里男人们的疑虑。

"鸡巴。""十九岁"冲工头说。

"您别侮辱人。"工头抗议。他咬了口夹着冷肉卷的面包,咽下去,又就了口黄瓜。(他把蜂蜜滴到装黄瓜的瓶子里。)昨天,他在小背包里发现一只绿色的玻璃珠,原先是女便鞋上的东西。(这让他很感兴趣,大兵们是在哪儿拿的谁的女鞋呢?他们才不管那姑娘不得不光着一只脚回家呢。他们有时也玩牌赢玻璃珠,珠子是在从卡罗维发利师部来的医生们停车时,他们在救护车上拿的。他们能把假手、假腿放进他的私人背包,可能还会放上装有祖母骨灰的骨灰盒,或是拿它作玩牌时的赌注。)

大尉张了张嘴,但没将"十九岁"喝住。

大尉学会了辨别语调,懂得话说出来的轻重意味着什么。别人如何接受这些话,其中深藏玄机。(嘲弄的口吻可以表达出辛酸。)他还可以高兴的是,他们不是在聊性器官的大小。只要聊到女人的事,他们就一点儿智商也没有了。

"他对这事从里到外都支支吾吾。""查拉"回应"十九岁"的话。

"只要他在那上面把事实给我写出来就够了,""十九岁"说,"是全部工作,不是一半。"

工头没有低估辅助技术营男人们的无法无天。(他们对于公正持有不屈不挠的态度。)他们不会无缘无故被发配到这儿来。他不愿费神把眼睛从饭菜上挪开,去看"十九岁"满是泥土的发黑的脸、脖子和双手。他会在其他地方解决这件事。一切都来得及，没必要去招惹什么傻帽儿。关于魔鬼和它与人的契约的想象回到了他的头脑之中。"十九岁"的眼睛让他联想到冥界，那是孤独终老的大尉和他工头命运的最终去处。

"十九岁"朝工头放话，发誓会把他废了的。工头不吃这一套。眼下，他们已经把他的自行车从车把到链条都给整变形了，他的车铃也被他们卸了几回。（他们把车链条当做武器，带到了小酒馆。）大尉考虑着，在"十九岁"和工头的冲突中，他要倾向于哪一方。作为指挥员，意味着要像法官一样行事。他认识到作为一名军官的特权，这既是职业，也是使命。他的生活不错（或者可以说很安逸，有保障），尽管总有什么在对他耳语，他过得并不好。（不是因为女人，就是因为士兵们。或者因为他没有孩子。）士兵们从不知道他在维护谁：工头，还是士兵们。他们不会提前知道他会作出什么决定。

他用望远镜瞄准等饭的士兵们。有那么一刻，他觉得"十九岁"的眼睛里有一些狂暴的东西。午饭后，他必须跟工头说，把"十九岁"安顿好。人性并不美好，因为它复杂、狡猾、反复无常。他们还必须勒紧裤腰带，放弃一些自由和权利，以便最终可以不受掌控，能够自由地思考，在他们喜欢的地方做有创造性的工作。等到每个人都不再挨饿的时候，多余的疾病也消失不见，所有人的头顶上都会有一片屋檐。这是令人欢欣鼓舞的梦想。上等兵的面孔在望远镜的一个镜筒里闪过。告密者的机制令大尉深恶痛绝，这些人在自己的过去修补漏洞，靠挖别人的污点加官晋爵。多亏了这些告密者，在文件里对每个人才能有些记录。（似乎老指挥员靠告密者的贡献很吃得开——在情况开始变糟之前。）"麦基克"宣称——在前指挥员的文件里写着——"社会主义是刚放到罐头里的腌肉。等放久了，蛆虫钻了进去，让人失去了食欲"。他对小施特劳斯《蝙蝠》①的喜爱在《国际歌》和伊扎克·杜纳耶夫斯基②的轻歌剧之上。（关于他在政治教育室说的社会主义的帝国主义敌人的话也有记录：如果美国不加入第二次世界大战，希特勒和纳粹分子们已经征服欧洲。如果他们研制出了原子弹，大概会不假思索地使用它。③ 他还说，如果入侵提前一年发生，谁知道地图会是什么样呢？在至少五千五百万死者中，有多少无辜被屠杀的人还快活地满世界跑呢。他拒绝承认世界地图标示出善与恶的界限。他还说，美国在战争期间制造出二十九万六千架飞机、十万零两千辆坦克和八万八千艘船。美国生产的武器不仅帮助了西方，也助了东方④一臂之力。或许少校同志想抵赖这件事？是谁解放了比尔森和罗基查尼⑤?）对"麦基克"来说，大尉的例子再明显不过。这总是谁和谁的问题。每个人都想方设法保全自己。大尉改变对许多人的评判，难道不是主要希望改善他们对他自己的态度吗？大尉希望"社会主义"对任何人来说都不是一个脏词儿。

　　石头间一只老鼠一闪而过。大尉的额前忽然浮现出对秃鹰的想象，尽管天空中没有一丝秃鹰的踪迹。

---

① 奥地利作曲家小约翰·施特劳斯于1874年写成的三幕轻歌剧，是他创作的十六部歌剧中最为著名的一部。
② 伊扎克·杜纳耶夫斯基(1900—1955)，苏联作曲家、指挥家。
③ 此处的"他们"指德国纳粹势力。1942年美国政府制定庞大的"曼哈顿工程区"计划，动用人力约60万，投资20多亿美元，在1945年研制出3枚原子弹，使美国成为第一个拥有原子弹的国家。美国先后对日本的广岛和长崎进行轰炸，日本无条件投降，第二次世界大战宣告结束。
④ 二战结束后，出现了"社会主义阵营"和"资本主义阵营"的对峙和冷战，通常把二者的关系称为东西方关系，文中指的是当时的概念。目前对东西方国家划分的界限已经逐渐模糊。
⑤ 比尔森和罗基查尼均为捷克地名，捷克斯洛伐克在二战时属于反法西斯阵营。

他们在政治教育室进行了关于人权的公开讨论。"文身"抬高他去过的西方的人权,不过他很惋惜没去斯德哥尔摩,他梦中的城市。大尉就这一点向他建议,在一只托盘里放上铁饭碗(对此"文身"意味深长地咳了一声)、免费的医疗保健(一个绰号叫"勇士"的士兵只叹了口气)和世界上最廉价的交通,在另一只托盘里放上西方大肆宣传(而很少履行)的权利:言论自由、宗教信仰自由(可能就没有)和移民以及再回国的权利,作个比较。

大尉相信,有朝一日革命会给所有人带来一切。有朝一日这个说法让一些大兵们发出无声的叹息。另一些人则左耳进右耳出,跟听检查差不多。他们还要等多久?要不让"猴猴"……

大尉被营队里士兵们的独特性所吸引,不论是他们的整体特点还是细微之处。他每每跟他们谈论这些,或对他们进行研究,都感觉像是在看一幅他从未见过的图画。有时他觉得是在自我审视,观察自己隐藏的本性,在任何基本鉴定中均隐而未现的本性。这一本性潜伏在每个人的最深处,谁都不会了解,有时即便是自己的母亲也不知道。本性在表面并不显现出来。他知道,尽管他们有自己的档案或老指挥员们填写的资料,所有人都有自己隐秘的生活。他像其他人一样,对这一内在生活的积极面和消极面都无法窥视。

大尉知道,与军事系统抗衡是很困难的。(他拒绝对其妥协。)他试着提过几次改良的建议(比如打了许多电话),欲反映到将军那里,结果石沉大海,在往上面传达的途中不知丢失在哪里。规章是可以改的,要么早早申诉,要么让比大尉更有影响力的人提出。毕竟谁都不喜欢给别人找麻烦的人,给他们增加工作跟搅浑一池清水一样惹人厌,他们能躲则躲。这些制造麻烦的人跟常识作对,至少是在指控别人愚蠢。在哪怕最小的改善建议里，人人都看出对军队和整个系统的威胁。大尉注意到，尝试改变规章的军官升职要等很久。每项建议都得到一个反应，那就是质疑规章的变动，质疑要调整和规定的事情。

这是个无名军官、党派人士和政府官员们的无名帝国。如果一切都各在其位，为什么要改变呢？

他听到重型车在背后停下。他又把望远镜放到眼前。一只秃鹰在空中盘旋，它在高空滑翔，翅膀长久地一动不动。天空无边无际，这只猛禽像是浮游在碧蓝的海上。大尉在望远镜的十字线中心仔细地观察它。秃鹰向上攀升，又螺旋下降，把自己的剪影铺陈在苍穹之上：两翼、身体，只有强有力的鹰爪看不出来。大尉在想象中，补上它有弹性的食管和嗉囊。

秃鹰忽然向下俯冲，去扑地上的一只老鼠。"我们逮着了。"大尉小声说。永远是一样的情形。会永远一样吗？

这让他想到那只死在他办公室保险柜里的老鼠。在它啃过的机密文件里，有上一任指挥员没收的士兵们的图片。等这些图片准许传阅时，应该把它们拿出来。那里面有荷兰画家的复制品，像明信片那么大小：穿着白衣，汗流浃背的女人躺在后面，明显是产妇的形象；她左边坐着一个女子，从窗户往右能看见城市，一个男性生殖器在上升。在代表土地的立方体中心，一只鸟从裸体女人飞向男性生殖器。一个颅骨在它后面用空洞的眼神望着。这画很低劣，同时又令大尉着迷。（他说不清原因。）他不知道这图片是谁的，为什么老指挥员要将它没收，夹到文件里。画的名字是《无穷动》。

"快看，鹰。"大尉听到"十九岁"的声音。

从"十九岁"的声音里可以听出跟工头斗嘴时不一样的热情。

大尉想到，他们每个人都不仅仅是有罪或无罪。不论我们愿意与否，我们注定要相似。在一个太阳下，在同样的水塘、空气和群星下。有时他想，他们来自另一个世界，那里由不一样的规则来统治。

"文身"在回答"牧师"说的什么话："他们最好的时代是我们最坏的时代。""牧师"没有回应他。（他在想本国正在变化的疆界，耻辱的极限，犯罪和国籍之间的界限。）

大尉让望远镜垂到胸前。秃鹰吃饱食物飞走了。大尉转向重型车。

5

从步兵那边过来的厨师们慢慢将盛汤的暖瓶移到车篷附近，车侧架已经放下来了。

"二十八人。"上等兵报告。

"您怎么知道？"厨师长用一个问题回复他。他转向助手："你点点人数，眼睛擦亮点。我们愿意自己来数。他以为我还没剪断脐带哪？"

"你麻溜儿的。"后面传出"黎高－黎高"的声音。

"战士，您说谁呢？"厨师顶回去。

大尉又听见了"十九岁"的声音。他在问几点了，其实并不想知道时间，听起来是抱怨他们来晚了。辅助技术营总排在最后一个。

"检察官"质问道："小伙子们，有人在中午把你们的脊梁给打折了吗？还是你们想让人在屁股上再钻个洞？"

"他们每天都碰到这种事，""麦基克"说，"生命是一种馈赠，而生活是门艺术,这不是每个人都可以掌握的。当人的生命被剥夺时,没人知道天赋是什么。"

"至少也得站出个队形。"厨师说。

"你不想知道军乐队是怎么演奏的吗?"

"这种人渣我可是有日子没见着了。"工头自说自话。他自忖:有意思的是他们的外壳,防护层。他们对食物和饮料嗤之以鼻,一逮着机会就去追求姑娘。提到工作,在他们看来世界不会因为他们干不干活而变好或变差。工作一来,他们就昏昏欲睡,对所有事情装聋作哑。这一点没人能改变他们,这可是确定无疑的。

"等队伍排整齐我们才开始放饭。"厨师坚持己见。

"那我得捧着碗往上爬了?""查拉"问。

"你们跟平时一样迟到了。""文身"说。

"我们从射击场那边过来的。"厨师搪塞道。

"你们是骑自行车的,""麦基克"说,"对上面就躬着,对下面就踩着。"

"这是阿根廷人,""兄弟俩"中的"哥哥"说,"他贪生怕死,离总指挥越远越好。既然可以不服从命令,他为什么不做点什么该做的事?他真蠢,对不对?"

"你们看着放饭吧。"士兵"伽利略"说,肿着眼泡。(老指挥员还在的时候,他们经常给他理光头,每到这时候他就哭。一次,他们按照少校的指示给他剃了光瓢儿,他看起来就像个油光锃亮的灯泡儿。)

"第一个先来,接下来第二个。"厨师说。

"你不想一次做两件事吧?""麦基克"说,"就算拿破仑也不能一边坐着写信,同时又口述给另一个打字员。"

"他们在哪儿磨洋工呢?""索姆拉克"问。

"你看到那条崎岖不平的路没有?"厨师冷笑着说。

他们从运输车那里瞥见了木屋旁的大尉。尽管同样是给射击手、工兵、坦克兵和辅助技术营的饭,等送到这里就凉透了。

"你们排好队吧,小伙子们。"上等兵试着调解。

厨师扫了他们一眼:"索姆拉克"、"十九岁"、"麦基克"、"查拉"、"兄弟俩",还有其他人。他没料到会有一场唇枪舌剑。"茨冈人"在哪儿?他们都很面熟,脸上全是泥巴。他可不想像"伽利略"似的肿着一双蓝眼睛,好像他害怕,他们想整他就能整到他似的。

"我操耶稣基督,""茨冈人"开骂了,"Lofas šeketbe. Fekete pina. Kut'a fas.①"(他们可以想象这是什么意思。)

"你转过来。""猴猴"嚷道。

厨师转过身,看到了大尉。

"查拉"咬牙切齿地说:"你这个奴性十足的无赖,我数到三,如果你还不放饭,我会亲手把你淹死在那个刷锅水里。"他蹦出一句,"他的肚子像搭在阳台外边的鸭绒被,长了上千个瘊子。"

"猴猴"吮着草梗,话里充满了轻蔑和鄙视。他的手提箱里貌似是本《圣经》,但硬书皮里面只有《高尔楚拉瘟疫》②的文件,他还在里面放了现金和有价证券。

"笨蛋,我真想把你身上的暴力思想给剔除干净,可就连我也没想到怎么办。""茨冈人"说。

"你的谎话还挺唬人。"厨师回敬他。

---

① 捷克语中夹杂匈牙利语,均为含有生殖器官的脏话。
② 捷克作家、画家约瑟夫·瓦哈奥写于1927年的书。

"你赶紧放饭,因为到今晚月亮出来时,是你的最后一次机会,""茨冈人"补充说,"你这么干了十天,今天是第十一天,最后一次。"

厨师动摇了。瘊子的事让他整个僵住。他已经试过用培根、洋葱、食油和维他命C对付它,用硬币在上面磨蹭,把土豆皮敷在上面,可瘊子继续纠缠他。

"你们排好队我就开始放饭,"厨师用和缓一些的口气说,"七百天来都是这么点名的。"他的声音里有了些退让的意思。

"黎高—黎高"弯下身子。第一只土疙瘩落到车篷上。"一千天。"厨师更正道。

"您干脆就着土把这些吃下去算了。"厨师奚落说。

"您别跳脚啊。""牧师"插话说。他的制服最干净,鞋带也绑得很仔细。

"你们怎么想,我无所谓。"厨师说。

他很专业地把勺子探进暖瓶,开始发汤。助手给每个人发一块黑面包和抹着黄油酱的四片馒头片配汤。

"小贼,你到这儿来。""检察官"说,他把多余的汤碗伸在空中,"我想多来点汤。"

"检察官"体格魁梧。他是作为汽车修理工来这儿的,他曾对县修理部的长官们漫天要价,用省下来的零部件自己组装了一辆汽车。

"吃完饭,你们把车收拾干净。"厨师说。

"这是打劫,""索姆拉克"说,他刚看了一眼馒头片,"这是狗屎。""索姆拉克"尝了尝黄油酱,他的脸皱成一团,"你尝尝。这冷冰冰的,又酸得要命。"

"快打住吧,"厨师驳斥道,"你吃的酱跟牙签鸟①的一样。"

"你吃吃看!你不会是嫌弃我吧?""索姆拉克"不依不饶。

厨师为了确定,抿了一小口冷酱,"好吃极了。"

"索姆拉克"把盛酱的碗摔在地上。他一条腿踩在水洼里,他又把腿挪了挪,"这是冰淇淋,猪猡。盛满。"

厨师给"索姆拉克"倒上汤,然后是酱,所有的又加了一遍。两块面包。

"这是混凝土。""索姆拉克"又说。

最后一个来领饭的是上等兵。

"犹大"走近卡车的驾驶室。司机在里边睡着了,脸上盖着报纸。

"猴猴"看见大尉朝他们走来,在还剩几步远的地方停住。他用望远镜观察"山冈"附近的什么东西。

"猴猴"趴在车篷上摇晃卡车。他得有点力气才摇得动。

司机在咕哝:"这地方简直不能让人……我一晚上运了九趟。"

车篷另一边已经用粉笔写上了泼辣的文字:我发现武器库匮乏。车篷底部写着:我们齐步走进黑暗。部队住房值班员的助手。他们用芥子气②修理冒烟咕咚的汽车。步兵哟,军事长官被唤作冲锋枪。(这可能说的是大尉。)

司机拉起手刹,从驾驶室往外吐了口唾沫,开始翻看《女人

---

① 一种小型鸟类,又叫燕千鸟。它们经常充当鳄鱼牙签的角色,甚至会在那里繁殖后代。

② 学名二氯二乙硫醚,是一种散发有害气体的液体毒剂,主要通过皮肤或呼吸道侵入肌体,潜伏期2~12小时。它直接损伤组织细胞,对皮肤、黏膜具有糜烂刺激作用,属化学武器中的糜烂性毒剂,中毒后无特效药。

与时尚》杂志。"猴猴"已经晃不了制动后的卡车了。

"昨天我在山坡上看见只山羊，""十九岁"对"牧师"说，"它用头站着，靠两只角和前腿支撑，后身悬在空中。"

"我也看见它了。""牧师"回答。他对着太阳眯起眼，看起来像是睡着了。他睡了大约三十秒。

午饭使他们的情绪缓和了些。只消吞下几口食物，明显看得出辅助技术营的士兵们满意多了。

"查拉"说："我还没参军前，一次马戏团来了。晚上演出，他们展览一个女人。我注意到她上半身每个部位都是女人的，而下半身每个部位都是男人的。她像我看她那样看着我。她的肩头披着块方格毯子，但只是垂到后面。花钱来看演出的所有人，都能看到她前面腰部以上和以下的地方。我很好奇，又有些害臊。我还从没看过这个呢。这场面并不让我感到刺激。她长成这样，我很为她难过。好几个晚上我都睡不着。直到今天，我还能在心里看见她。大自然真是捉弄人。"

"我见过母鸡发生这种事，""猴猴"说，"三只来亨鸡[①]一下子全都不下蛋了，从星期六到星期天一直叫个不停。无缘无故地，它们变成公鸡了。"

"这事真够蠢的，你一下子认不出应该是他还是她。""查拉"说。

"雌雄同体的生物，""麦基克"解释道，"这是恨不得将全体雄性生物阉割掉的雌性生物。"他接着说，"它们必定会引发战争。它们一方面感受到自身的雌性能力，包括按雌性所想可以

---

① 著名卵用鸡的一个品种，原产于意大利的来亨港。常见的来亨鸡是纯白色羽毛，嘴和脚都是黄色，耳部白色，每年产卵量最高可达三百个以上。

做到或已经做过的最隐秘的事,同时它们也感受到雄性的部分,对于雄性而言,与其说是雌性的对立物,不如说是身体的另一件武器。在他们让我到辅助技术营之前,我在疯人院帮忙。我们要负责几个疯子,我们在花园里跟他们玩。我负责一组十二个人。一次,少了个十五岁左右的孩子。我到处找她,直到在她的房间找到了她。她被绑在床上,双手捆在颈后。她身子被剥光了一半,嘴被堵住,眼神充满恐惧。她的身上有淤青,脸上都是抓痕,大腿处有血迹。看护人强暴了她。四小时以后,我在街上遇到的每个人看起来都是精神错乱的。最后,我看起来也跟个疯子差不离了。"

厨师敲了敲司机的驾驶室。金属板发出破鼓的声音,发动机运转起来。厨师瞄了眼大尉,他摘下帽子,从裤兜里掏出木梳。(这把黑色女用梳子是他星期六用猪油跟一个女村民换来玩的。她已经打电话到他部队了,谢谢他把酵母菌病①传染给了她。她能怎么说呢?做厨师的到厨房之前都要消毒吧。)厨师的头发油腻腻的,比规定的长出四厘米。

"这些杂种应该对我负责,"他向助手宣泄说,"他们会空欢喜一场。"

他的目光滑过大尉,又滑过工头。

"你头上全是头皮屑。""猴猴"突然对他说。

"走着。"厨师对司机嚷道。

"你裤子里怎么放勺子不放船桨呢?""猴猴"冲他喊,"你偷别人砍的木头生炉子可不是什么本事。"

"猴猴"跟只猴子似的晃悠,卡车擦着他的鼻子尖开过。助

---

① 常见的外阴、阴道炎症,也称为"外阴阴群念珠菌病"。

手还没坐上车,暖瓶就一颠一颠地被载走了。厨师仍旧叉着腿站着,还梳头呢。

6

"十九岁"一直等到工头回队。"上个月您也欠我的。"他像只愤怒的猫似的瞪着眼,"上个月您什么都欠我的。"

"十九岁"转向大尉,"工头是个残废。他敲我们的竹杠。"他没多费唇舌向大尉解释,"这位工头先生提溜着我们的颈子,让我们跟坐班房差不多。"他又对工头说,"您的卷尺真古怪,工头先生。"

"请您回部队把工作做完,"大尉说,"一切都会安排好的。"

大尉对着士兵的后背,让人觉得比起对工头,他更偏向"十九岁"。不是应该反过来才是吗?大尉看了一眼自己的营队:他们在干活。他不必像工头说的那样催促他们。他们大部分人骨子里都是肯干的。

大尉回到他看见秃鹰的地方,思考他每天放过的士兵的错误,没有人觉察到的错误。

工头看着大尉的后背。他知道大尉虽然已经结婚了还经常光顾那些花街柳巷的传闻。他在布拉格有妻子。尽管工头不知道他们的关系是否稳固,她应该很漂亮。据说大尉一直被借调时,她不愿意像跳蚤似的从一个部队跟着蹦到另一个部队。她可能会去一下玛丽娅温泉小城①,可谁知道他会不会被调到西伯利亚的其他什么猴子峡谷去呢?

---

① 捷克城镇名。

据说他跟某个芭蕾舞老师有一腿。人们在卡罗维发利原先的皇家包厢里见过他跟她在一起。士兵们也在"邮政庄园"酒家碰见过大尉。

有时,大尉开车带着士兵"黎高—黎高"离开军营几天。他们用黄色炸药①把河后面采石场的进口雕像炸毁。他们随身带着像毯子般巨大的橡胶垫。一次,他们在"山冈"后的军营附近炸毁了一批雕像,上头下令把这些残块运到其他地方。

工头认为,大尉和"牧师"很像。他们都固执己见。工头调换人手只是为了好玩儿。为了让人们换换差事,今天又调走几个人。

"牧师"的眼睛长得跟疯狗似的,他还缺了三颗牙齿。"伽利略"虽然比十字镐高一些,可比铁锹要矮。据说"牧师"什么都做不来。他被任命过牧师吗?据说,他被羁押时带着本祈祷书。他的其他怪癖倒并不像他装出来得那么假。他们建议他做监狱看守时,他拒不配合。他们在监狱里打过他吗?他在这儿最多待到明年秋天。到那时,工头应该还是会让猴子峡谷的部队注视他的后背吧。

重型车的车轮在深水坑里打着转。它已经轧上了有人垫在车轮下的石头,后轮喷溅着水和泥浆,前轮从下面吐出一片土雾。重型车慢慢加速,陷住车轮的水坑向士兵们溅着泥浆,尘土扑到他们衣服的褶子里、脸上和脖子上。

---

① 即三硝基甲苯,又名"梯恩梯"(TNT)。它是一种黄色结晶体,最初作为黄色染料使用,1885年法国用它填炮弹之后才在军事上得到应用,"黄色炸药"的名称由此而来。"梯恩梯"一直是综合性能最好的炸药,威力强大又相当安全,即使被子弹击穿,一般也不会燃烧和起爆,被誉为"炸药之王"。

7

　　太阳亮得耀眼,和风吹拂着,天气不错。大尉下意识地叹口气,向"山冈"方向走去。一切都是那么年轻,那么充满活力。师部的裁缝要给军官们缝制新大衣,早上给他量了尺寸。如果(等到/有朝一日)货币不复存在会怎么样呢?革命消灭了旧制度以及跟旧制度一同存在的问题。生活会变得朴素和透明。他觉得他心底里希望自己已经老了。五十年后他八十岁。革命是梦,是锁和钥匙。

　　他到了"山冈"。岩石、山丘、树木是如何消亡的?为什么"牧师"会认为革命是吞食小鱼的鲨鱼,因为大鱼会卡住它的喉咙?小鱼的寄生虫们占据了鲨鱼,在它的脊柱以上和脊柱以下。他希望能向"牧师"证明他错了。他想到自己的妻子。他又想到"牧师":他赞成宽恕。如果他处在大尉的位置上,他对这件事能够原谅几分呢?大尉懂得,宽恕同时也为新的开始创造了机会。他的想法与革命的概念和精神一致,但他不认同阶级斗争的概念,这种限定仅仅是暂时的。大尉并不怀疑革命,更不怀疑自己。他希望能令自己的存在飞越到未来的什么地方去,那时,他现在看来混沌不明的事物都将成为过眼云烟。他会对"牧师"说,革命是对所有贫血的人进行输血。

　　大尉观察着蜘蛛,它好像在长长的小阳春里滑行一般。决定和选择对大尉来说是痛苦的。他恨小阳春,恨小阳春消失之前与其翩翩起舞的昆虫。

　　有时候,在他看到士兵们最狼狈的样子时,他们穿着制服,没系腰带,裤腿溅满了泥巴,从头到脚都是土,他就想,不缺那么多人手该有多好。偶有几次,他还睡眼惺忪的,就看到"猴猴"、"十九岁"或"索姆拉克"已经各就各位了。他不想不耐烦,但他又想,革命已经允许自由主义了,可为什么同时还有那么多并无二心的人不能分享这个时代的乐观主义呢?

他问自己,可以做些什么让事情改观。

生活的意义毕竟不在银行账户和军饷的多少上,不在没有内涵的事物上,不在内心信念的丧失中。在这种生活方式里,没有人觉得幸福。革命不是最终要竭尽所能,让一切生活条件毫无例外地得到改善吗?因为革命不是就像童话里的神鸟凤凰一样,从自己燃烧的灰烬中重生,乘风飞去吗?

他用困倦的双眼望向"山冈"。

他希望营里的男人们能从自身找到凝聚的力量,能够抵抗住金钱、衣服和鞋子等物质的诱惑,用其他一些更美好的东西来充实他们的时间。

一切对他们来说暂时还过得去。他们提供的服务属于战争状态的工种,在这种状态中他们被视作敌方的俘虏,这一方的一切明天还是会不同,或者根本不会有敌对的一方。除了尽可能舒服地活下去,他们不会被迫做任何事,也不会损失任何东西。(他的耳畔响起老少校的叫喊,他对他们吼道:"我从你们中把你们的一时兴奋给赶跑了。")他觉得,革命在他心中唤起了什么比原先更原始的回音,这回音对于某些人来说,总是几乎比自由、权利和民主更大。他惊恐地发现了一些跟希特勒在自传《我的奋斗》里所说的类似的东西……

今天是他三十岁生日。除了他自己没有任何人注意到。(甚至他的妻子。)所以他没有哭。

(外婆常说:如果你在自己生日哭泣,就会哭上一整年。你不许哭,会把眼睛哭坏的。她还认为不能往烧红了的炉灶上吐口水,如果看见口水哧哧响,舌头会起疹子的。)

他在"山冈"后面掏出记事本,写了几句关于自己妻子的话。蒙着篷布的推土机立在那边,推土机的铲斗可以给他当靠背。他把望远镜从胸前移到一边,好不妨碍写字。(还在德国国防军①时期,当侦察员的大尉就知道,共和国把多少件旧战利品卖给与其交战的地区换取黄金。这些战利品卖到了以色列、土耳其、印度尼西亚,还有互相交战的中东国家,收益入了革命的金库。)

风把农场那边刚割完的草地香甜气味送过来。他用肉眼看,远处的桦树仿佛触到了天。他应该邀请妻子到这儿来吗?她应该会喜欢桦树。她不可能知道,在他内心最深处认为,女人可以是天使,也可以是恶魔。除此之外,她们的光明面和阴暗面对男人们而言大部分是令人费解的。他写道:爱情比死亡更强大吗?比冷漠更强大吗?没有结果的爱情也是如此?为什么人一旦投入大量的爱就想到死,即便不爱了也想死?还是人只爱自己,即便回馈同等的爱也无法全心付出?每次他对爱情的思考都会与死亡联系在一起。为什么呢?这大概跟革命没什么关系。

随即,他返回了部队。

"'犹大',你帮我量量散兵坑,看我的是不是足够深了。""十九岁"请求道。

"文身"站在一旁,用手掌抚摸着铁锹。

---

① 又译为国家防卫军或帝国防卫军,是德国在1919—1935年的军队。纳粹德国政府在1935年将其更名为德国防卫军。

"猴猴"第一个看见了大尉,他敬了个礼,从新手手里接过铲子,表演似的挖了几下土。

"这比坟墓还深。"上等兵说。

"猴猴"想提醒营里的人大尉在这儿,"还真是,大尉同志,您来比试比试?"

"跟谁?"

"跟死神。"大尉还没反应过来"猴猴"就说。

营里的其他人笑作一团。"黎高－黎高"笑得前仰后合。(昨天大尉说,就算最好的人手也不给假。)

大尉在工具棚后的土堆上竖了一个装机油的小铁罐,从距离五十步远的地方朝它射击。第一批子弹射出后,铁罐就开始旋转弹跳,一直停不下来,直到大尉停止扣动扳机。

他跟他的前任们枪法一样好。他没参加过战争,只是作为一个青年人经历过这一切。由于在工厂工作,制造潜艇发动机和为布拉格的德国势力生产弹药,他很幸运没有被安置到德国。他也在那里结识了自己后来的妻子,她当时在会计室工作。(他走向铁罐,数一数命中的弹洞。三十六发子弹中了三十五发,还不错。)有时,他在办公室会无缘无故地伸出右手,仔细地察看指尖,看手指是否在颤抖。他在放机密文件的保险柜里放着没数过的铁罐和子弹壳儿。他一共有三把枪:9毫米口径的鲁格手枪,相同口径的毛瑟枪和6.35毫米口径的捷克沃尔特手枪。

当他握着枪时,他想他会做出些什么事,但这可能只是一种诱惑感,一些他始料未及的糟糕事情会发生。手枪跟革命一样,意味着一些人类可以实现的事,这些或被谴责或被褒奖的举动一旦发生,便不可改变、更正或补救。你只能做或不做。这就是一切事情的缩影,尽管这些事件各自独立,却同样由此引发,如此存在。

握着手枪所激发的诱惑感,给他带来力量。他几乎害怕(即使在心里)尝试可以走多远,向前一步,退后一步。这很像夜里在深渊边上走路,一失足成千古恨。他不愿玩这种无法挽回的游戏。手中的枪和革命的想法,启发他产生了在飞机或火箭上加装炸弹的念头。他在手指的末端感受到世界末日,它就掌握在人的手中,几个人的手中,这是以前从未发生过的。装满子弹的手枪让他想到一条不知来自哪里、通向何处的隧道,但他已经不能后退。

负责原子炮①的将军或上校也这样想吗?这种思考让他产生了一种不曾有过的压力。一股睡意从头到脚向他的身体袭来。他忽然想,这种感觉应该就是最初的革命者所有的吧。这是要求毁灭的诞生,承诺诞生的毁灭。他闭上眼睛,从眼睑的缝隙间捕捉毁灭的黑暗和创造的辉煌。太阳,大地,"山冈"。他插好枪,看到辅助技术营的二十八个男人和工头。

他回到现实中来,几乎感到舒了口气。每个人在自己的手中都以某种方式掌握着世界的开始和终结,这种感觉让他害怕。不知这究竟是好还是坏。

8

辅助技术营要把工具棚里的木材运到猴子峡谷所有的工地上去。这些木板很容易钉在一起,然后再拆开。士兵用他们运到农场的建筑材料柔板条来捆扎。他们用捷克西部温泉的宣传

---

① 专用于发射核炮弹,所以又有"冷战魔炮"之称,外形酷似超重型坦克。

材料——姑娘们的图片来装饰棚子内部。大尉跟前任指挥官一样,把图片撕碎了(他可不愿意自己撕),但是过一段时间,它们又会出现在那里。他让步了。(后来,他们那儿又增加了来自里约热内卢的巴西风格图片,里约热内卢可千真万确是个上演着各式各样爱情的地方。)在捷克西部温泉,人体的一切缝隙、小孔或管道可不会这么暴露。对他的士兵们来说,她们都是尤物。

  大尉认得这些图片。宝莱黛·高达尔道娃是查理·卓别林的妻子之一。他是个带着一丝苦涩的男人,有那么一忽儿你会觉得他的脸是辛酸的。在被撕破的海报上,卓别林露着大牙,带着苦笑,让士兵们感到他跟大尉一样很亲切。卓别林是共产主义者吗?传闻他是茨冈人、犹太人,他喜欢女人。为了不伤害任何人,甚至那些攻击他的人,他没有反驳任何传言。在报纸的图片中,高达尔道娃穿着连衣裙,领口露出一截白亮亮的皮肤,站在古老的美国大街上,街道两边是小木屋。马尔吉娜·卡洛劳娃[①]身着银色晚礼服上镜,不是撅着嘴而是挺着个硕大的肚子。本尼·古德曼[②],戴着眼镜的白种人,被一群黑人音乐人包围着,在《摇摆,爵士,摇摆》杂志的图片里吹着单簧管。这是禁乐,大尉想。他不是特别明白,为什么某一种音乐(与雕像和文学类似)会遭到查禁,但命令就是命令。可能上头比他更清楚要查什么和怎么查吧,这只是临时性的命令。

  地上的鹤嘴锄、铁锹和水桶排成一列放着,工头一直这么放。在停着的手推车车斗里,钉着张俄罗斯将领的画像,这位将

[①] 前捷克斯洛伐克电影演员。
[②] 本尼·古德曼(1909—1986),美国爵士音乐家,乐队指挥,拥有"摇摆国王"、"单簧管教主"等封号。

领①接受瑞典顾问的建议,采用在自己土地上放火的战术赶走了拿破仑。②撤退的法国士兵遭遇得到充分休息的俄国士兵来自两翼的包围,没有地方吃饭、喝水、休息,不得不迂回撤退,而沿途仅剩废墟而已。画像上的大元帅左眼被涂上了泥巴,右眼的瞳人被钉住,只露了个钉子头儿。他抽着烟斗,好像是全天下孤儿的父亲一样微笑着,一副清高的姿态。标题写着:永恒的时间,亘古不变。他命令上等兵立即把大元帅的画像清理掉,把手推车放好。

我宁愿过战争时期那种宁静的日子,大尉想。棚子顶部图片里的大部分人物几乎都一丝不挂,士兵们甚至可以躺着欣赏。其中一个女人在张着血盆大口的狮子旁玩耍,狮子可能是填充玩偶,也可能不是。女人的赤裸和猛兽的危险激起了大尉一阵类似之前关于手枪的想象。另一个女人在海水里扑腾。那是在澳大利亚吗?第三个女人裹着长长的床单或窗帘奔跑着,脚甩至膝盖后面的腿窝处,正准备跃向迎面的太阳。

棚子的角落里放着只没有过滤器的防毒面具。

棚子外面,工头靠棚壁放着用链条锁住的自行车。(根据已经变形的车把,再把车子前后推几次,就能知道这车子受了多大

---

① 此处指俄国元帅库图佐夫。
② 1708年瑞典国王查理十二世入侵俄国,俄国军队使用了一种令瑞典人大感意外的战术:撤退途中,他们在自己的土地上放火,烧掉了所有的房屋、庄稼以及各种用具,结果没有住房而寒冬又至,瑞典人被迫改变进攻路线。1812年拿破仑入侵俄国,俄国人采取了同样的战术,当拿破仑抵达莫斯科后,发现这里已是一座空城,俄国军队离开前纵火烧掉了任何对随后可能赶到的法国人有用的东西。大火连续烧了三天三夜,沿途的一切俱为灰烬。等火最终熄灭时,拿破仑三分之二的胜利果实已经化为乌有。拿破仑清楚沙皇亚历山大一世无意投降后,只好下令撤退。

内伤。）

　　大尉从口袋里掏出记事本,又在口袋里摸铅笔。他在考虑营队要向师部申请多少毛衣和保暖袜。

　　工头检查了上等兵移交的散兵坑。看他的神情,他在琢磨自己工程的质量。他知道大尉对营队工作的立场。（大尉十之八九会奇怪,他的士兵们怎么没完成什么工作量。）要是出了问题呢？工头和大尉都不敢打包票有时不出什么问题。他忖度着,凡是军队搅和进去的事他们都很外行,士兵们鼠目寸光。命令再强硬再紧急,也解决不了劣质的混凝土、短缺的横梁、该死的建材和烂板子。他们是没有受过教育的劳动力,激怒他们没什么意义,到处都一个德行。要是施工质量能提高一个点,就不必怀疑用这些人的目的了。除此之外,工头还知道大尉是个幻想家,他认为事物都有个性,可以说,他希望它们都有个性。他发现大尉的优点在于,他比老指挥员更善于处理跟上司们的关系。（谁知道大尉跟上司们之间是怎么相处的呢？）第三,他寻思,为什么军官们会选妓女当老婆呢？（军队和革命理想能代替女人、婚姻和孩子吗？）大尉在营队工作期间与士兵们融为一体了吗？他比老指挥员对他们更放任吗？"猴猴"以前问过大尉,有没有参加过战斗。他们也已经问过他,是谁在四十五岁解放了比尔森,巴顿将军①是否仅仅是个幻影,或者他喜不喜欢爵士乐和摇摆舞。

　　大尉将目光从工头身上移开。他能感觉到工头对他如何臆测。他既没赞同也没反对,但更倾向于后者。

---

① 小乔治·巴顿(1885—1945),美国陆军上将,二战时为解放法国和前捷克斯洛伐克等国家、击败纳粹德国立下了汗马功劳,被誉为"血胆将军"。

有不少他视为和解的台阶,士兵们却当成陷阱。(他想到了老指挥员。)他能让他们卸下几分防备呢?对此他也不确定。

他注意到上等兵在向工头移交散兵坑。

一些吃完饭的人在对饭菜发牢骚。当然是饭菜,他想。人必须吃饭,呼吸,喝水。诸如此类。睡觉,做梦,就这么几桩事。(外婆阿玛丽叶认为,面包不只是面包,是人赖以为生的粮食。)食物和性,能让士兵们聊上二十四小时。

在老指挥员没收的油腻腻的海报里,他们有一张第一共和国时期①女人张开大腿的图片,宣传词写着:之前是口交和肛交……然后是疯狂的高潮……爱情的兽性……

下一张是女人与同伴的图片。(同伴是个看不到正面的人。)

她们躺在这里,双腿大张着,饥渴而娇慵地等待着她的大男孩深深地进入她……她的两腿之间是充满欲望的性感的烈焰,可以吞噬并烧焦她体内的任何人……

大尉把它扯下来,揉作一团扔进手推车,他扫了一眼棚子内部。生活对他们而言是个自行填充的无底洞,当诱惑来临的时候,没有人能作出其他选择。爵士乐,摇摆舞,单簧管,萨克斯风,本尼·古德曼,路易斯·阿姆斯特朗②。一次,他问"文身",这种音乐有什么。"这就是美国。""文身"回答,好像在说地球是在自转一样。

老指挥官曾没收过一名士兵书架上的色情小册子。(这个

---

① 指1918—1939年捷克斯洛伐克第一共和国时期。
② 路易斯·阿姆斯特朗(1901—1971),美国小号手,爵士乐史上的灵魂人物,他的即兴演出和歌唱既如月光般轻盈,又不乏浪漫与激情。

士兵还算走运,不需要为此挨训。)小册子的封皮是一个十分丰满的女人半遮着面孔,但是露出巨大的乳房,两颗乳头耷拉着,性感的嘴唇冲着无形的观众微微撅起。"让您如同身临其境。"题词写道。这本小册子名叫《奴隶之岛》,书签预示这本书"超出任何文明的想象"。下一本小册子的故事,来自巴黎的妓院。另一本,讲的是沙皇宫廷内幕,士兵们遵循命令必须了解沙皇宫廷里的佳丽们,以及沙皇制度崩溃时的贫困状况。还有一本小册子,取材于中国的色情故事。义和团起义之后,来自杭州经过训练的女人们为外国人——遵照市政府的旨意——进行口交,直到经过定期服务,为他们储备足够的能量为止。每本小册子都渲染了一件丑闻。其中一本叫做《无罪的结局》。这些东西现在都还夹在柜子里被没收的文件中间,跟大尉的私人机密档案放在一起。

没人会没收士兵们的奥斯特洛夫斯基的名著《钢铁是怎样炼成的》。教会他们别在"kalila"①这个词上加长音,或别把短"a"改成长"á"要花上一个星期。

思考这之间的区别没有什么意义。

老将军在自己的文件中还记下一个士兵的童谣,表现出人民群众反军队和国家的变态的创造力:

> 我们都是小小先锋,
> 我们的那话儿还很小。
> 等我们长到足够大,
> 那时你就走着瞧。

---

① 捷克语动词,"炼成"。此处指士兵们犯的一些语法错误。

他还记录了一个从边境回来的士兵的陈述：少时承诺，老必践之。他发现，值班员不在办公室德国电台设备的位置上时，一定在红军留在共和国国土上的战利品仓库里，用发射器和接收器收听"美国之音"和"自由的欧洲"。军队的警觉性下降得这么厉害吗？他甚至可以指责值班员的父母，他们儿子所受的教育是多么不合格。

大尉倚在工具棚的墙上。摇摆，爵士，摇摆。他想睡觉。

起初他为自己的嗜睡感到羞愧。睡意在中午就会袭来，不论夜里睡或不睡，对它都没什么影响。在新鲜空气中停留得愈久，睡意愈缠着他不放。或许睡觉是健康的，他可以放松个二十分钟。在军队里他学会了站着睡觉。他闭上眼睛。透过眼帘，在半梦半醒间，他看见了"山冈"。岩浆从狭窄的火山口涌出，从无人可及的地心沿着红热的通道向上翻滚，往四周弥漫。其间的峡谷，被污染的河床，荒芜的田地，寸草不生的沼泽和已经没有鱼类存活的湖泊，统统消逝不见。在他的幻想中，火山变为盛着冷饭的热水瓶，最后变成飞走的鹰，还有老鼠，全部化为乌有。

大尉打着瞌睡。他梦到与山坡上营队的男人们做打斗训练。一切都被冷却的岩浆覆盖了。他们翻过山坡，沿着陡峭的小径向悬崖攀爬，不时被锋利的岩石划伤。他们必须一个紧跟着一个。风呼啸着，热气从男人们的手掌间流失。

后来，大尉依稀听到"检察官"的声音，但他听不懂他在说什么。

9

"妈的,他又打上鼾了。""检察官"说。他叹了口气。

"我还没见过一个戴肩章的能这么站着打鼾。""荷兰人"说。

"天下乌鸦一般黑。""检察官"一语双关。

"他会梦见共产主义的,""查拉"说,"他想对一切事情伸出援手,但越涉入这些事,中毒越深。"

"他还撒不开妈妈的手呢。""猴猴"评判道。

"浓汤和牛奶,""茨冈人"补充说,"香料热红酒,这些他全离不开。"

"荷兰人"的档案里有偷盗公共汽车的记录,他被关了三天。(他申辩说,即使他们不抓获他,他也会把公共汽车还回来的。)他们释放他的条件是把他放到辅助技术营服务。在部队里训练新人的"猴猴"是富裕中农的儿子,尽管他父亲已经年迈了,还是被划为不可靠的人。他们也不替他想想,都八十六岁了还能干活吗?"麦基克"来这儿是因为他母亲在维也纳。(他的表兄弟分别住在德国和法国。)"检察官"是工厂主的儿子,他和其他小业主的儿子们一样讶异,为什么他们被划分成富人以及不可靠的人。

"我有两年没读报了,""茨冈人"问了些什么,"十九岁"回答他说,"我在林场苗圃工作过。做这种工作你不需要看每日新闻,只要知道雨是由什么形成的,了解水、星星和太阳,还有霜是怎么来的就足够了。"

"意大利人生产的小轿车最好,手工造的,""荷兰人"对"麦基克"说,"比方说都灵①的法拉利先生。这也是一门学问。"

"猴猴"笑了,隔着"茨冈人"的肩头望向"十九岁":"这有什么,不过是雨、水、太阳和霜。我不用看报纸也知道会不会下雨、下雪或下雹子(他自个儿想:或者刮的是什么风)。我已经十五年不读报了。战争期间他们在报纸上印被处决者的名单,就连那时我也不读报。德国人把我的姐姐杀了。为什么我现在要读中国人的长征故事或察里津战役②的结局呢?"

"你可得知道为什么巴黎公社是典范,五十年后它会变成什么样,""麦基克"补了一句,"当巴黎公社的拥护者们攻陷巴士底狱时,四个流浪汉坐在那儿,他们既没抱怨吃的,也没抱怨头上缺少一方屋顶。他们把巴士底狱看得比自然还要伟大,至少在冬天是这样。他们相当惊讶,起码我是这么听说的。"

"让他给你说说,为什么老指挥员连打苍蝇都不自己动手,却为了不上政治教育课对你啰唆个没完,""麦基克"说,"还有为什么他让士兵们剃光头,好让他们像参孙③一样失去自尊和力气。"

"他怎么能这样占我们的便宜,是不是工头先生?""猴猴"问。工头一言不发地把卡尺从左手抛到右手。

---

① 意大利城市。
② 1918—1919年苏联国内革命战争时期,斯大林在伏尔加格勒领导了著名的察里津保卫战,击溃了来势汹汹的哥萨克白军,此次战役对巩固十月革命的成果,捍卫初建的苏维埃政权具有重要意义。
③ 参孙是《圣经·士师记》中的一位犹太人士师,蒙上帝所赐极大的力气,可以徒手击杀雄狮并只身与以色列的外敌非利士人争战周旋。参孙本当有更大的作为,可惜他个性执拗,不能接受旁人的提醒,抵挡不住女色的诱惑而泄露了超人力气的来源和秘密——剪掉他的头发他就会手无缚鸡之力,结果给敌人可乘之机,被非利士人挖掉双眼,囚禁狱中折磨,受尽羞辱。

"歌手"开了个更妙的玩笑:"姐姐和弟弟单独在家。你知道吗,小伙子,姐姐说,你比爸爸还棒。——妈妈也这么认为,姐姐。"

"猴猴"对新手断言,猴子峡谷的土豆炖牛肉香得就跟红烧蝰蛇似的。

"哪有。"新手坦言。他们还没来得及给他起外号。

"你看看。"

"看哪儿?"

"别说话。"

新手叫了出来:"蝰蛇!"

它盘绕着躺在石头间,晒太阳取暖。它还没来得及移动,"猴猴"就抓住它的尾巴,猛地拎到空中。蝰蛇扭曲着,但无处倚靠借力。它的头无助地向下吊着,吐着分叉的芯子,牙齿注满了毒液。这是条约一岁大、一米长的蝰蛇。

这时大尉从工具棚走出来,还昏昏沉沉的。他一看到蝰蛇,顿时惊醒过来,大喊道:"士兵,快把它扔得远远的。"

紧接着,他手里端起了枪。

"猴猴"让蝰蛇晃起来,像抡索套似的抡着,尽量不碰到它,然后使劲把它扔到远处。它落在了工头附近。工头僵住了,脸色煞白。

大尉开了九枪,把蝰蛇射成数段。

"干得漂亮,大尉同志。""文身"说。

"我不该空手抓蝰蛇。""猴猴"道歉。

"我看到了。"大尉说。他给弹匣补了九颗子弹,把手枪放回枪盒,看了一眼被射成几段的毒蛇。

手里拿着卡尺的工头面色惨白,弯着双膝,和上等兵站在

47

"十九岁"挖的散兵坑旁。"十九岁"也在看毒蛇的碎肉——一副漠不关心的神情。工头意识到,刚才大尉是可以崩了他的。

这会儿工夫,"荷兰人"在工头后背别了张世界委员会的宣传单,上面用木工的铅笔涂着:偶尔喝喝啤酒,保你百事无忧。这条涂鸦挤在油印字母"**为祖国工作,巩固和平**"的行与行之间。(在工具棚里,还能找到来自农场的关于肉和蔬菜的细菌布告。有人把字母"e"给刮掉了,于是"肉和蔬菜"就变成了:列宁的肉①。)

"请您把它撕下来。"大尉命令"十九岁"。

"我得移交散兵坑。""十九岁"说。瞬间他的目光又如同笼中的猫了。

"让我来吧,大尉同志。"上等兵立即说,把宣传单扯了下来。

"捣蛋鬼。"工头说,他还不知道背后给做了手脚。他已经从惊吓中恢复过来。

风把火药味吹走,大尉吸了一口风的味道。

路上出现了炮手们的货车,他们运送一车车煤气。大尉试着打手势,建议他们开慢点。第一辆车的司机还能看到这手势,第二辆车的司机开得飞快,都没看着大尉。车篷里的战士们唱着《留着辫子的茨冈人》,歌词唱的是城堡前的奴仆。不知是这首流行歌曲里的乱伦让他们着迷,还是他们仅仅觉得旋律好听?

车篷里的炮手们向营队的男人们扔土块、皱巴巴的纸、香烟盒和火柴盒。他们从车篷往外吐口水,让风把口水刮到营队的士兵身上。

---

① 捷克语"蔬菜"为"zelenina",去掉第一个字母"e"则成为短语"列宁的"(z lenina)。

"他们为什么放过你,'三只手'？贵族有资格开车过路。闪开吧,年轻人,咱们可不是一路人,别傻守着了。"

从下一辆车里传来："当心,小伙子们,用鹤嘴锄来射我们啊。快看,他的脑袋像乞丐装零钱的口袋。傻瓜们,掘你们的墓吧。"

紧跟在他们后面的是几句脏话和二十八个男人仇视的眼神。重型车扬起的尘土把大尉都吞没了。连"牧师"的眼神都失去了克制,只有上等兵在等着大尉如何反应。

"你们这些母猪养的炮手,""检察官"吼道,"你们怎么没死在射击场上呢？"

"查拉"恨恨地喊："我们会把你们的全部宝贝牙齿都给敲掉的。"一阵石子雨砸到卡车的两侧和驾驶室上。

大尉呵斥了他。真是胆小鬼,工头嘀咕着大尉。大尉注意到,尽管"十九岁"给三辆重型车中的一辆擦着了,还是没有移开公路一寸。营队男人们的脸上写着憎恶。空气中充斥着斗殴的气氛,这是男人对男人、小组对小组的挑战。大尉一下子明白了他们卷入的所有打架事件,他一瞬间参透了他们骨子里的东西。

大尉又开始期望自己能老上十岁、二十岁或者五十岁,直到革命成为过去的一场梦,直到现在不再是障碍。时间才刚刚来临。

重型车开过去了。他忽然想到,他应该带着全体二十八个男人去城里洗个澡。

"十九岁"揉着扑进眼里的灰。(一次,大尉在办公室里问他,是什么让他喜欢在森林里工作。"宁静。森林把一切都淹没了。比起其他事物来,这是另一种美。")

大尉掏出手枪,向树梢射了一发子弹。几只乌鸦哇哇叫着从树枝的叶子间飞走了。大尉向远处的白桦树开枪,他看不见是射中了还是射飞了。他应该过去看看射击的情况吗,还是只凭回声来推测?

车上的炮手们在唱歌。歌声立时飘送过来:多美啊,我们的故乡多么美丽……

"大尉先生,我们今天的活儿干完了。"工头说。

"好的。"大尉说。

"恐怕我需要这些小伙子们明天更投入一些,大尉同志。"

"您看得出有什么加快工作进度的可能性吗?"

他接着说:"上等兵,你们准备一下晚上去看电影,谁想去都行。政治教育室的放映间有十六毫米拷贝的《哈密尔顿女士》。明白吗?"

"遵命,大尉同志。"上等兵说,重复了一遍命令。

"小伙子们,"工头把自己的东西拿在手里,"到今天为止,你们做的大部分工作都很尽责,但我们赶工的速度还是太慢。明早你们再加紧一些。"

大尉认为,任何工程下午干的活儿都不会有上午那么多。

"上等兵,你们归队吧。"大尉说。

他转过身,抚了一下枪盒,沿着工地周围的小路往兵营那边去了。

10

事情就这么发生了。他没看见提着牛奶桶和面包篮、一周几次绕过工地到农场去的姑娘。她的步子很慢,遇到水洼时,她必须把桶放下再跳过去。她光着双腿,红润的小腿肚,拉起裙子时露出白得近乎乳酪色的大腿。"十九岁"的瞳孔放大了。长度到膝盖的短裙紧紧包裹着她。(当她伸手去够桶时,"检察官"恭维她:"您干得真漂亮,小姐。")

她穿着一条由裤子改成的裙子,前后都能看出裤裆。裙子是葡萄酒色,面料厚实,是冬天的衣服。裙子的长度刚到两膝,几乎比膝盖还短一截。面料一定很旧了,可能还是德国人留下的。她穿着双走起路来吧唧吧唧响的鞋,上面沾着已经干巴的和新溅上去的泥浆。她看起来很活泼,有些汗涔涔的,肤色油光光的,这里那里起着些小疹子。"麦基克"用目光打量着她,似乎在无声地说:把她按进浴缸里洗洗,拽出来,再看看她长得什么样。

"就我的品位来看,她的腿有点粗。""黎高—黎高"宣称。他的眼睛在说,即便如此,她身上还是有些漂亮的地方。她有双深邃的灰色眼睛,看起来既天真又忧郁,眼里还藏着微笑的火花。

姑娘听见了他的话,"你们认为她在更衣室换衣服时会有屁股和胸吗?"于是她说:"我还要发育呢。"

"十九岁"观察着她。他眼里的暴烈神色像一只被驯服的鹰。他已经第五次盯着她看了。(他很少对她匆匆一瞥。)

她左边面颊上有个疤痕,可能是被小刀划伤的,也可能是跌在石头上,或许是很久之前孩提时撞到家具坚硬的棱角,撞上了哪个柜子、桌子或是门框。

"您是怎么弄出这条疤的,小姐?"

"我滑冰时摔的。"她回答。

"这是您唯一的疤吗?""检察官"接着问。

"很遗憾不是。"姑娘有些意味深长地回答。

"十九岁"的眼神跟她撞在一起,她身上有什么使他怔住了。

他觉得这不亚于一顿臭揍所留下的烙印。他在自己心里搁了一桩心事。

一堆声音响起来：

"她看起来不是有点像'小红帽'吗？"

"您不是碰巧去看外婆吧？"

"外婆，为什么你尿尿的地方这么大？"

"这样才尿得更方便呀，小姑娘。"

一个士兵看向她的肚子，"她的肚子不会刚好有点胀吧？"

接着，他们安静下来，可能是大尉来了。

"十九岁"在偷看她吗？姑娘觉察到了。

"您喜欢流浪歌谣①吗，小姐？""歌手"问，"'等到白色的悬崖都沉默'？或'她说等到晚上天黑时，你走进柔和的夏夜中，成为我的……'？或者我最喜欢的'你想听听北方的歌吗'？"

"我刚好都很喜欢，比如'噢，马利安诺'，或是'一起乘着帆船向下行，到那河流湍急处……'"

"您信赖男人吗？"他们等待着她会回答什么。她说："女孩子如果不喜欢男人，她就失去了乐趣，不是吗？"她暗自一笑，又说，"可能吧。"

她又用眼角瞄向"十九岁"，这个动作没逃过他的眼睛，他的眼睛垂向身旁的水洼。他已经在水洼里找到了小蚌壳，在往水洼里扔小树枝。

他用一秒钟的时间给农场姑娘打了分。

她有个球根状的小鼻子，一笑起来就更加明显，她的面孔呈现出小圆面包似的三角形。她鸽子似的眼睛里散发着迷人的气

---

① 又叫做流浪音乐，是捷克民歌的一个分支，形成于 20 世纪 20、30 年代。

质,但也有些许恐惧、不安或是心不在焉。她担心大尉会看到她或把她撵走吗？她笑起来时,脸颊出现两个酒窝。他必须承认,她的嘴形很好看,嘴唇似一颗小小的心,还留着前夜口红的残迹。她的下巴小而光滑,肩膀浑圆,胳膊紧实。她的手几乎有些短,胖胖的孩子似的手指,像是被啃掉一圈或折断过。她的胸部略大些,但很难说得上丰腴。她知道大兵们在看她的胸部。(她不能告诉他们,当她出透汗或必须奔跑时,胸部会有疼痛感。)所以她没来由地笑了笑。这也让"十九岁"怔住了。

"麦基克"认为她具有典型的巴洛克①式的外形。就如他后来所说,这是鲁宾斯②的风格,有些圆滚滚的,这儿涌起一波,那儿涌起一波。但谁能说这女孩不娇小可爱呢？"文身"表示同意:女孩如果不能让人联想到柔软温和的怀抱,松软舒适的床垫,还会受欢迎吗？

她说,在农场里人们叫她"女骑师"。"在我之前人们也这么叫马厩里的一个女孩。她名叫劳拉。(人们真不知道关于劳拉还有什么可聊的了:他们怀疑她在马厩的草垫上干了什么勾当。)比起人来,劳拉更喜欢马。不知怎么回事,她一到这里马上就生病了。由于一些闲言碎语,管事的主席不怎么照顾她。她只身一人,带着孩子。她梦想着,如果每个孤单的姑娘都能找到也一直单身的小伙子,那该有多好。她戴着深度眼镜,牙齿长得跟马似的。"

她看向"十九岁",但每次都不想让他以为她是因为他才停

---

① 一种风格术语,指自17世纪初至18世纪上半叶流行于欧洲的一种主流艺术风格。巴洛克风格追求一种富丽堂皇、气势宏大、富于动感的艺术境界。
② 比利时画家,17世纪巴洛克艺术的最杰出代表,擅长绘制宗教、神话、历史、风俗、肖像以及风景画。

下话头的。他有双猫一般的眼睛：困倦，独特。我们有一样的眼睛，她想。

她咯咯笑着，"听说你们中有个小伙子，想在边境从货运飞机的轮子那儿爬进里面的集装箱，但着陆后人们发现了他，因为他几乎冻僵了。这是真事吗？"

"我们已经见不到他了，这是在我们来之前的事。老少校审查了他。他跟大理石墓碑一样，把那么多人类温暖的感觉封存在自己身体里面。人们没有抢救他，让他自己暖和过来。后来，他因为偷渡，劳改了十五年。"

"你们中有骑师吗？"

"我还常常骑山羊哩。""猴猴"说。

"顺便一提，我们这儿有个纵火犯。"

"他放火烧了什么？"姑娘问。

"他常带盛汽油的白铁罐去小酒馆，这泄露了他的秘密。人们在马厩里抓住了他。人们揪住他把他轰出去之前，他看到马受惊了。"

"他们判了他多久？"

"您猜有多久？"

"我认为单凭他威胁到马的安危，就应该判终身监禁。"

"三年牢房，然后进辅助技术营。他们怎么不让您做法官呢？"

她又用目光飞快地扫了"十九岁"一眼，从他的脚打量到头。他还没对她说过一次话呢。

"文身"对"麦基克"说："我真想把她当成一支香烟点着，或至少当成雪茄烟嘴给舔湿。你觉得她能引发像五一节、战争周年纪念日或十月革命时那么拥挤的人潮吗？"

当姑娘看向他时,"文身"垂下了眼睛。

"生命是一种馈赠,小姐,""麦基克"说,"而在任何情况下从任何层面而言,生活的艺术是一种天赋,天赋是稀罕的。"

姑娘向他致以赞同的目光。他只得到这样的待遇而已。

"索姆拉克"自己咕哝了一个以"k"开头,以"a"结尾的词儿①。

"您看起来就像《快乐的寡妇》②里面的人,小姐。""歌手"提了一句。

"我很感谢您的赞美,"姑娘说,"我看到你们已经不像老指挥员在时那么严格地被理成光头了。"

"猴猴"让新手帮他扶着铁锹,从散兵坑里爬了出来。木支架搭得非常结实。姑娘把桶放下,稍作休息,篮子就放在她的胳膊肘旁边。她希望能撞见大尉,就战士们的发型问题耽误他一会儿工夫。(她见过大尉五次,也见识过他睡觉的样子,他翻起领子,倚着工具棚站着就着了。)

他们猜不到她为什么微笑。她仔细观察散兵坑里做好的木支架,木板紧密地一个挨着一个,好让土不渗进来。她能够想象这工作是怎么完成的。她知道有人会认为她的微笑是专属于他的,她第三次笑了。

"检察官"朝她走过来,用铁锹挡住她的路。姑娘的目光中有股好玩的神情。士兵们的话题绕过她神侃起来。

"你们的上一个主席用腰带吊死了自己,这是真的吗?"

"他亏空了五百万。"姑娘说。

---

① 指捷克语"kurva"(骂人的词儿:"婊子"、"贱货")。
② 匈牙利作曲家雷哈尔于1905年所作的三幕轻歌剧,根据法国作家梅雅克的戏剧《大使馆随员》改写,又译为《风流寡妇》。

"他不会算账吗?""检察官"问。

"他打错算盘了。他赌钱,偏巧大多时候都输。他输钱的事早就传得沸沸扬扬了。每次开会过后,会议室就变成了赌场。有时他玩到清晨,放下纸牌直接工作。他还常偷偷去卡罗维发利玩。当人们批评他时,他猛捶自己的胸脯,差不多发过九回誓,说是不再赌了。他果真收手了,可又旧病复发。他说自己抗不过赌瘾。他玩到只剩最后一文钱。于是,他帮人偷盗,挪用资金,欺上瞒下,直到再也藏不住了。他跟邻居们借钱,跟每一个人借钱。他为了捞回本,玩得更凶,输得也愈多,但他即使赢了还要玩。赌博成了他的习性。他心情不好时赌钱,高兴时也赌,就算是在五一节夜里。人们想送他去看医生,可他死活不答应。最后,他绑了根腰带,套到自己脖子上。"

"有些病是无法治愈的。""文身"表示认同。

"真是惨,"姑娘还在说统一农业合作社的前任主席,"这还是不久前的事儿。我挺喜欢他的。真希望他不是因为这么糟糕的理由了结自己的。"

"您怎么看?"

"如果是因为我,或像我这样的女孩,或纯粹是为了纸牌都会好些。"她说。

"你认识看守弹药库的小伙子们吗?""检察官"忽然问。

姑娘装作没听见,提起篮子。大兵们不明白她为什么这么快就急着要走。

"检察官"用拳头握紧铁锹,开始抚摩铁锹把儿。

"你回答呀,"他又问了一遍,"你认识弹药库那边的小伙子们吗?"

"您说的是谁啊?"姑娘分辩道,"你们的编号是多少?"

"六十九,小姐。这是我们的编号。""麦基克"说。

"她有个粉色的大舌头。""歌手"又开始跟"文身"说话。

"你们这里还有缠铁丝网的那两个巨大的轮子吗?"姑娘问。

"十九岁"看着姑娘的腿和臀部,看着她柔韧的肌肉,她身体圆润的曲线,她乡里乡气红彤彤的面颊,灰色的鸽子般的眼睛,还有在夏天被晒成栗色的一缕缕头发。她眼睛的形状很好看。上一次,她穿着工作装,就算穿了衬衣可能也没穿什么内衣。她想向他们展示她的衣柜并非多么寒酸吗? 姑娘甩头时,头发无意间碰到了他的脸颊。

"十九岁"把摊开的手掌贴在脸上姑娘头发碰过的地方,眼睛里有种诧异的神色,嘴半张着,像条受到惊吓的鱼。

或许她听到回答了,或许没有。她拎上桶和篮子,感到大兵们的目光盯着她的后背。"猴猴"追上她,拦住她的去路。

"如果你不是德国人或奥地利人,那你是哪儿人?"他问。

"农场的人说我是裸露症患者。我有精神病病历。"

她咯咯笑着。她的嗓音低沉而又沙哑,听起来像是石块砸在石块上。

"什么是裸露症?"

姑娘只是匆匆给大兵们说了个大概。她越过他,不想有一种把他们吓着了的感觉。

沙哑的声音还在她身后飘荡。

"你什么时候回来?""猴猴"冲着她喊道。他已经开始对她以你①相称了。

---

① 捷克语中上级与下级、长辈与晚辈、陌生人或关系不熟的人之间一般以"您"相称,同辈、好朋友或关系密切的人之间以"你"相称。

姑娘比他们算的还早回来了一会儿。她是在他们之中寻找大尉吗？她眼睛笑起来的样子真可爱。她咯咯笑着，像个体育课上被老师盯着背心看的小姑娘。

"我给你们带来了这个。"

她开始分发羊角面包、三明治、小面包和鸡蛋。

"您不想跟我们多待些时间吗，小姐？""歌手"问，"我们总能为您找到一个还不赖的安全地方，就算晚上在军营里睡觉也不是问题。"

"要是您能老实地把手放在身边，"姑娘说，"规规矩矩地，不然我才不会那么做呢。"

"您这么吃过鸡蛋吗，小姐？""猴猴"问。

他用弯刀把鸡蛋顶部削掉，生着喝下去了。

"就该这么着。""歌手"说。

"准备撤离吧。"上等兵说。

"您可以跟我们一起走，小姐，或跟我待在棚子里。""检察官"对姑娘耳语。

"您怎么会这么想？"姑娘问。

他接着说："您可以深情地把手放在身旁，我不会去碰的。"

"集合。"上等兵又说了一遍。

"文身"还在卷袖子，他把衬衫扯到胸口，露出皮肤上的图案。他的身体很漂亮，全是肌肉，没有一块赘肉。他给姑娘和大兵们展示他身上的一系列图画。当他运动起来时，肌肉群就构成了一幕戏。他胸膛上有一只美人鱼，她的故事从他心脏跳动的地方开始，结束在臀部的尾骨处。他用胳膊抱着腰，像在表演一支舞蹈，又像是跟自己做爱。姑娘还从没见过这个，一些士兵和新手们也没见过。"文身"曾在越南的奠边府跟着法国外籍军团待了三年,之前他在阿尔及利亚。他从衬衣口袋里掏出一些照片,上面的他看起来要年轻几岁。在照片里,他穿着有流苏的制服。这些标志宣告着:斯迪—艾尔—阿拜斯。艾尔—卡戴尔。①

"您是怎么幸存下来的?"姑娘想知道。

"除我以外,几个朋友都被他们枪杀了,""文身"回答,"炸弹炸出的大坑里全是水,我们十个人躲在坑里。我的头在水面下坚持得时间比较长,他们憋不住,比我先抬起头呼吸。后来,美国人接管了我们。"

"可能您经历过很多这样的事情吧。"姑娘说。

"我的经历比那些被越南人关在水下木笼子里的男人们要少得多。水里游着饥饿凶猛的水耗子,它们还学会了吃人肉的本事。"

"听我说,集合了。"上等兵命令道。

"我已经开始把一个更好的结局移植到回忆中。我问自己,那些耗子有那么大吗?或许我希望它们的个头能小一些。记忆已经模糊不清了。"他露出脖子上的伤疤和腿上凹下去的一个小洞,大小像战前五克朗的银币,"我还有个纪念品,几只色彩鲜艳的小猴儿绣在丝绸上。我可以给您一个,小姐。还有蛇和鲨鱼伏在长着紫罗兰色花冠的果树上,这不是给那些心脏脆弱的人准备的。但总比建设原子能的社会主义要好。"

大兵们绕着姑娘,分散地围成一圈。他们坐在铁锹上,用它垫着胯部,手向前抓着把儿。

---

① 地名,位于非洲北部。二战时期北非战场德军司令官隆美尔与英国陆军元帅蒙哥马利曾在此交战,后隆美尔战败,德国人撤出非洲。

"集合,这是第三次也是最后一次命令。"上等兵喊道。

"猴猴"又喝了一个鸡蛋。他跪倒在泥浆里,好从裙子底下看姑娘。

其他人开始列队了。

"一般他都能用泥巴捏出个女人。""检察官"说"猴猴"。

姑娘把裙子往腿上压一压。

"是雪人。""猴猴"承认。

"白雪公主。""黎高-黎高"纠正他。

姑娘又开始笑了。他们只能猜测,她灰色的鸽子般的眼睛里藏着什么样的渴望和想法。

"在特赦的条件下,我让他们抓住了我,""文身"补充说,"我可以选择世界上最美丽的城市——斯德哥尔摩。那里的城堡在中午某个适当的时间进行换岗,场面如同锡兵①在背景音乐下表演,守卫的服饰极其华丽。六月末,那里的太阳会照耀十九小时。斯德哥尔摩由十四个岛屿组成,拥有五十多座桥,干净得像去除了内脏的鱼。那里的人们很守时,他们不说谎,也不偷窃。在那种环境里,您可以非常放松。他们为客人端上鲱鱼、烟熏鲑鱼配小茴香,作料有糖、胡椒粉、甜芥末酱,不放面包。"

"集合,就让他趴着吧。"上等兵命令。

"猴猴"没有被吓住。

"你别急啊,"他对上等兵说,"我们还有时间呢。"

她穿着白色的已经有点变黄的内衣,本来应该是亮面的布料,现在已经没有光泽,穿得很松了。腿上露着这么大的缝儿,即使看不见全部也能窥见不少。她的内裤一定是高腰的,一直

---

① 一种流行于19世纪的金属小玩偶。

拉到肚脐。内裤很旧,能看见脱落的、跑出来的线头,下面是吊袜带。这是根结实的带子,本身的弹性很好,长筒袜吊在结实的弹力袜带的网眼上。往上在她的肚子处挤出一层饱含脂肪的皮肤,往下一撮细毛钻了出来,被带子压在姑娘的三角地带。

就像"猴猴"瞥见的一样,她的腿很结实,腿肚上抹着泥巴,大腿几乎有些短,显得很膨胀。她的膝盖还跟孩子似的,大腿外侧和内侧由于外出活动给磨破了皮,腿上冒出一些疹子。从她的腿肚,能看出昨天的高筒女靴勒进肉里有多深。

"猴猴"已经不需要再在她身上探索什么了。他坐直身子,对农场姑娘报以一个微笑,露出三十二颗洁白的牙齿,好像在说他的牙齿有多好用似的。

他用手蹭了她一下。

她笑起来,"女孩子像星星,只能看,不能摸。"

"您今晚有什么打算,小姐?""文身"问。

"我的打算太多,钱太少。"她咯咯笑。

"您不用为这个操心,""文身"说,"交给我们来办吧。唯一要紧的是我们身边有个姑娘了。"

姑娘的眼睛里写着疑问、决意、不安和一闪而过的渴望,这渴望迅速退去,又涌了上来。她用手掌抚了抚裙子。不能让他们知道她在想什么,她想知道什么,又害怕什么。这好比人在幻想什么事物时,一面又担心如果真的得到了它,幻想就会破灭。她应该从他们之中选择哪一个呢?他们中谁愿意选她呢?就算他们差不多所有人都想要她,她也不会感到惊奇。这不是头一回了。她期待单独跟他们在一起。

她看向"牧师"。她不了解他的过去。他像一个期待着被理解的人那样在看她吗?是他最先说,我们对自己的了解跟对星星的了解一样少吗？她的目光又一次瞄向"十九岁"。她只消看一眼就足够了，他看起来不像罪犯。她觉得，他拿着铁锹站着的样子像她记忆深处的一个人。

"我可能要说抱歉了。"她说。

"您可以相信我们，小姐。""猴猴"说。

"凡事得三思而后行。"姑娘回答他。

她的眼睛在大兵们的眼睛里寻找信任。看得出来，她动摇了。

"茨冈人"对她说："在你眼前有一个激动人心的未来，它唾手可得。我只需看看你掌心的纹路如何就知道。根据星象，你的星座在九月的五天里，从今天，也就是现在开始，到三十号的午夜结束。那是个星期六。那一天，会决定你的幸福和健康，还有你会活多久。你自己拿主意吧。"

"您偶尔去骑马吗，小姐？""麦基克"问。

"我已经一年没见过马了。"

"我们听说过一个经常骑马的女孩，""麦基克"补充说，"几个小伙子看见过她，我想，没穿骑马服。跟奥尔良圣女①有点像。为这话已经值得大吵一架了。"

"检察官"消失在工具棚后。队伍已经排列整齐，上等兵命令报数（虽然缺了"检察官"，报出来的仍然是二十八人）。

姑娘站在队伍旁边，上等兵没把她赶出去。他在等工头锁上工具棚。（工头很奇怪，就在他盯着车轮的时候，是谁又把他

---

① 指圣女贞德(1412—1431)，法国军事家，天主教圣徒，被法国人视为民族英雄。在英法百年战争(1337—1453)中，她带领法国军队对抗英军的入侵，最后被捕处决。

的车把给掉了个个儿。他没说一个字儿。他恨他们,恨不得把他们全关起来。世界没有他们照转不误)

拨开活动木板,"检察官"毫不费力地进到工具棚里。

"你们农场上有多少匹马,小姐?""麦基克"问。

"我们用拖拉机。你们也已经不用弓箭射击了,不是吗?"

"麦基克"猜想,她不加马鞍骑在马上会是什么样。那是她吗?

"你已经没牙了?"姑娘问"茨冈人"。

"我的牙床硬着哩,没切开的肉排我也嚼得动。""小提琴手"①说。

"安静。"上等兵发令。

"你们大尉在哪儿?"姑娘想知道。

"他没当班,我们还没注意到呢。""文身"说。

工头已经把车轮安好了,他锁上棚子。他能辨别出大兵们的声音。

"那您呢?"姑娘问。

"我们还想问您呢,""麦基克"说,"您是那个古老传说的一部分吗?据说农场上一个女孩常常在天色黑得伸手不见五指时骑马。"

姑娘仔细看着他。她垂下眼睛。

"小姐,我们像乐器一样纯净。""歌手"说。

"我们都是绅士。""荷兰人"说。

"您在我们中找不出告密者,""猴猴"补充说,"我们里面没

---

① 与"茨冈人"为同一人,"小提琴手"是其另一绰号,捷克地区的茨冈人都是优秀的乐手。

有政府机构的人,对此您大可放心。"

"我们就是我们自己的立法机构,我们没有政治野心,""文身"说,"比起那些来,我们对怎么用马来语说这个更感兴趣:Nono。"

"它是什么意思?"

"类似你们的'这个'。Nono。"

"那您同意了?"

"如果您碰巧撞上大尉,小姐,您肯定能认出他,他站着时望远镜挂在胸前或皮带上。他大都叉开腿,鼻子下面留着英伦式胡子,像射击手和剑客那种的。""麦基克"回到大尉的话题上来。

"你们这儿所有人都是劳动部队的?"

"从第一个人到最后一个人,""查拉"回答,"全是对国家来说不可靠的人。"

"就像我们老指挥员说的,小姐,拿起棍棒,把我们从国家中驱逐出去。""麦基克"补充道。

"你就从整个共和国里挑选人员资料吧,""查拉"继续说,"富农的儿子,立场不坚定的小农、中农和知识分子;耶和华的见证人,牧师;几个在战争期间错误地在英国皇家空军为祖国服务的飞行员,为保险起见,其中一个人被派到矿井工作,以防他逃到山后去。当人们问他为什么加入英国空军时,他回答说,因为他不喜欢走路。还有没有撤走的德国人、匈牙利人和公爵,如果他们想向我们交枪的话,半数人会在宣誓时不小心让步枪掉进稀泥里的。正如工头先生说的,千人一面。人们全都逃避工作,喝得酩酊大醉,把容易上手的姑娘挨排追个遍。工头先生会让我们全都胜任的。为了这,有人时不时给他调调自行车车轮和车把的前叉。再无情的硬汉也会受不住而号哭的。有时,他也放任地去喝几杯啤酒,当奖金到手的时候。"

"您当真想要我相信您吗?"

"多么光荣的开路先锋啊,小姐,""查拉"说,"您会认同的,有时候人不是置之死地而后生吗?"

"您不觉得有些奇怪吗?"

"我是没毕业的博士,小姐,""麦基克"说,"昨天有个边境警备军的军士长在我们这儿,因为他在布拉格去看了他的舅母,而她在土耳其大使馆洗厕所。他们指控他从事间谍活动。"

她抬头望着天空。风把云块吹散了,最后一缕夕阳染上了红色。

"你们农场那边已经生火了吗?"上等兵问姑娘。

"你们呢?"

"只要我们有木柴。从去年起,我们对生火这事就有些避讳。"

"十九岁"的眼睛挂在她身上。"牧师"用桦树枝扫着制服。

"他比上一个指挥员好,上一个被我们用炉子教训了,现在他还穷于应付这些事呢。""查拉"谈论大尉。

"我应该采取卧式射击的姿势吗?""猴猴"没头没脑地问。

"小伙子们,撤离。"上等兵下命令。

他站到一边,看他们的队形如何。

他们把姑娘留在身后。

11

士兵们在"检察官"缺席的情况下列队回营。不知道姑娘有没有觉察到。过了一会儿,他从棚子墙上的洞里爬出来,连门锁都没有碰。姑娘有点给吓着了。

"为了保险起见,您跟我进去吧,小姐,万一他们碰巧又回来了呢。"

他拉住姑娘的手,把她拖进棚子。她只能无力地反抗。

"咱们在下雨之前先躲一阵子,然后我把你偷偷带进军营,如果你愿意的话。"他喘了口气又说,"如果我们今天能成功,明天就再试一次。"

"检察官"看向她。姑娘也看向他。

他们已经在棚子里了。"检察官"说:"我看起来就像对政治培训感到绝望的苏格兰首领。他已经投降,率军撤退到洞穴中,正打算告诉自己的人,让他们准备好忍饥挨饿,被狼群撕成碎片。这时,他看见一只小蜘蛛在往上爬,还没爬到边上就掉下来。它爬了十几次,最后终于成功了。这使心灰意懒的首领振作起来。我要做的事跟那只小蜘蛛一样,说点什么,下达作战的命令。他们大获全胜了。"

"看来我正好跟一只小毛虫待在一起。"姑娘说。

"检察官"在猜测,她是不是人们谈论的那个赤身骑马的女孩。他对这个猜想抱着人们大都没有的期望。

"要是你们的大尉抓到咱们怎么办?"

"那就有一场好戏看了,你别担心这个,""检察官"回答,"他跟其他人不一样,至少他努力跟其他人不一样。他常常要求自己给我们创造福利。只要不爆发战争,从胜利走向胜利的说法就足以让大部分军官自我陶醉了。"姑娘从木板上的疤眼和缝隙间看着"山冈"。

"'山冈'不错,""检察官"说,"星期天禁止外出时,它是最好的岗哨。"

他们可以把她偷带进军营里辅助技术营的地盘，这些话在睡梦中让她的心怦怦直跳。她对此有自己的幻想。

她不止一次幻想过这个情景。（女孩所需要的一切和梦想的一切。）一个人请她躺下来，第二个人给她脱下鞋子。第三个人把她的长筒袜卷下来，除去一件件衣服，直到她完全一丝不挂。有人对她说，她的腿一定很累，然后给她揉脚底和小腿肚。另一个人用手掌在上面忙活，手法跟给运动员们做按摩一样。他们为她做男孩或男人也许只在梦里才给女孩做的事情。她暗自一笑。两个大兵握着她的手，第三个大兵轻抚她的秀发，第四个紧挨着抚弄她，好让她舒服，这不是很美妙吗？这不是可以让他们调整一下心情，让他们觉得除了干活，他们也可以把她服侍得很好吗？

她把视线从裂缝和缺口那里挪开。

"我喜欢天色昏暗时的'山冈'。我从我睡觉的起居室的窗口看着它，总觉着它是另一个世界的一部分。当太阳照耀在它上面时，它看起来像个通体乌黑、没点火的火炬被映成了白色。黄昏的夕阳只照得出它顶部的巨石。我也喜欢云团飘在它上面的样子。阳光穿透云层射下来，从各个角度照在'山冈'上。这是我所生活的世界，但我从未见过它的这一面。"

她接着说："有时候，早上，我比应该起的时间提前醒了，可能我不需要睡那么多觉。我周围的一切突如其来地变黑了。我小时候是那么怕黑。一切都安静下来，人可以听得到他之前觉察不到的各种声音。树叶，风，动物。远处某个地方还有灯光，那是我没去过，可能永远也不会去的地方。房屋、城市和村庄，在那里生活着跟我和我们这里不一样的人们。我只认识寥寥无几的人，他们是那么平淡无奇，还有那么多精彩的人我无法认识,可能永远都遇不到他们,一想到这些,就让我崩溃。"

姑娘轻轻叹口气。她沉默了一会儿。

"检察官"努力去感受她怎么了。她看起来像是要从自己身体里爬出来似的。她没来由地咯咯笑了一阵子,然后又跟他聊起这些事来。

"你什么时候第一次做那事?"

姑娘看了他一眼。

"在学校里?"

"七岁时,男孩们叫我婊子。十一岁时他们来蹭我的大腿,在我身上乱摸。我记不清他们什么时候开始拉我的胸罩带,也记不清他们对我的乳房说过什么话。我很早就比别人戴更大码的文胸。你会自觉地让它显得小一点:好像你有了什么不该有的东西。男孩们大都会摸你,即使你不愿意也不行。有时老师会注意到我,但这是我想要的。我希望他喜欢我。他用眼睛在我身上搜寻,看我能不能做他想做的事。后来,他甩了我。他既怕自己又怕我,怕人们因为这件丑闻把他撵走。这时男孩子们已经开始对我吐舌头了。"

"你的学生成绩单上写到这件事吗?"

"你指什么?"

"或者在基本档案上有记录。"

"在农场,晚上我脱衣服或早上穿衣服时,有谁从门缝或窗户偷看我,我不讲这些事。有时,我真想把头埋在羽绒被下,不从被窝里爬出来。"

"你在想其他事吗?"

他看了一眼她的腿。她在马上一定骑得很好。

"你在我身上找什么?"姑娘问,"为什么这么盯着我看?"

"你从哪儿来？"

"克尔科诺谢山①，边境的小木屋那儿。"

"你在那里做什么？警戒雪崩？做林业工作？我肯定会让山林伯纳德②把冻僵的人挂在脖子下面的朗姆酒给喝掉。"

"我揉搓冻伤的脸颊和乳房，让自己暖和起来，别被冻死。我是去那里挣钱的。"姑娘说。

"很高兴我们能一块在这儿，""检察官"说，"他们会给我留出晚饭，半根香肠。我这里还有件制服外套。我们可以从栅栏上的洞钻到军营里。"

棚子里很暗。光透过裂缝和报纸照进来。

"你在农场过得怎么样？"

"有些东西让我喜欢，有些东西我没有。"

姑娘试着把军用夹克套在衣服外面。"检察官"等着，看她之前会不会脱掉什么衣服。她接着穿上一只鞋，试着站定穿另一只，她咯咯笑起来。她已经从"检察官"那儿知道，如果想藏身的话，怎么进到棚子里再出来。

"你可以先躺着，""检察官"向姑娘建议，"我们必须等到天黑。"

"天色还没怎么变呢。"姑娘说。

他的手扭着裤子上的纽扣。她默不作声。她可以想象，对她来说，跟他和把他藏起来的其他人在一起会有多么危险。他聊起"文身"，说他还去过非洲的贝沙尔③。军队妓院对他而言

---

① 位于捷克北端。
② 一种大型犬，专门用于救援遭遇雪崩的人们。
③ 阿尔及利亚的首都。

可不是个新闻。他讲了他在那边干的事。为了玩乐,他花了不少军饷。"十九岁"会跟狗打交道,他能把它们催眠,甚至让它们都不冲他叫。

"谁把你养得这么苗条,腰细得跟灯管似的?""检察官"问。

"妈妈和爸爸,"姑娘做了个鬼脸,"结果是营养不良。我也有过超重的时候,但我控制住了。我不准自己进厨房、开冰箱,我扔了几个妈妈留下的蒸锅和煎锅。我喜欢自己的身体。我听说这种身材的模特钱赚得多到有罪恶感。我意志坚强,能够自觉约束自己。当需要减肥的时候,我可以好几天只喝水。"

"最后我还是有了辆自己的车。就因为这事他们不放过我。"

"要是我也会想这么干的。"

"你有孩子吗?""检察官"忽然问。

"还没有,"姑娘说,"我一个人在农场。我没有父母,哥哥离得很远,这几乎算是个优势了。最后一次家庭晚餐,回想起来还让我不舒服。爸爸醉醺醺地回来,妈妈在桌上给他放了根冷香肠。后来我只看到芥末酱沿着墙滴下来,听见他们互相吼叫,除了父亲,所有人都哭了。妈妈把我和哥哥打发到外边,三个月后,他们离婚了。他们什么也没留下。我唯一从妈妈那儿得到的是她的金戒指,可我不戴它。"

姑娘感到她说话时他在观察她。她只要看他一眼就知道了。他想看什么?手上的老趼?指甲里的污垢?

"我单身,那些已婚人视我为危险人物。当我跳舞时,我发现自己呈现出怪异的状态,女人和小伙子们都怕我。我打扮时,显得轻浮。不捎伤自己吧,又显得邋遢。当我很久没去看什么人时,他们会打探发生了什么事,是不是我刚好在外面有替代的人了。我乱花钱时,一定是有人贴补我。我节省的话则是我小气,对怎么花钱绞尽脑汁。在农场里,如果你很长时间不联系任何人,你会显得奇怪,好像跟大家生分似的。所以你选择吧。有时,我不知道是该哭还是该笑。我希望能在外面遇到五十岁以下、好相处的男人,能在没喝醉的状态下跟我聊聊天。只要他没结婚,不是变态,或再过两年就八十了,一副鸡皮鹤发相。"

"你喜欢的小伙子一定要会骑马吗?"

她笑了,她猜出大兵在观察什么了。

"如果他不会,我愿意教他。"

"你跟小伙子在一起时最喜欢做什么?"

"聊聊他的生活。如果他对我的生活也感兴趣,我会很开心。"

"你真是从山里来的?"

"怎么这么问? 我看起来很矮吗?"她接着说,"我小时候,一直有人监督我的脖子和耳朵,等我长大后,已经没人在意这些了。长期以来,我就是这么个瘦柴火棒,没屁股。但是去年情况好些了,我对自己说,在这种小村子里,除了我吃的食物,还有什么能吃呢? 周围的人不都是吃五谷杂粮吗? 这是农场里精明的女人们的另一个理论,不干不净,吃了没病。"她直言不讳,这是最后一件折磨她的事情。

"检察官"腰部的裤子鼓起来了。

"你笑什么?"

"你。"

"为什么?"

"你这不是很粗鲁吗? 我可不想在没作决定之前有人来碰我。"

"我只是握着你的手腕儿。"

"我不想你扑向我。"

"没人会伤害你的。"

"你手里是什么?"

"只是手指,""检察官"说,"我想给你看点东西。"

他身上围着面美国国旗。黑暗中红白蓝条和星星在熠熠发光。

"我看见它了。你不脱下来更好看。"

"你离这么近,我要保持手在身旁不动很困难。你裹得太严实了。"

"你不想要这个吗?"

"嗯,还是等我们要走的时候吧。"

"你害怕吗?"

"那你怕我吗?"

"我很自在。"

"你会喜欢我们的宿舍的。小伙子们要为你做一个表演。如果你喜欢说笑话,那你就找不到更好的派对了。我们有二十八个人,你是独舞。"

她接着说:"以前我在农场经常哭,现在笑的时候更多。但是我在农场很少笑。我很难过,因为我是一个人。有时我努力地想,我究竟为什么要生下来。"

"在我们这儿,'山冈'就不会让你那么难过了。"

"就算我也想,我不喜欢那么草率。"姑娘说。

他决定要抱住她,于是,他这么做了。用两只胳膊。他等着她会做什么。

"你是想让我看看,小伙子哪儿的力气最大吗?"

"女孩不会吗?"

"我只要骑马就够了。给自己冲个淋浴,倚着椅子腿儿,打上泡泡再冲水。仔细想想事情,或是脱个精光给什么人看。以后想想这只是小涟漪而已。抽搐几下,怎么这么快?就像水一下子涌出来。对我来说,你只要这么近地握着我的手就足够了。但是,现在我真的很想笑。"

"你还好吗?"

"我不知道。"

"你讲过精神病医生的事。"

"嗯。"

一道深渊在她面前裂开。这就是她的命运。路在这里结束,现在怎么办?片刻之后她必须张开嘴,伸出舌头,在它底下有颗宝石。她不必看,在心里就看到了 Scharführer① 的枪。难道他会把她送去焚烧吗?

"给我唱歌,"小队长忽然说,"不愿意吗?唱吧唱吧。你小时候妈妈给你唱什么?"

她把一只手掌放到嘴前面,脸在发烧。她应该唱什么?她开始唱《卡门》里的一段歌,他们在学校里排练过。她一直把手放在嘴前面。她试着先小声咕哝一遍,好把音调找准。

"就是它,"小队长说,"勇敢的斗牛士,你可要小心……开始唱吧!"他看着她的嘴,她的喉咙,她的胸部。

"大点声!"

她担心他会瞥见她舌头下的宝石,将它据为己有,再也拿不回来。她知道,这事关她的性命。

---

① 德语,"五级小队长",1925—1945 年被几支党卫军使用的纳粹党军衔。

她使尽全部力气大声唱。小队长想要她唱多久？这听起来很可笑,她想着自己的舌头。她抬起下巴,给宝石做成一个尽可能牢固的底座。她希望得到宝石,可她现在动弹不了,她已经唱到了咏叹调的中间。小队长不曾把眼睛从她的嘴上移开。他会想到她的舌头下有颗宝石吗？他看到她在颤抖吗？她的声音在发颤。她完了。血不断往她的脸上涌。

小队长用手捏起她的下巴,"有点不够专业,但还不算太差。我看到你的牙齿不错。嗯,给我看看舌头。"

她停住不唱了。她垂下头,把舌头伸出来几秒钟。她祈祷着宝石还在该待的地方,同时对已然注定的命运心甘情愿地妥协了。

小队长突然转过身。他对她失去兴趣了吗？她守住秘密了吗？她像唱歌时那样换了口气。

"下次你还来给我们唱。"小队长宣布,几乎已经是背对着她了。

"你不舒服吗？"

"我不想成为一个废物。我也想要,跟你们一样。我理解为什么小伙子们有时候会怕我,好像我会把他们给吞了、撕碎或让他们无能似的,女孩很容易会让男孩不行。好像我做这种事都不需要刀似的,我不是那种虐待狂。"她又说,"可能女孩也不喜欢被人割掉乳房,战争结束时人们对墨索里尼的情人这么做过。或者你也认为女孩和男孩之间的一切事情都由男孩决定,女孩跟男孩比起来没有什么价值,还不如废旧无用的货币、不再流通的铸币？"

"你很特别。"

"为什么?"

"我想是因为你在猪圈工作。"

"我相信爱情。"她忽然说。

"一些女孩的黑色肩章让我们像小鬼躲着十字架似的。我们跟她们不是一类人。我们完全不想加官晋爵的事。在这一点上,我们和大尉一样。"

"我也躲着一些人。我认识一个人,他既不帅,也不丑。他的右眼常常眨个不停。我是在小路上遇见他的。我们醉得一塌糊涂。我跟他坐车回家。他的房子那么小。真是个脏得惨兮兮的房子,好像是他的巢穴,里面堆满了留声机唱片、书和旧照片。他给我泡茶,烤了面包。一切都很值得期待,直到小伙子已经有些控制不住自己了。他拉开床头柜的抽屉,里面全是外婆留下的针线包,他还有他外婆的照片。针线包里又塞满了大大小小的缝衣针和大头针。我不知道该怎么看待这件事。这时,他让我用这些大头针扎他。起初我以为他在开玩笑,但他没有。他需要这么做。我害怕用这些大头针。他求我。不会有比这更糟糕的事了。他哽咽着,号叫着。于是,我做了他要求的事。第二天早上,他看起来像什么都没发生过一样。但他谈起这件事说,'你看,我大概是疯了,你没料到会是这样吧?'从那时起,我一看见他就改走另一条路。"

"你经历的全是这些棘手的事吗?"

"有时候这种人老缠着我。一次,我和一个女朋友在拉拉什高酒馆庆祝除夕。电话响了,服务员告诉我们,我们应该到对面的酒馆去,有人在等我们。当时已经快到午夜了。我们敲了门。他们从里面把门插上了。那里挤满了人,没有人循规蹈矩。所有人都很开心、狂野,醉得一塌糊涂。这时我看见了他。他是我的同学,他知道我曾经迷恋他。他坐在角落里,看起来像个巨人。我原以为再也不会见到他了。他是那种人,会让你在心里对自己说,就这样吧,不会有结果的——但你还是会编织跟他有关的梦。现在,他坐在小酒馆柜台旁边的椅子上,这真是疯狂、混乱,让人着迷。他带我到了房间。我想我当时要了一次又一次,但求永远不要结束。第二天,他消失得无影无踪。他现在在美国的什么地方,可能是波士顿。那真是我度过的最美好的夜晚。我的膝盖和后背三天都没直过来,他或许也一样。真可惜,这件事那么平常。可能正因为如此,我才念念不忘吧。"

"你哥哥为什么在精神病院?"

"他有幻觉。他们已经把他带走三次了。现在他们把他关在那儿,看起来还要关一段时间。他们认为他身上潜伏着魔鬼,它们图谋他的健康,可能还会夺走他的生命。人们相信,它们没要他的命只是为了要折磨他,即便这样,它们也不会满足。他没着魔以前是个不错的伙伴。我们是朋友。他保护我。他心肠很好,愿意倾囊帮助别人。有人给他出主意,在脖子上挂个十字架来驱魔,但是要倒着戴,让十字架长的一端在上面。据说有个老婆婆对此有经验。她有时坐车去看他。他一直喃喃不休,并不是因为我没钱给他治病,这让我很苦恼。他看着我,好像我也是个魔鬼似的。我不想刺激他或让他受折磨。"

"人们能看到不存在的东西。很多这样的人并没有进精神病院。""检察官"说,想让姑娘高兴起来。他感觉得到姑娘七上八下纷乱的心绪。他知道他们在一起玩什么,他想赢,但并不是为了让她输。

他们听见乌鸦叫。它们哇哇的叫声传到薄暮之中,在远方的开阔处回响。天色在不断变暗。

"我喜欢这样白蒙蒙的夜晚。"

"你哥哥在精神病院里做什么?"

"他坐着,一直坐着,盯着东西看啊看的,可能在看自己身上的那些魔鬼。也可能那些魔鬼在看他。"

"你觉得他会摆脱它们吗?"

"我希望吧。比如这些魔鬼会变成不那么具有伤害性的小妖精。我不愿想这件事。我就像我们的前任主席一样,玩牌的时候总想把输掉的钱再赢回来,但输掉的再也不会成为他的了。我只是期待着哥哥能被治愈,又变得健康、强壮和快活,像我所熟悉的那样正常。"

"你哥哥长得什么样?跟我认识的什么人像吗?"

"他就像你们那里的大兵。瘦削的面颊,忧郁的眼睛,下巴尖尖的。我在家里有照片,我可以拿给你看。农场的人很高兴他被除掉了。他们害怕他。他们想消灭掉所有精神失常或有残疾的人、盲人和聋子,只剩下那些健康的、有工作能力的人,跟希特勒一样。人总会害怕某些东西。"

"检察官"抓了抓头,用手指推了推帽子。他的关节噼啪作响。姑娘越往下说,便越成功地挡开了他最想要她做的事。

"抱怨总让人无力,所以我也不怎么喜欢抱怨,"她说,"可最让人受不了的是农场里的那些老太太。我不知道她们年轻时什么样。现在你已经没法从小伙子们中看见她们了。他们害怕她们。她们最想做的可能是把所有人都阉割。另一方面,她们又想要女孩一生下来就已经成熟,不用浪费时间一天天长大。上帝大人,请保佑这些女孩,让她们可以在星期六晚上打扮一番,不要穿得跟到猪圈工作似的。让她们穿点能吸引男人的东西,裙子、紧身短上衣,不用系最上面的领扣。在那些老太太眼里,这些女孩怎么站怎么坐都不对。当你走路时应该怎么走，或躺着时该是什么姿势，她们都要干涉，让你连睡觉时腿也一定要并拢。她们能容忍的唯一一件事就是你脸上的肥皂泡和两腿之间的来苏尔①。可能她们最想做的事就是用生石灰给你消毒，限制你的指甲留多长。我生活在老人们中间，岁月已经把她们的脑袋腐蚀了。她们的脑袋好像稀里糊涂的，因为她们什么都不认得。她们忘了自己也曾年轻过。她们的身体忘了这件事。或者，就像你已经不跑步了，但你还保留着这种记忆，你曾经也会奔跑。"

"你在工地上怎么说，也说你是裸露症患者吗？"

"有时我会出现这种状态。我没来由地把身上穿的都扯下来，衬衣、裙子，甚至内衣，我就是这个样子，好让眼睛能看见所有东西，或是站在镜子前面。我不知道我内心的什么让我变成这样，是厌恶、脆弱，还是堕落。我还常常穿着橘色的泳衣在猪圈里工作，我尽可能穿小一些的泳衣。我四岁时，我们住在一楼有大窗户的房子里。我藏在窗帘后等着男孩们从学校放学。然后，我突然拉开窗帘——让他们看——我笑得很厉害，他们盯着我看，完全失去了控制。"

"你真的四岁时就这么做了？"

"我那时的想法就跟现在一样。我知道发生了什么事。女孩在懂事之前就懵懵懂懂地知道了。这是女性身体的力量。当时我只有四岁，怎么可能会想得到呢？"

"女孩们可能会想到心智能力之外的一些事，""检察官"承认，"就像'麦基克'常说的——那个高个子小伙儿，留着湿乎乎

---

① 一种消毒剂。

的稻草似的胡子——对女人不满是桩罪过,最终它总会让小伙子吃苦头的。"

她叹了口气,"这是我之所以存在的最有意思的部分。至少能聊聊这件事,但不是和姑娘们。当你和哪个小伙子聊到这事时,还是挺有诱惑的。这很与众不同嘛。"最后她说,"我永远不会嫁给一个对我不满意的男人,就算我爱上了他。除非他具备我对男人所期待的一切。"

姑娘换了话题,是为了把谈话重心转移到他身上吗?还是她为他除去藩篱,好让他不再怕她?

"检察官"沉默了片刻之后,说:"我爸爸死了,他是个酒鬼。我已经记不清有多久了。我相信,过世后,他的魂魄还在帮我把一切维持原状。我周围全是老头老太太,他们衰弱,令人厌烦,没有任何与美有瓜葛的东西,没有什么持久的好事或哪怕是有趣的坏事,生活总是每况愈下。他们的孩子跑到城市去了。我想念老头子,虽然他除了丢下我不管,没为我做过什么。那里的一切最让我想念的,是我不能再叫谁爸爸了。"

她又笑了起来。之后,她说,她相信——跟她哥哥一样,那时人们还没给他穿上束缚衣用救护车带走——人死后会托生。有时她感觉在树林间,在鸟群和牲口身上能遇见父亲。当牛犊、母猪和小猪或趴在窗户上的甲虫看着她时,她能感觉得到。当她骑马时,她拥有一种可以驾驭的安全感和力量感。当粉红色的云彩围拥着她,或呼啸的风对一切表达出同情时,她唱着自己古怪的关于爱情、谎言与忧愁的歌,唱着万事万物,唱着一切令女孩子害怕或厌恶的东西。

"检察官"问她喜欢什么。她回答她相当喜欢机器。农场养马时,她最喜欢骑马。男孩们不会了解,这掩藏着女孩多大的快乐和满足。她可以不用马鞍骑上几个钟头。她更喜欢夏天或秋天,而不是冬天,那时动物们最好待在屋檐下或屋里什么地方。

"检察官"想,她穿着这么好看的衣服可看不大出来她有这种爱好。最后又是平淡的一天了。他想象着她骑马的样子。她怎么坐,怎么用两腿夹紧马背,腹部和大腿根部的三角部位半张着,可能已经濡湿了。或许,她的臀部都磨得发红了。

她应该就是这样骑马的。

缺了一个人的营队早就穿过鲍捷布拉德的伊日①国王和黎巴奥高②元帅的军营大门,他们唱着改编成捷克版本的《卡巴耶夫》③。他们已经赶不上大尉了。他坐在自己的俄罗斯小车里从他们旁边开过,汽车是按照美式模型生产的。他让车灯亮着,朝相反的方向开去,可能是去驻防小镇(要么更远要么更近的地方)。

第一颗星出来了,又亮了三颗。门闩迅速抬起来。佩着黄穗带的陆军中尉用脚打着拍子。大尉的车在"山冈"附近滑过。"山冈"被照亮了片刻,不久又消失在黑暗之中。

12

辅助技术营所住的德国式旧木屋与围墙一起融入昏暗之

---

① 鲍捷布拉德的伊日(1420—1471),1458—1471年间捷克的国王。他是唯一一位不是继承王权,而是从国内的贵族中当选的君主,自他以后都是外国的王室成员统治捷克。
② 巴维尔·黎巴奥高(1892—1948),二战期间和二战后俄罗斯红军装甲部队的指挥官。
③ 苏联歌曲,歌唱的是瓦斯力伊·伊万诺维奇·卡巴耶夫(1887—1919),俄罗斯军人,具有传奇色彩的指挥官,俄罗斯卫国战争期间任苏联领导人。

中。多处都已撕裂的铁丝网上满是可以钻过一个人的裂口和破洞,它只是在某处倚着木屋而已。

来自射击手那边的哨兵绕着营房走时必须得小心,别在黑暗中给铁丝钩住。窗玻璃布满尘土,就算白天也看不见里边。熄灯号过后,一切都被雾气笼罩。这是个点缀着星星的半明半暗的夜晚。生活褪去皮囊,栖入梦乡。服役的日子又少了一天。离复员为平民的日子又近了一天。还有些时日吧。(只要党和政府不把兵役从两年半延长至三年或三年半。)他只听得到风声、鸟声,偶尔响起的几声狗叫和迷路的猫咪叫唤。夜在对他说话。哨兵计算着还要巡逻多久,离站岗结束还要走多少步。风呼呼作响,愈来愈强又渐渐止歇。"山冈"在黑暗中的某个地方,夜色吞没了它。

辅助技术营的大尉在木屋后面睡觉。哨兵晚上在那里找到了一页日记,它是被过堂风刮到岗亭的。我心里总看见你美丽的棕色眼睛在我眼前。你摆好桌子,铺好双人床。你就像无人认识的花茎上的雌蕊,它的形状像女人怀孕时的肚子,就连你自己也不知道。我们是不是应该有个孩子?(他在向她哀求什么?宽容?同情?对某些事的理解?他妻子把这些事想到其他地方去了,像女人常干的那样,这更让他受折磨。)

哨兵把这一页踩到烂泥里去了吗?谁会把复杂的生活跟军官们联系在一起呢?(大尉搞不清楚他日记的最后一页怎么不见了。)

兵营中央,从射击手们的木屋里传出《霍道恩波尔卡舞曲》的旋律。(更烂的版本。)

哨兵不会知道,大尉正在自己的桌前写补充到日记里的一页。(他关着窗,不必担心过堂风把新写的一页又带走了。)他把一箱啤酒放在汽车里,免得才喝一瓶就变温了。(他写道:我在"山冈"附近停下,用望远镜观察着士兵怎么围着农场姑娘身边转。"茨冈人"在她面前点着一个烟蒂,弄得好像那是昂贵的雪茄似的。接着,他把烟头递给"牧师"。"牧师"不要,但吸了一口,可能是怕冒犯"茨冈人"吧。对"牧师"来说,尊严是衡量一个人的标尺,屈辱是衡量不道德的标尺。他反复说,我们生活的这个世纪所屠杀的人比开世之初降生的人要多得多。他断定,充满战争的过去持续影响着现在。)应该谁说谎就杀死谁。对"牧师"来说,不存在任何新的道德。相反,按照他的看法,麻木不仁会导致更恶劣的麻木不仁。现在,他想到引起妻子反感的事情,虽然他把妻子看做淡金色的月光,温柔体贴,善解人意,但这些事情跟让她泣血无异。他只能回想起她蔷薇色的皮肤遍布全身。她的子宫因为其他原因而潮湿,不是因为他。

这时,士兵们在木屋里吼着他们版本的波尔卡舞曲《我要把它捅进你那里》。

巡逻时,哨兵有几次踩在大尉那一页日记上,他已经不记得这事了。他想念刚服役的时候,那时士兵们在兵营里唱歌的次数更多。他喜欢在辅助技术营的木屋周围转悠,因为他们那里唱的是不一样的流行歌曲。他听到有吉他伴奏的《美丽的梅瑞狄斯》。(起初他们唱的是《巴尔的摩》……)

当哨兵经过他们木屋时,他也在想有关辅助技术营的事,但他想的不是大尉,而是其他事。他们从生活中被排挤出来,却连个正式的罪名都没有。但是,除了是否佩带武器,他们和他之间没有任何更大的区别。相反,军官们并没有强迫辅助技术营的成员们自愿到朝鲜为中国士兵们去送死。哨兵想象着罐头里的血被火车、轮船、飞机运输着,运到东方的某所医院。它坐落在七大洋和群山之后,一直到社会主义世界的另一个疆界,谁知道是不是这样呢?同时,他对自己说,他们已经把我们的服役期延长两百天了。(原因是:帝国主义的包围。)他以什么事值得痛恨为依据,来思考营队的人们。令他们快乐的事让我们受折磨。他思想里对辅助技术营的怨恨想法更强烈了些。他个人对此可能更看得开些,除了他必须站岗这件事。他对射击手和辅助技术营之间区别的思考,在忌妒中变了味儿。他聆听着歌声,歌词讲的是在狂风大作、波涛汹涌的海上,一只船随着发动机、海水和水手们的意志漂流。美国水手们向瓜达康纳尔岛航行,活过了今天,而明天谁又知道会如何呢……哨兵站住了。他知道已经有多少人为这首歌坐过班房。(他们为了它,有多少次在工地上被换了差事。)这不是美国歌,而是捷克歌,曲子下面还有作曲家的签名。这些作曲家们谱的曲子怎么可以遭到封杀?

如果军官听不到他们唱歌的话,他们会唱更好听的流行歌曲。这些歌可能每年都要流传一遭。这类歌跟《圣经》、叛国言论或在家中私藏武器一样危险。他们在军团学会的进行曲,比如《经过火场,经过血染的河流》或《我们求风祈雨》,这类歌跟流行歌曲没法比。他像大尉有时做的那样,想象着美国姑娘梅瑞狄斯。长长的腿,发亮的皮肤,她可能是个黑人或混血儿,好多美国水手是有色人种。(据说美国姑娘里,混血儿是最漂亮的。)

哨兵还记得,辅助技术营的男人们总是摆出一副他们没什么可失去的模样。(对他们来说,重要的是如何忍受失败。比起真正的军人来,他们可以容忍更多。)

他们是不一样的人,哨兵想。战争是否悬而未决,对他们有什么影响?(他们应该认为这是让军官们捞得更多的借口。)

哨兵重复着巡逻。狗场,营房和仓库,指挥部,厨房和食堂,还有看守所。战壕。围墙。带小门的栅栏。有些地方有碎石，其他地方只有湿土、烂泥、黏土和泥塘。外边来人视察时，会带一些沙子。晚上，高岭土从黑色变成白色，好像某种白色的潮水。

没过午夜。指挥部还一直亮着灯。他们不是在玩牌畅饮，就是在准备军事图纸，或者他们必须因为数不清的党派、委员会会议、军事会议，鬼知道什么名头的事由待足一定时间。上一次，他听过将军在会上谈到第八十六条：对军队里的敌人缺乏警觉和警戒。第一百一十二条：军人饮酒过度和他们的纵酒。地球上的四万宗罪行都可以记在酒精的账上。他对军人个个去酒馆的表现很不满，而且常常连现任的军官们也这么干——第一百一十六条。将军已经声音嘶哑了。

士兵们强暴妇女。百分之八十的案件甚至都没送交警察局，更不用提诉讼了。法庭释放了百分之五十的被告，因为一个士兵的证词比一个女人的证词更为有效，有时候女人都没意识到自己才是始作俑者。

将军让指挥官们清楚，在社会上存在着可疑人群的名单，前军官们，作家和记者，政治家和警察局官员。他还向他们指出军队的远景如何。他们将建造大面积的地下武器库，保持最高戒备状态，他们手头已有计划，如何给已经攻占的城市、街道改名字，变更货币。他建议军官们学习西欧地理。

将军的一部分讲话，从所谓的原则问题转移到传言造成敌人的神秘化问题上。敌人侵害对方土地上的居民，甚至政府和机关里的人。他们造成了恐惧、痛苦和骚乱，过度自信或缺乏自信，以及恐慌。为了成功地散布传言，有必要估计特定人群的思想状态。但是注意，敌人也同样如此行事，用虚假的传言威胁我们,将军强调。反革命最危险的传言和虚假信息,看似具有真实性。将军接着宣称,没必要再次过度忧虑。人民总是与胜利同行。十分之九的人会追随每一位当权的人,为了填饱肚子,不丧失优势,他们会服务至死而后已。就像希特勒说的,人民好比女人,胜利总是唾手可得,当然我们不能认可他的话。

将军的嗓音沙哑。他的报告已经讲过上百或上千次了,他在各种守备部队里都讲过双轨制的必要性。他说,他们可以为国家的建设感到骄傲。国家比过去任何一个资产阶级政府建造了更多的监狱。寄生虫们借国家慷慨之机揩油的事情渐渐减少。印刷出来的地图太相似了,像布尔迪山脉、眉茂涅森林或窦波夫山脉①不应出现在任何一张地图上。他看到了什么?每一次都是警惕,警惕,再警惕。

哨兵专心听了一会儿,但他听不懂这些话的意义。他只听到将军的声音就感到厌烦了。

他继续往前走。是不是每一场战争都要以钴②收场,即便战争发生在像阿尔巴尼亚或以色列那种无足轻重的小国?他已经听不见将军对这个问题的回答了。他连将军为这种问题喝令军官们住嘴也没听到。(这是切合实际的问题,也会造成伤害。这些问题会破坏军官团体和军队的团结,他把它们归为犹太教法典学者和中世纪学者的问题。)还好,他们没有问将军有几个天使能在针尖上跳舞。他并非先知。他只是个将军,他来自老百姓,也是血肉之躯,同他们一样。晚安。将军嘶哑着嗓子说:

---

① 布尔迪山脉和窦波夫山脉位于捷克西北部,眉茂涅森林位于捷克北部。
② 一种金属元素。钴的放射性同位素钴 60 在机械、化工、冶金等方面都有广泛的应用,在医疗上可以代替镭治疗癌症。钴还可用来制造核武器,一种理论上的原子弹或氢弹装于钴壳内,爆炸后可使钴变成致命的放射性尘埃。

"军官同志们,我们为世界霸权而战。为世界霸权——这是终极目标。"

午夜之前,射击手小队开始在厨房里削土豆。他们的司务长不削,他只是看着他们把厚厚的皮削下来,以便他们可以早点躺到床上去。

哨兵知道,只有列兵巴依戈尔特和宾茨在看守所里坐着。哨兵有义务透过牢房的小窗户窥视他们。这两个射击手蹲班房,是因为他们跟将军不对劲。揭穿违纪行为只需十五分钟的反间谍活动就够了。巴依戈尔特和宾茨起走总部的门销,用斧子别住了门。他们用拨号交换机邀请了两个布拉格的女友,她们正与将军同时坐车赶来,尽管各自坐各自的。多少年以来,军团都闭目塞听,与战争的世界和革命脱节了。现在他们在玩牌。不允许开电灯,他们点了蜡烛。

哨兵听着辅助技术营木屋的动静,这里原本住着一些德国小伙子,他们已经被征召入伍了。辅助技术营的士兵们以一种模范的方式结合在一起。他们互相借钱,夺刀子,卖力工作。(二十个持异类观点的男人就足以在政治上扰乱军团。)他们声称自己现在是,而且将来也是最优异的,尽管军队除不发步枪之外,连螺丝刀都不发给他们。他们眼里的好事在军官们眼中意味着坏事。这种人越聚越多,政治军官认为。

哨兵又到了厨房附近。Dolce far niente①,他想。

他想都没想到,辅助技术营木屋里的男人们知道他来过。每一次他经过他们就停止交谈,只是玩闹。现在,他们唱起《摇篮曲》。"等你长大时,你会成为一名水手;乘着一只大船航行到

---

① 意大利语,意为"这么闲散也不错"。

远方……"

　　这是首忧伤的歌,哨兵听着它,迎着拂晓,有了些入夜的困意。大尉的房间一团漆黑。指挥部也熄了灯。("检察官"还没回来。他们用脚后跟也能想到他为什么没回来。他们可以替他掩护到早上。之后,就是他的事了。还有农场姑娘的事。)哨兵在光源旁边看了一眼自动步枪,别因为勾住他的大衣、皮带或纽扣而走了火,此前在一个哨兵身上就发生了这种事。狗场和厨房之间的路上回响着嗥叫和低吠声。狗场是隔离的。哨兵拉了拉帽子,盖住耳朵(这是违反规定的)。后半夜很冷。

13

　　辅助技术营的男人们渐渐睡着,又醒了过来。灯全熄了,只有门上面的蓝色指示灯还亮着。(有时候他们用头盔或盛防毒面具的盒子把它扣住。)"查拉"还在弹琴,他弹遍了大概二十首流浪歌谣。

　　大尉睡着的工夫,"十九岁"醒过来。他有一种感觉,谁都不知道他,甚至是他自己。好像他在过着其他什么人的生活。眼下,在寂静中,他感到自己从不是一个人,总有什么人在替他考虑,为他打点。这个人规划着他的未来,审视着他的过去,连问都没问他一声,他愿不愿意。这不是什么愉快的感受。存在心灵感应这回事吗?(他想到大尉,想到那个姑娘,还有"检察官"。)这是不是意味着,有人像他在琢磨那人一样,也在琢磨他?他想母亲时母亲在想着他吗?那父亲呢?可能有时会吧。农场姑娘呢?总有人可以拥有他想要的一切,这话让他感到压抑。只是这种想法总有各式各样的名头和外衣。一朝是富裕的象征,转过天来就成了资本主义。人只有靠贪得无厌的天性才能存活。有些人总是能打出擦边球。道德是无形的,并不表示它不存在。每个人就各取所需吧。

  他察觉到,大部分小伙子都没睡着。

  "说起我维也纳的妈妈,""麦基克"对"文身"小声说,"妈妈认为最无知的人在她的故乡。他们生活在自己美妙绝伦的孤岛上,不让现实来搅扰这种日子。人们常常提到他们昔日的辉煌,可谁知道过去这里是不是真有那么伟大呢。华尔兹舞曲和奶油扎克斯蛋糕①被他们拔高到跟珠穆朗玛峰同等的地位。他们为自己的文明,为个人的成熟,为早就衰亡了的东西而自鸣得意,要是这些东西还在,他们可能只看得到自己的鼻子吧。西格蒙德·弗洛伊德的《梦的解析》,印数六百册,他们光卖它就卖了八年。"

  新手现在已被改叫"童花头",这是因为他头发的样子,他跟着小队服务。他时不时往屋里看一眼。他的助手是"黎高—黎高",他正在桌旁昏睡,屁股冲着门口。(原本他们打算给他个"贵族"绰号,正因为他太难让人联想到贵族了。)

  "工头应该修理的可不只是车把手。""十九岁"简短地说,打了个哈欠。

  "'茨冈人',""麦基克"的声音响起来,"你应该知道什么事在等着你,是吧?"

  "这是个好想法,""荷兰人"暗示道,"工头不会料到'小提琴

---

① 一种巧克力蛋糕,又译为"维也纳沙架",是奥地利厨师弗朗兹·扎克斯于1832年为皇室制作的甜点。如今它已经升级为意大利的国宝级甜品,以风味独特的朱古力馅心和美味的杏仁酱备受青睐。

手'明天会这么干的。"

"事实证明,只要他从上级那里得到一次机会,就会对自己更加信心无比,""麦基克"附和着,"古典大师说,谁都不能击倒我们,除了我们自己。我只是想知道,这是自夸,还是预言。"

"麦基克"是每一出恶作剧的幕后首脑。他在宿舍里最有学问(所以大尉不怎么猜疑他),而"茨冈人"即"小提琴手"最粗野。"麦基克"跟大多数士兵都相处得不错,除了上等兵。他们厌恶他打小报告、拍马屁,就像他说的:费劲巴结。他心中的愤懑触发了告密的可能性。朋友大嘴巴,讲出他的好朋友跟他说的事,妻子揭发丈夫,丈夫揭发妻子,孩子揭发爷爷,连门房也会告发将军,大家都已经见怪不怪。"麦基克"最喜欢"茨冈人"。他喜欢那些跟"茨冈人"一样靠直觉的人——比起道听途说,接受别人口耳相传的故事,他们更依赖自己的本能。"茨冈人"只相信自己经历过、看见、听到并感受到的事。他喜欢跟动物玩,像"猴猴"一样。(无须戴什么面具。)大尉问过他几次,为什么这么做或那么做,"茨冈人"黑色的眼睛充满率真,"我自己也想知道。"大尉凭理智感受到的事,"茨冈人"从自己灵敏的指端,从他眨眨一只黑眼睛的动作中,从他承继于自己茨冈父亲的预感中就发现了。这种预感也是他父亲得自于更古老的具有印度血统的祖辈们,一路从恒河延续到欧洲,再到更远的地方。

"荷兰人"因给罗马教皇写信反对死刑而出名。他要求他出面干预。他没费神把信译成意大利语,是因为料定皮亚斯教皇①讲捷克语吗?"茨冈人"跟"黎高-黎高"一样不懂,为什么

---

① 皮亚斯十二世(1876—1958)出生于罗马,于1939—1958年出任第260届罗马教皇。管辖众天主教堂和罗马教廷的所在地梵蒂冈。

死刑会激怒"荷兰人"。社会总不会自行解决这些以牙还牙、以血还血、以眼还眼的事情吧?教皇让"荷兰人"失望了。他没有回应。可能信从布拉格邮局就没发出去。

"麦基克"接着给"文身"讲解,"那些犹太人。马克思否认自己的祖父是犹太拉比①。(这是无畏,还是懦弱?他的理解超越了人种,还是只有一知半解?)或者他只是不承认。希特勒让盖世太保找到并没收他写给自己犹太医师的感谢信,信里感谢他挽救母亲免遭失明,可能是在她罹患癌症之前②。奥托·魏宁格写了我最喜欢的作品《性与性格》。虽然他的母亲和父亲都是犹太人,他还是断言女人和犹太人一样没有灵魂。他二十三岁时自杀了③。亚瑟·斯赫内泽莱尔④描绘了舞台上的西欧多尔·赫茨尔⑤,宁愿不问缘由。犹太人是反犹分子最大的军火供应商。"

"他们身后肯定留下好多东西。""黎高—黎高"说。

"跟德国人一样。""猴猴"说。

---

① 犹太人中的一个特殊阶层,主要为有学问的学者,是老师、智者的象征。犹太人的拉比社会功能广泛,尤其在宗教中扮演重要角色,为许多犹太教仪式的主持,因而拉比的社会地位十分尊崇。
② 关于希特勒屠杀犹太人的原因有许多推断,除了宗教与经济原因说、种族优劣论等,根据一些专家考证,希特勒的母亲死于癌症,诊治她的是一名犹太医生。希特勒有可能认为母亲的死是由医生误诊造成,进而迁怒于全世界的犹太人。也有传闻称希特勒有四分之一的犹太血统。
③ 奥托·魏宁格(又译为华宁该尔,1880—1903),奥地利哲学家。1903年他发表了生前的唯一一部著作《性与性格》,他因苦闷和绝望开枪自杀后,这部书受到关注。《性与性格》被普遍认为包含歧视女性论、学术界的反犹主义论思想,但也展示出魏宁格作为年轻的哲学家罕见的思想深度。
④ 亚瑟·斯赫内泽莱尔(1862—1931),奥地利作家,编剧,具有犹太血统。
⑤ 西欧多尔·赫茨尔(1860—1904),奥匈帝国记者,现代犹太复国主义运动之父。

"你不用操心这个。""麦基克"说。

"就跟人们拎走箱子时要提着把手一样,他们只是被拉着脚跟拖走了。""猴猴"说。

"这是个循环。""麦基克"指出。

"被妖法禁住的锁,""牧师"插入谈话,"诅咒。贪婪。"

之后,"牧师"小声说:"我为犹太人的孤立感到有罪,就像战争期间我为天主教会无所作为感到有罪一样。还让我觉得负罪的是,你只消说'犹太人'这个词,就足以让我揪心;似乎对我来说他们是陌路人,这不是我的意愿。就在刚才,我还全用敬语叫他们,说在革命中有多少人支持他们,这就同用敬语说自己的人民一样,倒像是跟自己的掘墓人亲密无间。"

"兄弟俩"中的"哥哥"说:"传说希特勒有个捷克母亲。这不是真的吧?他们只是与捷克的上流阶层有接触。希特勒向犹太乞丐兜售过明信片,画过水彩画。他对画人的面部没有天资,只是擅长建筑学。① 他的德国双亲来自舒马瓦山脉②。"

"对希特勒而言,犹太人是国家间的种族肺结核。""麦基克"接着说,"他认为,他们彼此之间通过上千年的乱伦行为延续了纯正血统的繁衍。这全都是讽刺。"

"你怎么会因没为他们做什么感到有罪?""查拉"对"牧师"说。(所有人都已经知道,在战争中能够制止什么事。就让那些没能成事的人去算他们的账吧。死去的人肯定还要惊扰生者很

---

① 希特勒幼时喜欢画画,17岁到维也纳游学,但未通过维也纳艺术学院的入学考试,校方认为他"不适合绘画",他的天赋在建筑方面。父亲过世后,希特勒靠微薄的遗产和每月25克朗的孤儿补助金生活,曾穷困潦倒,以画明信片、水彩画向人兜售谋生。

② 捷克－德国边境的山脉。

长时间。上帝啊,五千五百万死者,都跟他差不多年纪。)"茨冈人"说的是真的吗,只要他愿意,就可以听到死者的声音?死者们用自己最好听、最响亮的声音在说话,来淹没过去的寂静?

随后,"查拉"驳倒了这个说法,"当德国人运送犹太人时,我站在车站后面。我被慑住了。车厢里有上千个饥肠辘辘的人,妇女,孩子,老人。他们在乞求水喝。身着武装党卫军[①]制服的卫兵们绕着火车巡视。如果你给囚犯们什么东西,他们会毫不留情地杀死你。那些女人因为干渴而哀号着,孩子们奄奄一息,可我动弹不得。他们知道,当这种火车停下时,那些人会对他们射击,用瓦斯对付他们,只要保证他们有水,就可以把他们运到任何地方。他们快渴死了。或许对他们来说,渴已经解救了他们对死的恐惧。他们恐怕已经明白,德国人不把人命当回事。车站巡察员等着,直到他可以扳动臂板信号机。我吓得呆住了。当卫兵在另一边移动时,我看见铁道员给他们递进水去。这情景总像什么细菌似的侵蚀着我。"

"他们会原谅你的,你那时不过是个孩子。""牧师"说。

"不,这事还在折磨我。""查拉"不同意,"我跟着鲍拜尔夫妇到交易会宫去,他们俩都快八十岁了。他们是我们的房东。我给他们提手提箱。在屠宰场附近,鲍拜尔老先生给了我一支笔。他把笔帽又放回口袋里,说等他回来时把笔帽也给我。我谢过他的笔,还在盼着笔帽。"

"十九岁"在想那个姑娘。

[①] 纳粹德国党卫队领导的一支准军事化部队,于1939—1940年开始使用"武装党卫军"这个名称。它在二战中是德军装备最先进的部队,参与了纳粹党的许多战争罪行,违反了多项当时的战争法,包括处决战俘、平民或儿童,谋杀不同种族的人,以及支援别动队进行种族灭绝的行动等。

"犹太人对我来说是钥匙,""牧师"说,"他们可以开启一扇扇门。这不仅与那些被斩尽杀绝的人有关,还与他们的遗孤有关。我在思考正义和不公,思考上帝,思考罪恶。我不愿亵渎神灵,以此断言上帝也有无能为力的时刻。"最后他说,"德国的战争对我来说还没有结束。纳粹需要塑造一个足以毁灭世界的犹太恶魔,以便为他们的所有罪行开脱。敌人越是可恶,他们就越为自己的罪行感到无可指责。以一个更美好的明天为名义,以净化环境,缔造更伟大的德国、更完美的世界的名义。他们熬过了第二次世界大战。"

"文身"说:"我曾与死神在奠边府有过一次约会。我只希望它来得痛快些。我不怕被炮弹炸断胳膊、腿、烧伤眼睛。让我失去知觉就好。"

"我们所有人都是堕落的受害者,""麦基克"说,"似乎死亡见证了生命。似乎我所失去的牵扯到了荣誉。德国人爱上了这种感觉。我不会像罩束缚衣一样给死亡套上神话的幌子。"

"啤酒。""索姆拉克"叹口气。

"伽利略"叹了口气。他把电灯泡拧到天花板的灯座上。有八个星期天,医生都给他做了检查。

"我猜'检察官'带那个姑娘到什么地方转悠去了。""猴猴"说。

"给人们建造集中营的人,跟德国纳粹们一样禽兽不如。""兄弟俩"里的"弟弟"说。

"上帝创造了纳粹吗?""猴猴"问。

"牧师"清了清喉咙。(他问过自己类似的问题。)一个人要想理解纳粹,必须具有跟他们一样病态的道德,感觉不到施加在对手身上,也就是犹太人身上的罪恶。许多人无力自卫,只是因为他们做不出纳粹们准备对他们实施的勾当。是的,这件事没有终止,战争之后还在延续。上帝对此难逃其咎。而他不能原谅自己的无能为力。

"十九岁"说不清为什么睡不着。他没听进去床铺上的讨论。(上一次,"检察官"说起过,纳粹给他们的潜水艇裹上四毫米厚的橡胶层,以躲避声波定位仪。)他害怕有什么会让他失望,可他不知道是什么。"麦基克"宣称,德国人在历史上有过厄运。凡事都有第一次。东欧令他们着迷,俄罗斯、捷克、波兰,一直到乌拉尔。他们凌虐小国是兴之所至,不仅仅受理性控制。他们要为希特勒在柏林建造一个比俾斯麦所拥有的大一百五十倍的官邸。每次战败后,世界以剥夺国土的方式来惩罚他们,正如他们失去了普鲁士、西里西亚①的一部分,对于这些地带,他们只能翘首遥望。他们还是又一次参战了。惩罚对他们而言有用吗?

"歌手"点着了蜡烛。上等兵可能睡着了,或者装睡。他知道"检察官"不在。他权且睁一只眼,闭一只眼。每次他向大尉打小报告都是违心的。(其他人也这么认为。)

"兄弟俩"的"哥哥"和"弟弟"借一根又粗又高的新蜡烛的亮光玩着纸牌。

"他们不可能在那儿待那么久,只在棚子里。""哥哥"说。

"可能她带他去农场喝牛奶了呢。""弟弟"说。

---

① 1815—1919 年西里西亚是普鲁士的一个省份,该省的领土是 18 世纪普鲁士在西里西亚战争中从哈布斯堡王朝手上夺得的。一战后,部分西里西亚地区被割让给波兰和前捷克斯洛伐克。今天西里西亚的大部分地区都属于波兰,这些地区的大部分德国人口在二战后被种族清洗。有一小部分西里西亚地区仍属德国领土。

"喝她自己的。"

"等他来了我问问他,看他知不知道猪怎么交配。""猴猴"说。

"歌手"问:"集中营里的党卫军和犹太女人们性交,当真是这样吗?"

"那是饥渴。""牧师"说。

他无缘无故地捶了捶拳头。有时他会把拳头砸在窄木板上,把它砸成两半。他很少这么做,可他们对人种的理解真令他忍无可忍。眼下他总是逃避这个问题:这是不是一个无法挽回的情形,在这种情形下人只能选择杀人或不杀?爱与恨是否只是一念之差?他不愿承认除了现有的上帝,人们接受的道德还因情境而异。当每一个人必须成为自己的主宰,不论是孔子、安拉,还是耶稣基督、摩西或佛时,道德就具有了多种可能性。因为一切都是息息相关的,必须迅速作出决定,这关系着他和其他人的性命。

他上一次用拳头砸木板,力气大得把半个大拇指都砸伤了,那是大尉在政治教育室宣布,东部联盟将生产大型潜艇,为进行潜艇实验还会建造像最豪华的体育馆那么大的水池。由于有了核动力装置,潜艇可以在水下待上几年,载着无与伦比的、最迅速、最强悍,足以使世界,包括人口最密集城市化为齑粉的火箭。

蜡烛已经快燃尽了。除了宿舍里的对话,"十九岁"还听见心里有个声音在说着其他什么事情。兄弟俩点了一根新蜡烛,好把牌局玩完。

"狼群肯定被枪打死了。""黎高-黎高"把头探向门边。

"小提琴手"的眼睛盯着床铺木板间的裂缝,它从草垫子的一簇簇麦秆中露出来。"十九岁"睡上铺,"检察官"在中间,下面的铺位是"茨冈人"的。

"我眼前的银幕上出现了哈密尔顿女士。她想跟我父亲——茨冈国王——一道乘坐绿色小轿车。"

"你把腿蜷好吧。""猴猴"攻击他。

"我用毯子做了个帐篷。""茨冈人"扯谎。

"你可别给碎木片扎到。""荷兰人"劝"茨冈人"。

"十九岁"感到床铺在震颤。他知道"茨冈人"在干什么。大家都知道。

"你都去过哪儿玩了?""麦基克"问"歌手"。

"上一次是在部队邮局,就花几个钢镚儿,大部分是免费的。战后我们开始在布拉格伯尔尼大街的凯旋旗酒家玩'小红桃'。后来在弗朗基谢克温泉市①。那里的女人就像罂粟。等她们肯放我走了,你会在达巴琳酒吧②找到我。"

"十九岁"听见自己身体里有一条河,河水涌上了岸。他知道自己没睡着。他很紧张。他在想,对他来说跟爷爷谈话,跟每一个人谈话有多难。她的头发碰到了他的脸。他在想一些事,一些如晨星般似有若无的事。他决定一直挨到吹起床号。这是第一个他不能入睡的夜晚。黑暗被听来熟稔的各种声响填满:狗吠声,猫的哀叫声,猫头鹰、夜莺的啼叫声。这使夜的调子与半明半暗的色泽漫布到寂静之中。这一刻,寂静被撕裂开来。

他们听到窗户咯吱作响。"十九岁"抬起头。他想象到围着黄色披肩的姑娘。他还听见栅栏上的铁丝震动,几乎要发出响声。窗子映出了"检察官"头部的剪影。他从开着的窗户感受到

---

① 位于捷克西端。
② 位于捷克布尔诺市。

清晨、雾和即将作别的夜的气息。"检察官"一个人回来了。

14

他从窗框跳了进来。他知道他们都没睡。他的脑袋从湿乎乎的军绿色部队衬衫的领子里往外抻着,这件衬衣已经一个星期没洗了。再有几步,他就可以坐到铺位上。他打定主意先憋一阵子,一个字都不说。他舒服地脱去外衣,想想起床号之前还能不能冲个澡。他把美国旧国旗做的有条纹和星星的腰带仔细地卷成绷带卷的样子,塞到枕头下面。

"向胜利问好。"他跟"十九岁"开玩笑。

"你这一整晚在哪儿?""十九岁"哑着嗓子问。

"我和她整晚都在骑马,""检察官"回答,"她已经不愿老是骑猪了。骑猪并不令她享受。那姑娘精神不太正常,有些东西介于妓女和天使之间。她给自己画了一道线,不会越雷池一步。跟我们一样。"

接着,他说:"我请她来宿舍,说你们会为她表演。马群散发着臭味。她很乐意来兵营拜访,但她需要除尽身上的异味。用麝香。它散发出令人兴奋的味道。我向她保证,这一趟肯定值得。她完全不反对让几个小伙子来润湿她的子宫。"

然后,他问:"'犹大'在哪儿?"

"你就不能好心让'犹大'也跟什么人来那样一次吗?"上等兵问。

"黎高—黎高"又把头伸到门缝之间,"先生们,在你们将右腿迈入新的一天之前:1900年,改变世界的世纪之交,中国爆发了义和团起义。列夫·特鲁斯戴因,又名托尔斯泰,完成了作品

《活死人》①。正如夜里已经在宿舍聊过的,西格蒙德·弗洛伊德成功地出版了《梦的解析》。一年后,澳大利亚共和国成立了。(这是他在小酒馆的收据上匆匆记下的。)报告完毕。"可他又说,"1903年,孟什维克和布尔什维克分裂。②(他把这条记在收据的背面。)俄国爆发了反犹暴行。犹太人逃到了美国和德国。1904年,日俄战争爆发。在夜间突袭中,半数俄国舰队被成功击沉。他们永远忘不了日本人的这一手。"

"你是在哪儿弄到那个年鉴的?""猴猴"很好奇。

"1918年,俄国沙皇一家被枪杀。弗洛伊德宣称,由于没有阴茎,公正对于女性具有模糊的意义。③她们对此坚定不移,甚至有些固执。马克思驳斥了这个观点。"

"趁你我之间还没动手之前,赶紧给我消失,""文身"说,"我们在聊农场的'维纳斯'。"

值班员把门掩上。

"明天,我们必须给她弄一套小一点的制服,好穿着合身,""检察官"说,"一双更合适的鞋子,别让她的左脚被右脚绊倒。我们的背景对她已经不是秘密了。她不必担心会生下不知道父

---

① 托尔斯泰于晚年创作的6幕话剧,又译为《活尸》。
② 孟什维克和布尔什维克是俄国社会民主工党的两个派别。俄语中"孟什维克"意为"少数派",由马尔托夫领导;"布尔什维克"意为"多数派",由列宁领导。1903年布尔什维克派与孟什维克派因意见不合而分道扬镳。1917年,布尔什维克派通过十月革命以暴力夺取了俄国政权,成为之后的苏联共产党。
③ "阴茎妒忌"又称"阳具崇拜",是弗洛伊德心理分析学的一个主要理论。该观点认为,女性幼年时期偶然发现自己没有阴茎,于是对男性阴茎产生嫉妒心理,这种心理在女性主体的形成中起了决定性作用。由于缺少男性生殖器官,她们的自尊心受到伤害,并由此发展出永久性的自卑感和低劣感。女性成年后的许多心理特点都是阴茎忌妒的直接后果,如女性的嫉妒心、缺乏公正性(由嫉妒男性而导致)、虚荣心(对性器官劣势的补偿)、羞怯心(对性器官缺陷的掩饰)等。

亲是谁的孩子,她不知道可以把私生儿交给社会机构。她第一次遇到这种事是在十四岁。"

"说个俏皮话,""麦基克"说,"精子太热会没有力气过渡到生命的下一个胚胎阶段。而大自然有远见卓识,让低温的精子可以游移到任何地方。(他没说出来,他认为'检察官'可能吹牛吹过头了。)相反,大自然把女人的子宫放到温暖的身体里,这是很可靠的工具,多轻浮的小姐都有这么个工具。"

"已经是早上了,""茨冈人"宣布,"天亮了。我跟只苍蝇差不多。先生们,今天会是个好天。小心,我要放响屁啦。"

"十九岁"注意听着"检察官"怎么评价农场姑娘,其他人在接什么话。为什么宿舍里的人得给她买新鞋子?

"谁拿走了我的晚饭?""检察官"打听,"我希望你们把肉给我放在面具盒子里。"

"'犹大',""茨冈人"说,"你可一个字都别说。"

"你的肉在茶缸里。"上等兵说。

"你为这还欠我三十个银币呢。"

"今天我给大尉算了一卦,""茨冈人"说,"他可得小心右眼。左眼倒没什么事,除非以后得白内障。他看着快的东西,其实是慢的,全颠倒了。大尉的甜馅饼上撒了太多的盐。①"

"十九岁"激动地吸收着一切。夜里,他产生了幻觉,梦见自己在仓房,他还没碰自己一下,下腹部就疼起来了。这是那姑娘惹的。一波一波的感觉涌上来又退去,伴随着对女人、对任何一个女人的想念与渴望。他还怪到她的面容上。(农场姑娘。)他的幻想像潜流一般汇合,姑娘的轮廓顿时消失无踪。每一个轮

---

① 有资料显示吃盐过多容易引起白内障。

廊有无数个重影，很像雾气中燃烧殆尽的太阳。这些幻影用双臂拥住他，现在每一个又换上了农场姑娘的面孔，给"十九岁"带来莫名的感觉。它们用轻柔的话语讲述着树木、森林、田地，讲述着鸟儿们，讲述着兵营后方的"山冈"。它们变换着面孔、头发、发式、身体。他在心中邀请农场姑娘到森林里。（她已经又是只身一人了。）他们给鸟喂食。他们倾听啄木鸟的叫声。他们看见了猫头鹰。林子很静。姑娘已经在大兵们中间找到男朋友了吗？

"从你说的话里，我们可以确定她不是同性恋，但也不完全排除这个可能，""麦基克"说，"我们看到她没把头发剃光。我希望她其他地方也没剃毛，我不喜欢像标本一样被修剪整齐的姑娘。她上辈子可能是'维纳斯'，或者下辈子会是。"

"她熟悉附近的几个酒馆，""检察官"接着说，"她对人们禁止她做的事很感兴趣。她已经怀过孕，但她把孩子拿掉了。她不怕吃亏。她也喜欢多认识一些人。"

"我们可以收养她。""查拉"做了个鬼脸。

"她能像灯笼一般发亮，但你必须有火柴。早上，我们在遮着帆布的手推车里找到了盛着牛奶、鸡蛋和肉的小桶。她会为自己的爱人从农场偷东西，跟他们的上一任主席一样。她甚至能从容自若地偷猪。"

"我希望你不是只想把她扒光。""麦基克"说。

"她认为我们全是大尉。她有些像唯心论者，又有裸露癖，正好互相弥补了。她的病还有管区医生开具的证明。"

"我们用《等美国的小伙子们来到时》震震她吧。""查拉"说。

"她见过'索姆拉克'，""猴猴"说，"为了证实他能在七秒钟内一口气把半升啤酒灌下去，她可能会给他买单的。"

"你快饶了我吧,""索姆拉克"哼唧着,"我想喝啤酒了。"他补了句。

裹在高高的草垫子上翠绿色的被子里,在清晨微弱的亮光中,他看起来像头大灰熊。

"最后一趟巡逻。""黎高－黎高"说。被叫做"童花头"的新手在他身后,把头从敞开的门口探进来,"太阳风暴在按计划继续进行。威斯巴登①的复仇主义势力抬头。蒙古政府在中央委员会最后一届会议上,取得了蒙古人民的一致团结。道德标准明确否定了资本主义。自由主义是资产阶级的幌子。没有任何形而上学或煽动行为可以解决世界的痼疾。党派的呼吁得到热烈响应。报告完毕。"

"十九岁"看着外面。他看到了"山冈"。如果"山冈"可以说话,它会说什么?为什么会有呈现出如此面貌的事物?为什么世界上会有人类、森林和动物、男人和女人,而他们为什么会呈现出他们呈现出来的样子,拥有他们所拥有的东西?为什么对姑娘的柔情如同两只无形的手,压迫在他的喉咙、胸膛和心上?为什么这让他感觉有电流通过?

"牧师"凝视着晨曦。他不喜欢"检察官"。"检察官"也不喜欢"牧师"。"牧师"可以想象,"检察官"对姑娘许了不少愿。(这连"十九岁"也想象得出来。)清晨与雾气融为一团。从窗子里看,世界的一隅是那么无限,景物与窗上的露珠融在一起。

"牧师"很高兴"检察官"回来了,不然会引来漫长的侦讯和集体受罚。他也很高兴"检察官"是一个人回来的,这一点"牧师"和"十九岁"想的一样,这连他们自己都没有想到。

---

① 德意志联邦共和国西部城市,黑森州首府。

"十九岁"出神地看着"山冈",一种紧张感遍布全身。姑娘在他心中具有不容侵犯的神圣。世界上一定有某种无形的力量,如磁铁般使人们互相吸引。(就像他在意大利电影《La Strada》①里看到的那样。走钢丝的人跟扮小丑的女孩聊天,告诉她世界上的一切事物肯定都有自己的用处,就连他指给她看的小石子也是如此。当她问为什么时,他说他也不知道,但肯定是有某些用处的,因为如果不是这样,那一切都将没有意义,即便是繁星。)此外,还有些别的事,他内心在期待什么吗?是她吗?为什么偏偏是她?为什么她要和"检察官"共度一夜?"检察官"讲的关于她的事是真的吗?

他在心里看见了她,她走在他旁边,戴着黄色的头巾,赤着双脚。他在想象中把颜色斑驳的山鹑羽毛送给她,他让几根羽毛飘到风中。他们注视着它们飞过农田。

假如他把她带走,阻止她去做他们引诱她做的事,会怎么样?他感到自己身上有一股迸发的力量,这股力量他还从未体会过。他从她联想到树木、黄花柳、山毛榉和饱含树脂的冷杉。他自忖着,感到近乎令他痛楚的揪心。他觉得乏力,跟绕着操场跑了十圈似的。

他可以把她带到某个无人的地方。没有人会认识他们。

他可以让她骑着马散心。他可以在什么地方为她弄到匹栗色马,如果她喜欢栗色马的话,或者白马也没问题。他不愿让她光着身子骑马,不愿让人们目瞪口呆地盯着她看,除非他们单独

---

① "La Strada"为意大利语,"大路"。《大路》(1954)是意大利导演费里尼执导的一部电影,是他的代表作之一,也是电影史上相当重要的一部作品,先后获得威尼斯银狮奖、奥斯卡最佳外语片奖。

一起,在深夜或远离人群的地方。

他会为她在小酒馆里点柠檬水,给自己来杯啤酒。他会用百元钞票付账,另外给服务员一笔丰厚的小费。他会给她买淡蓝色化纤面料的风雨衣,买更好的鞋子,一双雨天穿,另一双在天气晴好的日子穿。(他听说过有三百五十克朗一双的鞋,大小只按照个人尺寸量身定做。)他会像男人保护女人那样保护她。(或许会用枪。)他会捍卫她经受过的所有事情。

"年轻人,别在我上面跟旋转秋千一样翻来翻去。""检察官"在下面责备他。

他在心里感受到她的气息。她不像"索姆拉克"在建筑工地上所讲的那么脏。对于姑娘体温的想象驱走了污秽感。他觉得发冷。他不愿设想自己代替"检察官"在工具棚里。他想象着同她走遍他家所在的村庄,走过猎人住的小屋,沿着挂了乌鸦的铁丝一直走,猎人把它们挂在那里用来警示其他乌鸦。他看起来像夏日的小河,凉爽的水流一路流过。他听见值班员"黎高—黎高"和被叫做"童花头"的新手戴瓦尔德顿着钉了铁掌的脚后跟。走廊像石头一般僵冷。狗场上响起吠叫声。

起床号响了,引起一阵喧哗。有半数士兵走去洗漱间,刷牙漱口。士兵们套上带黑色肩章的制服。茶缸叮叮当当一通。木屋里,整晚上闷热发臭的气味从打开的窗户涌出去,换进外面早晨清新的空气。早上这会儿真是冷,天还在下雨,但雨点已经没那么密了。他们准备去食堂,然后去开工。这已经是他们工作的第十三个星期六了。

草垫有股难闻的味道。

15

星期六的早晨散发着雨水的味道。营队列队从大门走进来,如同船只驶过。其他士兵待在兵营里。一整天都在下雾,雾气甚至会融进土里。"山冈"看起来就像土地的面孔上一只巨大的鼻子。射击场静悄悄的。下午六点以后,连开凿出来的土坑和洞穴都空荡荡地敞着。通道平台和车库里闲置着坦克和运货卡车。

星期六,士兵们在没有工头监督的情况下工作,他们听上等兵的指挥。

中午,大尉用步枪打鸽子。这不是他最喜爱的运动,不过他喜欢射击,打活动目标比起射铁罐会给他带来不一样的感受。他加入这项活动是因为几乎所有军官都射击。早上,他们把塞满鸽子的箱子拿来,一个挨一个摞好。一个箱子的粪便就流到另一个上,一直渗到最底下。鸽子们在黑暗中被弄得晕头转向,看起来很虚弱,等把它们放到光明中时,它们就变得一团混乱。它们的翅膀已不在最佳状态。鸽子里有一部分是雏鸽。于是,大尉想到了外婆阿玛丽叶,她喜欢鸽子们的忠诚,它们会为痛失配偶而哀悼,终生和一个配偶相守就已满足,而且会照顾自己的幼仔。军队的信号部因为它们的速度、记忆力、出色的导航能力,以及接近人类的逻辑判断力而使用信鸽。没有人质疑鸽子们在两次大战中立下的功绩。看着这些受难的鸽子并不让人舒服。它们对生活的执著让外婆感到惊奇。大尉想着那些他们已经从箱子里拿出来的死鸽子。他迎着太阳瞄准射击时眯缝着眼睛。鸽子们重见光明的那一刻,实际上已注定了灭顶之灾,这并不是什么美好的事吧？它们什么时候被哪一名军官击落,只是个时间问题。大尉射中了九只鸽子,同事们发出九次赞许的口哨。

跟大多数星期六的下午一样,大尉靠读书来消磨时间。五点钟,他去散散步。其余时间,他靠射击铁罐来练习瞄准。他很满意地发现已经不下雨了。他想睡觉,但他还得把记录写进营队文书。然后,他填了师部关于士兵们的工作、表现以及情绪变化的调查表。

星期六,对于大尉具有催眠的魔力。这对大多数人来说,是懒洋洋地打发时间的一天。他准备给妻子写信。他在想他的妻子有多么美好,他们的相识对于他意味着什么,他为什么像色盲一样,断然否认她对其他人也有吸引力。他不是她的第一个男人。他想成为她的最后一个男人吗？他会吗？他们两个目前都还年轻,也没有孩子,他们两人可以结束这段关系。（无论何时他们想要的话。）他应该写点什么？要她证明没有他一样过得很好？或者他跟她一样努力摆脱头脑里的那些烦心事,就算他忘不掉,至少可以有所缓解？这跟跳跃到他喜欢对士兵们讲的未来没有多大联系。他希望能改变自己能力中的弱点,就像他劝她做的那样。

人总是试图对消极方面事先预警,可惜的是,在相互关系中和对女人的爱情一样不起作用,他想要什么事合乎常理,就得自己动手解决。

他琢磨着怎么给妻子写信。他可能会以跟"黎高一黎高"一起外出开头,当时他们开车去炸毁被禁的雕像。

昨天清晨,已经过了五点钟,他们一块儿在采石场待了四个半小时,那儿离部队有四十到五十公里。大部分路都顺着河流的方向。天气不错。(之后,狂风大作又下雨的夜晚让他有些吃惊,变化太骤然了。)他从师部接到任务,用黄色炸药炸毁雕像。这是利贝雷茨①的片麻岩,最坚硬的石头,可以在捷克地区搞到,还有一种是半透明的细花白大理石②。一共有七座雕像。"黎高－黎高"和大尉一样,对雕像和黄色炸药已经很有经验了。(他们用特大的橡胶垫把它们盖住,将引火线和缓燃引信连在上面。黄色炸药从来不出差错。爆炸后,雕像不复存在,只剩下碎石和小片的片麻岩。整个狼藉的景象。供应铺路材料和建筑石料的石匠会来收拾这些碎料。)

  大尉不知道雕像会对军队或国家的安全造成什么威胁。这更应该算是一个品位问题。只要他在一件艺术品上看到让人眼前一亮的手法,他就期待能从中获得鞭策。(他绝不愿把自己的品位提升到一般的法则或标准的高度。)艺术引起了他的思索。(大多时候,他的思索在自己妻子身上结束,这不是艺术的罪愆。)命令就是命令,炸毁雕像同炸毁被人遗弃、毁坏了一半的犹太教堂,对他们而言一样是命令。或许上头知道什么大尉还不知道的事情。

  同炸药有关的工作,让列兵"黎高－黎高"很解闷。大尉因为他的专门技术而挑选了他。下星期,他们应该开车绕过驻军小镇,还是运走一些雕像去炸掉。上回他们炸掉的一尊雕像,让人联想到鱼身兽首的海仙女。(不知是师部还是军区的人裁决,它侮辱了人类的尊严。)雕像用方解石塑成。"黎高－黎高"把缓燃引信塞到它嘴里。他也是用这种办法炸掉儿童公园里一组母

---

① 地名,位于捷克北部。
② 产自意大利。

亲与父亲雕像的,因为母亲的乳房被查出雕得过于巨大了。(大尉想,其实可以建议艺术家们稍作修改即可。)

"黎高－黎高"喜欢跟大尉开车出去,因为大尉带他到小酒馆,给他点双份猪肉,有时还加三倍的馒头片和卷心菜。上一次,他们在小酒馆碰到三个委员会的成员,该委员会负责彻底搜查这个地区,勘察雕像、学校、广场和墓地。他们记录堕落的艺术,资产阶级统治时期的残余。跟炸药打交道的工作让大尉想到另一种战争。他觉得穿着这身制服要好多了。

一次,他忽然想,谁会对炸毁雕像作何感想?谁会知道雕刻出这么一尊雕像要花费多少工夫,它又是用什么石材雕出的?他进入艺术家的角色。有人说,那些制作了被炸毁雕像的人,不必非把酬劳还回来。(国家很慷慨大方。)这些艺术品的创作者总是匿名的。他不知道这些雕塑家的名字。

"黎高－黎高"被分到营队是因为父亲,他宣称那些讲捷克语的领导人都是傀儡。上星期六(三杯啤酒下肚后),"黎高－黎高"声称自己像苏联红军的跟班,甚至还佩戴着黑色肩章。大尉并不想听这些话。有时沉默是金,关于士兵们,他只要知道一些需要了解的就够了,不想知道得更多。

大尉看着"山冈"。他在思考一些事,有些事会消耗勤奋者的能量,减缓生活节奏,使人们不能专心于他们最能做出成效的事。难道没有一种评价一个人的立场,适用于所有的人吗?

他每次看向"山冈",都会引发已经遗忘的想法,"山冈"要么会再次唤起他对这个想法的记忆,要么会给予他其他的启发。

他想着自己团部的同事与师部、军区的军官们,想着他们明天要去爆破的命令,想着昨天的指示和今天他做完的事。或是——幸或不幸——他没做完的事。

他在心里跟自己的妻子卡特琳娜说话。他想念她,想念她白皙的乳房,温柔的双手和栗色的眸子。他想念她的三角地带,最私密的所在,像一个国家炙手可热的腹地一般深不可测。他自己有些不好意思。这只是由于军旅生活的局限性吗?(妻子有一次也责备他说,他为了得到最棒的感觉所做的事让她极不舒服。)有那么一刻,他觉得窗子后面的桦树和"山冈"越发刺眼了。他思索着潮起和潮落,月亮的变幻莫测,爱与死的关联。真是汝之天堂,吾之炼狱。应了那句老话:物以类聚,人以群分。

或许,他是与出征找寻新大陆的克里斯托弗·哥伦布一样的男人。第二个他出现了。他看起来像他做洗衣工的外婆,拧着洗过的衣物。一次,两次,十次。为什么他就不能把最好的东西留给自己?

他还得缝补制服袖窝处破了的接缝,把扣眼改小,别系不上怀儿。他想到自己的军人职业,妻子不愿跟着他到处奔波。她担心他们会收走布拉格的房子。他真没料到他们会让他调动。他很快就可以应付弹药库的工作。(他能就这种工作说出一套不成文的规定。)他们用硝化甘油制造炸弹。那里有百分之五十的工人是女人。雇员们饱受心脏病的困扰,他们必须吃药。

他无法接受为达目的不择手段的做法。上级认为给他调岗就足够了。莫非他们指望事情会迎刃而解?弹药库里最有能力的人生产塑性炸药。没有人意识到可以放慢生产速度。(第三世界国家用金子及互惠服务来换购塑性炸药。)一小撮这种炸药就足以使公共汽车、飞机、轮船化为轻烟。只要通过无线雷管、空气变化、遥控就可以做到。谁能阻止已经在最后一场战役中发光发热的"捷克黄金手"①?

在他们调动他之前,弹药库加大了产量,身体不适的人数也增多了。他相信上级知道他们在做什么,因为他们也有老婆、孩子、孙辈。(他不愿去想上级和最高指挥官之间促狭的争执,不愿去想他们不讲情面的叫板,还不都是为了把竞争对手和下属当成敌人给铲除吗?不讲情面总是王牌吗?)就在他到卡罗维发利的军事情报处赴任之前,他刚获得最高和平勋章。(他就像寓言里在铁匠铺子舔着锉刀的蛇。锉刀上的血让它津津有味地尝了许久,居然没有发现那是它自己的血。它想咬住锉刀,把它毒死,但已经没有力气了。)

他想到,他们用监禁来对过失进行惩罚。他几乎有些庆幸,这种事只发生在营队。(笼中的猫。)他又感到一阵不可名状的焦虑没来由地向他袭来。这是不合法的吗?这个问题包含着大尉没有说出口的答案。过去大概只为历史而存在。对于生活来说,重要的只有此地与此时。大尉感觉丢脸,这就是士兵们可以得到的全部保留答案。

他不再给妻子写信了。或许下个星期六再写吧。他要躺一会儿。这是第十一个夜晚了。他不想读书。他有一种感觉,只要他一闭上眼睛,就能像人们所说的鸵鸟那样把头扎进沙堆里。

他想到士兵们被关十四日禁闭时总唱的那支小曲儿,想到美丽的梅瑞狄斯和在瓜达康纳尔岛战斗着的美国水手们。

忽然间,素昧平生的姑娘和已置身于冥界祈求她的士兵,对于大尉具有更重要的意义,他无法从这个情境里挣脱出来。

他叹了口气。他听见自己的呼吸,他在思考人生,他想用意

---

① 指塑性炸药,原产捷克。

义填满的人生。

　　一点零五分,抵挡不住的困倦包围住大尉。他意识到自己和衣躺在床上,穿着缝补好的制服,但他已不想开灯起身脱衣服了。他只是下意识地动一动,蹬掉鞋子。他听到鞋子一只接着一只地落下。大尉打着哈欠,想着浅睡和酣睡之间的界限,想着自己性格的三个层面。他的性格里有像被强风刮倒的小草一样柔软的部分,也有誓不妥协的部分,即使有时候只表现在心里。他还在想他是怎么爱上自己妻子的。

　　又过了几分钟,他用手去摸索收音机的按钮,用手指把它们扭开。没找到他要听的节目。大尉沉沉地睡过去了。他已经不去思考让他发生改变的东西了。

II

16

"去年,我在猪圈里弄丢了手表,"姑娘说,"一头猪吞了它,增加了点体重。那只表有老式的银色细链,是块传家宝。我只剩下戒指了,可我没随身带着。"

"我们对时间清楚得很,""麦基克"说,"日历对我们根本没用。"他用两根手指的指肚理了理右侧翘起来的头发,"我们是特殊人物。为了不让任何人跟我们掺和到一块儿,我们右手腕上都戴着手表。"

她又喝口酒。她已经懂了,他们拥有自己的价值观。(军队或农场中人们的价值观,对他们来说不值一提。他们把打架当做消遣,他们喜欢挑衅。他们右手戴着手表。他们自然有胆量特意邀请她。)她想象得出,这是他们的地盘,主动权在他们手中。要是经过这次,她有了身孕,可能都搞不清孩子是谁的。(他们是那种农场老太太们最喜欢施行割礼的小伙子类型。)她咻咻笑起来。

才半杯朗姆酒,已经让她微醺。"有时候我感觉,我哥哥已经死了,"她说,"要不然就是我希望如此。这样,他就能离开我的世界,提醒我会发生什么事。有时候,在梦里,我用钢管砸他的头,或把他绑在长凳上,把擦地板的抹布塞进他嘴里,不让他叫喊。他总会昏厥过去。我想等他恢复知觉时,第一眼看到的,是我的脸。因为我是那么喜欢他。发生在他身上的事情折磨着我。他是我们中最聪明的。他从没有打过我。我放火烧掉我们住过的房子。我拿了装着汽油的铁罐绕它走一圈,然后划着火柴。我听见我亲爱的哥哥在号叫。火焰舔舐着他。通常我这么做时都在外边,以免着火时被困在里头。"

"真是个悲伤的故事。""麦基克"说。

"那些最悲伤的梦境我还没讲呢。"姑娘说。

"梦不是人类拥有最棒的东西吗?""文身"问。

"嗯,在梦里,我从不会觉得无聊,"姑娘表示同意,"我也从不会为这些梦而羞愧。没人知道它们。"她又咯咯地笑。可谁知道她此时在想什么呢?她的眼睛闪闪发亮。

她带来了紧张、松弛,然后又是紧张的气氛,那一刻他们预料得到的紧张。他们拥有参与的殊荣,虽然他们不知道事情会发展到什么地步。把她带到这儿来,已经是极大的冒险,不会再发生什么大事了,这使他们心愿得偿。这不就是目标吗?饮酒作乐已经算违反规定,至少是不合规矩的探访。这是星期六晚上,他们被禁止外出,连上等兵也被下了禁令,可他溜到兵营外边去了。他们可以打赌,如果知道姑娘在这儿,射击手们都愿意跟他们掉换。他们在建筑工地认识了她。过去五天来,她一天两次在工地上露面。起初,他们以为她纠缠的是大尉,可这五天里,她根本没开口和他说话。他们所了解的是"检察官"口中的她。她不是年纪最小的。("伽利略"还要小一些。)她不制止他们说话口没遮拦。当"检察官"把她比作来自猪圈的乡下"维纳斯"时,他们认可了他的说法。(她当然不是在那儿研究马克思。)她的腰在摇晃。不知是衣服还是内衣,有点挤压她的胸部。(这让他们惊讶:为什么?)

她带着对他们的承诺进入连队寝室,以证明女孩子要勇敢得多。如果不是因为这样，这里根本不会出现女人。但她事先已经有所推辞，有所保留，或者说劝阻过他们。可她又来了这儿。她对所有人来说都有点像个谜。（这使她更有女人味儿。）她的到来几乎有些刺激了他们。但纵然如此，她的到来还是比他们自己待着要好得多。

她有双结实白皙的大腿，肤如凝脂，还有些疹子。真可惜，她没穿长筒袜来。她能怎么说，她随身带了长筒袜，但优先选了裙子？寝室里没有一个大兵想象不出她的白衬衣下面有什么。她黑色文胸的肩带露了出来。可能她还穿着黑色短裤吧。

大兵们的目光让人联想到检阅王妃美貌的评审团，而报名应征这个王妃位置的，只有一个申请人。她不能输。她是第一名；她是独一无二的。这不是很可笑吗？

"牧师"用目光评判着姑娘。他既不觉得她好看，也不觉得她难看。他希望鉴赏一下她心灵的状态、深度和志趣，在她的眼睛、面庞和微张着嘴唇的神态中肉欲与精神的距离。虽然心里忐忑不安，她尽量使眼睛表现出更加自信的神态。对她而言这是一种粗鲁——如同攻击——这是最好的防御吗？"牧师"偶尔感受到她的畏缩，她神经质地眨眼睛，咬嘴唇。

这一刻，姑娘在想，大尉并不是唯一的危险。等到农场的某个人知道她来找大兵们，无疑，她只能是荡妇了。她会像那个在国境线上被大兵们藏进狗场的女孩一样，是因为他们听到风声，加济克①里的指挥官离哨兵很近吗？指挥官发现了她，因为军犬站在狗场前，可怜兮兮地朝里面窥视。要不然就是因为那姑娘，大兵把挂在云杉上的腰带和自动步枪落在了林子里。怎么

---

① 前捷克斯洛伐克一种军用吉普车名称。

样?她不想这样吗?这让她觉得很有意思。妓女比老处女要好得多。(只有"牧师"看出来,姑娘同时在担心着什么。)她在啃指甲周围的毛刺儿。农场的老太太们如果看见她在这儿,脑袋上的头发都会站起来。(连她自己也不曾想过,有一天她也会变老,对此置若罔闻,迟钝麻木。)对于大兵们某些更加厚颜无耻的话——比如像"歌手"的话——她都摆出一副置身事外的表情,以默不作声来应付。难道这不是——即使隔着厚厚的皮脂——穿透肉体砍进她灵魂的又一刀吗?姑娘沉思着,她在捕捉词语,就像捕捉陈旧过时的军令,捕捉蝴蝶、气球或什么人掷向她的石头一样。这让她记忆犹新。她十七岁,而她觉得自己似乎有一千岁了。她希望他们能对她和善一些,他们里面能有一个人比其他人对她更亲切些。(她不愿一夜又一夜待在猪群里,像之前待在牛群或再之前待在马群里一样。她想在俱乐部里旋转,像猫咪一样轻柔地发出咕噜声,感到舒服自在吗?)她知道,在这件事上她是自私的。对此,她也宁愿闭目塞听。

"牧师"觉得,当她用自己低沉的嗓音说话时,显得更成熟一些。

现在,"查拉"观察着她。有那么一会儿,她都忘记了她是"被觊觎的女人",她用自己少女般的声音咯咯笑着,莫名其妙地笑。(她掉进了自己挖的洞里,声音一路向下沉,低沉沙哑得变成呜噜呜噜。)她没有试图装出自己并不具有的优雅。她的身材无法令人联想到模特儿,难道她会指望发生什么更有趣的事情吗?

"猴猴"给她拿来一面自己脏兮兮的小镜子。她看向自己时露出的神情,似乎在说,头发还过得去,它可以看起来更好看,但糟糕的是并非如此。她可能想要眼睛是另一种颜色。她对这个年轻人既没有估计过高,也没有估计不足。他认为——跟"十九岁"一样——她的眼睛会说话。这泄露了她许多心事。她的眼睛里有渴望,长久以来的愤怒,已经消逝的快乐吗?他们很期待。对"文身"来说,这是双好看的眼睛。她的眼睛像猫一般眨着。少女般的嘴和丰盈的唇,当她撅嘴时,让人联想到微光中美丽而妖娆的黑人女子。只有"麦基克"疑心,她可能对自己周围的人发出了错误信号。"歌手"又想到,她的嘴巴太大,都能在上面搞开发了。男孩们有时候希望女孩子浑身上下都是舌头,在他看来,这姑娘要是没有三个小舌头,至少有两个不也很美妙吗?他们只是把这个想法表现在言语里。

当"猴猴"递过来小镜子时,姑娘想,她的嘴唇,以她的标准看来,算是相当漂亮。(有时候,当她在镜子里看到自己,她会联想到母牛。)

"晚上接着要干吗?"她咯咯笑。

这时,他们想象得出,她可以变得很无情。为什么?因为她那一双不只是孩子气或年轻的眼睛,在一闪即逝的神色里,是一个孩子或老妇的企盼。她说:"我还没来过兵营呢。我在农场这些年,没人想到邀请我。没人有这个勇气。我得摊牌:我可不是所有人的女孩。"

"我们这儿所有人都愿意为您效劳,小姐。""查拉"说。

她感受到他们相继表现出来的热情。她从玻璃杯里舔了一下朗姆酒。现在,如果她画杠的话,算算数目她已经喝得够量了①。从大兵们那里,我感觉到同样的期待,这让她的脸庞变得

---

① 捷克小酒馆习惯续杯的方式,每续一杯,就在该顾客面前的纸条上用笔画一道杠,以此计数。客人离开时,服务员收起纸条,按上面的杠数算酒钱。

越发好看了。可以猜得出,她也很害怕。他们在这儿的人数可不少。她的四面八方全是身体和面孔。她把手搁到腰上,伸了伸腰。(河流像女人的身体,一部分与另一部分合并,然后汇集到一起。身体如同誓言与承诺。当身体不止为一个人展示时,如同承载着许多小船的汪洋。身体如同铁砧、锤子,甚至是原料。)可是,身体竟然也像漏斗。

她长着几乎像男人的浓密眉毛。(在农场最后一次照镜子时,她明白了,既然她看起来可以是这副德行,晚上微弱的光线对她很有利。)

她可以玩抽彩赢钱吗?玩纸牌赌博?输赢只用铅笔在纸片上计数就行。她已经体验过没收东西的游戏,这个游戏照他们的玩法,还要凶一点。那又怎样?(她能指定他们赌什么?)脱衣服?脱裤子、衬衫、袜子?

她用发刷梳着栗色的头发,有点像梳马鬃。她得花一刻钟才能梳好的头发,被大雨一分钟就给毁了。这里的空气中有盐、高岭土,头发却没法证明这一点,只是因为雨水而更加黏湿了。

她的嘴唇饱满。"麦基克"声称,可以根据嘴唇判断这姑娘的其他地方是什么样子。不止他一个人这么说。

"您喜欢松鼠吗,小姐?""猴猴"问。

"离得远远的还行,"她回答,"在厕所里它们爬到我身上,它们把马桶跟水井搞混了。今年我已经从马桶里捞出三只来喝水的松鼠。松鼠让母亲感到恐惧。她不知道还有什么比淹死在抽水马桶里的松鼠更令人恶心了。大概她能想象出它在里面还没淹死的情形。"

"那您喜欢这里吗?""歌手"问。

"就像我刚才说的,在我来这儿之前还是挺喜欢的。"她的回答让他猜了一阵子。

"玩抽彩、纸牌或没收东西？"她问，"还是你们想玩什么其他的扎堆游戏？"朗姆酒慢慢上了头。她知道，他们现在也一样。朗姆酒有种让人愉快的、香甜的味道。它卸下了农场压在她身上的重担，虽然她人并不在农场。

她之前说起过，她在牲口棚负责照顾母马帕尔玛。它的生育也属于工作范畴。（马夫们喜欢把这桩差事交给最年轻的女孩。）

有那么一会儿，朗姆酒的芬芳在姑娘全身弥漫，让她焕发出芳香。如果大尉刚好走进寝室，他闭着眼睛也能发现这里有位女士到访。

"你们给电灯泡缝了只网袜？"姑娘问，"或者这是戴在头上的什么网子？"

"我们用纱网使照明变弱，""查拉"说，"如果它晃得您眼晕，我们可以只用头盔上的指示灯照明。"

"但愿这不是最糟糕的法子。"她表示同意。

她知道，她说的话不怎么重要。她很高兴灯光不太强，也很高兴没有关灯。她无须提醒任何人。她能想象，他们可能已经拿她做过幻想对象，或正幻想着她。她不经意地挺了挺胸，抬起头，从她坐的地方向外看。

她在昏暗中看见了指甲大小的指示灯。她双腿交叉成十字，坐在"检察官"的铺位上。饮下第一口朗姆酒，她的眼睛里已经有了兴味。她知道这很可笑，女孩子的心神不定看起来像是纯洁，而纯洁同时又像是不设防。我们就来看看事态会如何发展吧。

她已经熟悉了寝室的喧闹声。有几个人在指示灯的光线下阅读邮件，其他几个人在收拾黑色军用手提箱。那几个她已经认识的主要人物在喝酒。（她注意到，他们的绰号都很重要。大兵们也对绰号非常在意。）

"麦基克"点着了蜡烛。歪斜的百叶窗使光线更加显眼。他们可以开着电灯，用衬衫把灯泡包起来，但当他们要这么做时……他们没想过让她回避一下吗？

"文身"问她："您最想玩什么，小姐？玩抽彩、没收东西？每输一次算一件衣服——您一个人对我们所有人。还是玩纸牌？要是您赢了，您来决定要什么。每一个从牌里抽出正确数字的人可以与您共舞，或者您想怎么着都行。要不就以扑克牌里的数字作为跳舞的次序？"

"如果我能赢一大堆东西，你们会把什么工具和武器送给我？"她寻思着，他们会期待她选什么作为奖励？接吻？脱衣服？跳舞？他们在幻想什么？她能想象他们在幻想什么。万一他们想对她动粗，她能解救自己吗？

"舍不得孩子套不住狼，""麦基克"说，"要不就来玩脱衣服或脱内衣，咱们看看，半小时就打住。您认为这个提议怎么样？"

"为了我们可以像在天堂里撒欢儿的这一刻？"

"我们已经冲过淋浴了。""歌手"接话。

"咱们今天就把大尉抛在脑后吧。""麦基克"微笑。

姑娘明白，关于这一点他们必须得事先讲好。好吧。不管他们玩什么，她样样都能拿第一。她咯咯笑着。她对于他们拥有一千零一张面孔，一千零一个本领，一千零一种可能。她像漏斗一样，把这个想法灌注到每一个大兵的脑袋里。女孩们不是到处都在做这样的漏斗吗？要不就这么做，要不就什么都不做。女孩子——女孩的幻想——不就是这样的漏斗吗？她短促地笑一声。第一名。(昨天合作社的新主席说,撒旦会试探每一个女人。星期一是最小的撒旦,星期二是大一些的,以此类推,到星期六和星期日是它们里最大的,"路西法"。① 她这一下子就历经了两打撒旦。我是他们中的白色百合花。)地狱与天堂之间的漏斗,逆向的。这比农场因为下了一窝猪崽奖励红包还要让她感觉美好。(两百五十克朗。)比大兵们赞美她不用马鞍的感觉还要好。(荣誉的认可。)她察觉到大兵们在评判她,等着她做出他们期待的事情。谁。她用眼睛在他们中间寻找。她能想象合作社的人是怎么议论她的。

她喜欢他们中间的一个,有着猫一般眼睛的人,她由于太过于关心自己,都没有认出他来。至少在他们五个里,她一下子就喜欢上了"十九岁"。(她发现,他们可以冷静地担任一个又一个角色,在现实中如同在幻想中一般。这没有多么邪恶。她已经有过经验,在幻想中,她可以跟完全不喜欢的小伙子睡觉。就算大尉在这儿,或者就算她摊上了大尉也不会生气。)

她抿了一口朗姆酒。很久以前,她就想做一些不能用常理来衡量的事情。她知道这是冒险的,可能有人企图侵犯她,而伴随着醉意,她的不安在消退。她整理着自己的思绪,她想要什么,不想要什么。存在于女孩子心中少女般的、稍纵即逝或恒久不变的向往,是与男孩们交往,大概就如同鱼儿离不开水一样。当然,我是漏斗,我有肚子,他们会让我有孩子的。她不能有什么质疑。她再一次啜一小口酒。他们当然想亲她,触摸她。如

---

① 撒旦是《圣经》中反叛上帝耶和华的堕落天使,负责在人间设置诱惑。后来他堕落为魔鬼,被看做与光明力量相对的邪恶、黑暗之源。根据《新约》以及之后与基督教相关的文学作品,一般被大家称为"撒旦"的有:"晨星"路西法、"古蛇"萨缪尔、地狱六君王、撒旦叶等。

果真脱衣服,她还没能想出对策。他们看着她,凝视着她,已经跟窥视相差无几了。

"要是我们三个人或四个人玩,而不是二十多个人玩,没收东西才会有意义。"她补充说。

当然,她要想出一个适合的扎堆游戏,能让所有人都喜欢。她咯咯笑着。

她冲着蜡烛火苗的方向说:"有时候我想,我不会再喜欢任何人了,只因为害怕他会抛弃我。"

她不知道"十九岁"是否听见了这句话。她希望他能知道她在想什么,并把这跟他联系在一起。他会遗漏她对他的想法吗?真可惜,不存在某种当人需要时就能取得联系的传心术,让他对此心有灵犀。

"关于马,我所知道的,除了它们的脑袋比我的大,再就是'成吉思汗之征',""麦基克"评论道,"在征程中,他们割开马脖子的皮,用麦秆吮血喝。日子好过的时候,他们的马鞍下挂着远征掳来的生牛肉。这样一来,欧洲美食家们的菜谱上才有了鞑靼牛肉末。"

"我不会对自己的小马做出这种事。"

"现在已经不时兴对马这么干了——只对人。"

"您想让我倒胃口吗?"

"歌手"提到,"一个女孩曾经就这么搞砸了我的胃口,她的胯部长着像儿童万花筒里一样的红色星星。"

她想象着"十九岁"的身体。她感到一阵震颤,与她想到大尉时的兴奋感一样。"歌手"提到的红色星星什么样?她能想到是怎么回事。对于女孩来说,不管她怎么擦洗,有时候能洗干净的地方还是很少。

她清楚,过不了一会儿,她就会问他们大尉的事情。

"农场上传言,你们全是瘾君子,还有类似的玩笑。"她说。

"在我们这儿,唯一能往咖啡里放的就是糖、焦糖和咖啡因,""歌手"短促地一笑,"朗姆酒、拜亥尔酒和啤酒,这些都是合法的饮品。"

她用目光扫过一张张面孔。"十九岁"让她喜欢。她始终记得他的面孔。他的面孔大部分时候是严肃的,耳朵稍微支棱着。

"在我们那儿的农场,""猴猴"插嘴说,"有两个女孩儿,两个都是红头发,她们发誓会守候自己的大兵。两年或三年是很长的时间。她们坚持了大约二十天。我担保还不算晚上。两个人都去了内地。我真怀疑她们会发生什么事。信守诺言很难。"

"人们做什么事都吸引不了我的注意,"她咯咯笑着,"谁议论我什么,对我来说也无所谓。我认识几个人,他们无法忍受任何事,只是因为他们感到恐惧。"

"如果猫能到水里的话,它会愿意到水里的。"

"信守诺言对我来说是个考验,"她说,"说与做毕竟是两回事。"

她把谈话引向大尉。

"他很少在自己办公室,""麦基克"回答,"这样一来,我们就不必焦虑不安了。一般他在军官宿舍睡觉。他在办公室里有长沙发。有时候他神游太虚,就睡过去了。"

"他一般什么时候睡觉?"

"就这个时间吧。星期六晚上他还没来视察过我们。"

外面一直下着雨。天气没有转好。他们也只能听之任之了。雨声甚至盖过了兵营里的动静和他们的谈话声。他们湿淋淋地回来时,在衣服干透或换衣服之前还保持了一会儿这样的状态。(当时他们是这么觉得的。)有那么一阵子,似乎狗叫声从雨水的噼啪声里挤了进来。凭此可以推断狗场在哪儿。

为什么她想知道关于大尉的事?

"我从没有乔装打扮过。"她说。

她又问:"你们这儿到底有几个人?"

"因为叫'犹大'的上等兵外出了,有两个人在走廊里值班,现在与您共处的是二十六条灵魂——和身体——集所有智慧与美貌于一身。我们所有人都为这个完美的狂欢节蓄势待发。其他就是军事机密了。"

"你们觉得上等兵什么时候会回来?"

"两点之前回不来,得到三四点钟吧。要像这么下雨的话,就得耽搁一阵了。即便这样,可能还得在大门口把他叫醒呢。"

"真可惜,他们说不动您玩没收东西,""歌手"大声说,"您这么湿漉漉的,要是玩起来有多棒。玩得越多,您的衣服也会干得越快。您需要帮忙吗?"

他们给她留出喝酒的时间。他们在她身旁慢慢地喝。

"麦基克"又一次想,农场姑娘是否仅仅来刺激他们的。(这也是游戏,不过是他想象之外的另一种游戏,他压根儿不愿设想它是怎样的。)他拭目以待。他很高兴,她并不着急。一切自有安排。

"我们没什么可失去的,除了自己的枷锁,"他补充说,"理应有什么人来满足我们几个愿望。对我们来说,民主无处不在。"

桌上满满的,"麦基克"从自己小背包里拿出来的三瓶国产朗姆酒、面包和香肠。农场姑娘带来切好的熏猪肉。他们用洗去芥末酱的玻璃杯喝着酒。她在烛光里看见这些,带纱网的指示灯也发出了足够他们看得见的光亮。

"你们这儿挺干净的。"她说。

"是星期六嘛。""猴猴"剔着牙,用大大的蓝眼睛示意她看向暗处。

"这儿有股雨水和来苏尔的味道。"她说。

"我可不建议用这个漱口。""麦基克"补充说。

"应该通通风。""文身"建议。

"风会把雨刮进来的,不是吗?"

"谁会在意?""歌手"问。(他的身体像农场一个骨瘦如柴的高个女人。)

"我没关系。"她啜了一小口朗姆酒。

"夏天我们可以邀请您去游泳池,""歌手"说,"到当地没了水的巷道去。您可以在高岭土上晒太阳——裸体也行。我们会尽快这么做的。"

"您从没恋爱过吗?""黎高-黎高"想知道。

"只有那么两个钟头吧。我父母的爱情坚持了六个星期。其他时间则是地狱。"

"您真坚持不了更久吗?"

"或许并不是真爱吧。"

"查拉"拨动吉他上的琴弦,弹奏出流行曲《有人或许想要问,爱情是什么》婉转的旋律,接着他唱出歌词:我只能说,我不知晓,或许,可能我很快就会变成……他又把吉他搁下了,只是还唱着:今日爵士乐是我的生活,我的爱情,我的梦……

她看着色彩阴暗的天花板,带百叶窗的窗户和有两个长方形橡木长凳的桌子。指示灯在闪动,地板被拖得起了皮。在木板之间,她看见了碎屑。她在这些细节上感受到军人的纪律,士兵们的恐惧,大尉的严厉。她看了一眼盯着她看的"伽利略"。

她所吸引的注意使她很得意。她没有任何理由不满足他们几个的愿望。只是,她还不清楚是怎样的愿望。

实际上,几乎所有人都跟她说过话了,包括"牧师",觉得她很有意思的"十九岁",还有"索姆拉克"。(她来之前"索姆拉克"就在赌咒,要是有啤酒,他能在六秒钟内喝下半升。)他让人想起昏昏欲睡的獾。(据说,战争时期他父亲在德国失踪了,被迫在工厂里做工,制造弹药。直到今天,他还是下落不明。)为了搜寻和继续等待是否还有父亲的消息,"索姆拉克"对其他事没有心情。他对农场姑娘并不太上心。他更想来半升啤酒。

"十九岁"的兴趣还没有显露出来,她在工地上就是观察他。(一切才刚刚开始。)他体形匀称,亚麻色的头发,理着平头,嘴唇倔犟。他的眼睛像鹰吗?肯定不像斑鸠,姑娘想。她可以凭发际线想象出来,十年、二十年以后"十九岁"会是什么样。她想得出可以跟他一起生活的六种意义。他有个突出的鼻子,像野生水鸟的喙。他紧闭着嘴唇,或许在跟某人——可能跟自己——闹别扭。她可以亲吻他吗?她可以。

她无须着急。这让她很欢喜。星期六,大兵们领到的晚饭是冷餐。他们把一份份饭、香肠、面包和胡桃摆在桌上的铁盘子里。她的熏猪肉,夹着一条条粉红色和白色脂肪,在里面很显眼。她知道,他们这些缺油水的肚子不会这么快吃饱。(妈妈告诉过她,父亲同样有个填不饱的肚子。)她很高兴没有空着手来。

虽然这里不怎么暖和,但也不是很冷。她哈一口气。房间里飘着机油、军服、袜子、破布和鞋的气味,还有散不尽的军人住处的味道。她又小啜一口朗姆酒。

现在,她换个姿势,两腿随意地放在下面,偶尔晃来晃去的。她瞅着鞋尖。她待在"检察官"的铺位上,但不想表现得好像属于他一样。"检察官"看起来更像是她的护卫。

她又摇晃着两腿，如同挂钟摇摆似的。只要有照明，就还过得去。"检察官"递给她一个装满小沙粒的垫子，好掖在背后。这是个粗糙的麻袋布，用制鞋的线缝制，罩着绿色亚麻套子。它让人想起儒勒·凡尔纳①在《气球上的五星期》里写的物件。（他们所有人都在宿舍和管理员桌子旁读过这本书，包括"茨冈人"和"索姆拉克"。）

她向后倚着。"谢谢。"她说。在桌上——不知从何处——冒出来罐装的小黄瓜和五个瓶子，又多出来一些装芥末的玻璃杯、花生和巧克力，四块红色的亚麻布。她冲着这些吹了声口哨。

"我喜欢得体的款待，"她说，"在农场我不怎么用这些东西。"

"我希望您不会对我们有意见。"

"我也这么希望。"她笑。

"您什么时候出生的？"

"我不清楚。作为新生儿，我的头很大，我妈妈生了三个钟头才把我生下来。生下我哥哥是因为爸爸把避孕套弄破了。（妈妈对我讲的。）我长到十二岁时，骑师爱上了我。他转着眼珠，往自己身上看了一眼，盘算着我会与他产生爱情。会计师比他抢先了一步。骑师忌妒我的马，我的母马。他忌妒那匹教会我骑马的坐骑。他总是从近处看着帕尔玛，好让我看见他在看。

---

① 儒勒·凡尔纳（1828—1905），法国作家，被誉为"科学幻想小说的鼻祖"。《气球上的五星期》是他的作品之一，他还写有《海底两万里》、《神秘岛》、《八十天环游地球》等。

他把舌尖从嘴里探出来,握紧拳头,皱起额头。"

她意识到,他们在等着她作解释。"这两个人是我第一次一块见到的,那时骑师告诉我说,我们得到了一匹公马,要让它交配。他把帕尔玛的马笼头交到我手里,让我先陪着它等一阵子。等时候到了,那可就有得瞧了。德国马全身黑亮,性子暴烈。它肚子下面的家伙伸出来,一直拖拉到地上。同时它又有一种我说不清是温驯还是虚弱的样子。它就这样吃了些谷子。德国马开始闻闻帕尔玛,讨好地在它身上蹭来蹭去。它们做的事情真让我惊奇得不得了。帕尔玛倒是很喜欢这样。它像钉子似的站着,用鼻子喘气。他们帮它摆好正确的位置。然后,一切就顺理成章了。我像考完捷克语考试一样,眼睛瞪得铜铃一般大。等帕尔玛与德国马完事了,我牵过帕尔玛,领着它遛遛。帕尔玛的腹部哆嗦着。它看向身前的某个地方,同时又望向天边。"这会子,他们不知道姑娘是在说那匹母马,还是在说她自己。

她闭上眼睛。她凭经验知道必须回避什么事情。一旦得手,到手的那一刻,小伙子就会对起初最想要和最不想要的东西重新评价。有什么事让她很激动,她又啜一口酒。她觉得一切更加美妙了,她的心情不错。她已经说了一些讨人喜欢的话。

"您怎么学会骑马的?"

"我父亲有个兄弟,他是驯养马的。他们的小屋旁有条直道。最初我让马一步一步慢走,后来我们开始小跑和飞奔。我骑着马像在蹦床上似的上蹿下跳,我掌握不好正确的节奏。向上,向下,向上,向下。对女孩来说这不仅仅是骑马,你们明白我的意思吧。"

她下嘴唇吸附在玻璃杯上,上嘴唇探向朗姆酒的液面。朗姆酒散发出香气。它有着黄金般的色泽,让人联想到酒瓶标签上的甘蔗。(糖汁就是这般散发着香气。)

她很喜欢他们跟她谈话的方式以及争论的事情。"麦基克"的声音吸引着她。这声音里有一种她自己身上也有的任性。这种气氛跟农场不一样。

"在那儿造反的小伙子们已经一个不剩了，""猴猴"说，"人们驱散了他们，起初有二十个人，然后逐一分散到不同的部队。'查拉'还在这里碰见过他们。"

"唔，""查拉"承认，"三个小伙子因公而死。他们开着卡车，一辆巴士冲他们开过来，司机失去了控制。一个人从车斗里被甩到树上，他抓住树枝，紧接着车斗就切下了他的头。后两个人被掀下来，右车辘轳碾了过去，一个人当场毙命，另一个在医院里丧了命。部队想把死者葬了，可是得不到许可。他们让尸首就这么晾着，如同他们正常上班一样。他们冲着尸体号啕，只是地点挪到了停尸房。在那儿，他们领了尸体，带着最高的敬意运往墓地。当他们路过一个小城镇，居民们已经猜测到发生了什么事，领头的军官在队列前面停下来，好像他带领着他们似的。人群对着他们发疯般号叫，像黄蜂一样绕着他们乱转。军官们担心自己炙手可热的位子，害怕耻辱，这能要了他们的命。你知道的，血液一下子涌上头，对你来说，发生了什么，这是否生命的最后一刻都已经无所谓了。他们在墓地用自动步枪向人们瞄准，却无法让他们停下来。他们只得向人群扫射了。人们跑起来像一个人似的。这件事是指挥部的耻辱，大部分军官为此被除名。后来，技术营被改成辅助技术营，并给他们两个月时间带武器受训，使他们意志消沉。通过训练，你可以让人们像橙子一样怎么揉捏都成。我还碰见过一个小伙子，他为辅助技术营谱写过歌曲。他获得了探亲假，可以去探望摩拉维亚的家人。路上,他在火车事故中丧生了。这件事还上了新闻。"

"那是首什么样的歌?"

"它有五段,唱法是美式的噢嘞嘞噢啦啦。他们没给我们步枪和机关枪,而是发了镐头和铁锹。他们觉得这能稳住我们的情绪。那句歌词,'我们大声欢笑'押的韵,让我们给改了,你知道吗……里面有个字母 r……①"

她不必对他们说唱一唱这首歌。他们悄悄给她唱起来,免得吵醒大尉。

"猴猴"站到她的膝旁。

"要是你对马感兴趣,我一定得给你讲讲我舅舅在南摩拉维亚碰到的事。整个战争时期,他都在等待东方国家的军队。他痛恨德国人。他有五匹种马和小马驹。德国人为军队征用马匹,但是他们不碰种马。战争结束时,来自东方国家的军队将整个地区的马匹集中起来,不论种马还是非种马,全都一个样。舅舅是游击队员,他胆子大得很,连鬼都不怕。人们来给他分配任务,让他跟着去红十字会。他回来时,只剩下马驹了。这让他很受打击。他已经不是我认识的那个人了。他甚至连马驹都不照看。他们夺走了他一个人要生存下来必须燃烧的火焰。"

"我希望,你们不想让我哭鼻子。我也不会大笑。我理解这种事。我的生活——至少在某些方面——因为没有马,已经结束了。"

她觉得自己像是捕蝇草,现在有超过两打饥肠辘辘的目光

---

① 这是作者给捷克读者留下的一个小谜题。"我们大声欢笑"捷克语为"smějem",士兵们换成了同韵词"serem",意为"排泄,排空"。此处指监督员或值班员下达了什么命令,而大兵根本不屑于听他们的。

129

黏在她身上了。可能我已经作出选择了，她自言自语。（有谁会像我害怕其他人一样害怕我呢？）她让自己的目光在"十九岁"身上多停留了几秒钟。她希望他能看她一眼，哪怕视线在她身上多停留一会儿。

"我已经想好了，""文身"说，"跟'黎高－黎高'的方法不同，会来一个抽签。我们剪出卡片，在上面写好数字，从一到二十八。然后就来抽签。谁抽的数字最小，就可以与您共舞。接下来再重新抽卡片。懂了吗？"

"你们别忘了零。我想在里面加个零。然后，我来剪卡片。一个人发一张。"

"这个游戏的结果如何？"

"什么意思？"

"是不是只有一个赢家？"

"剩下的人一无所得。"姑娘咯咯笑着。

"真可惜，姑娘们不像小伙子那么无私。"

"谁说小伙子们是无私的？"

"要是反过来的话，一个小伙子对二十八个姑娘，这才算给所有人的抽签。甭说别的，我连一秒钟也不愿辩解。要是由我主导游戏，我能出多大力就出多大力，直到完全精疲力竭。如果我是女人，我一秒钟也不会扭捏。"

"您真那么有耐力？"

"您怕吗？"

"并不怎么怕。等我们商量好了，我已经完全不怕了。我能扛得住，您最好还是别试了。"

接着她问："有谁知道，我最后做了什么？"

吉他还倚着铺位立着。"查拉"慢慢将它拿到手中。抽签的建议没有结果。

"您就这么听个开头吧,小姐,""查拉"说,"这是我为您作的曲子。"

她没听错吧?还没有任何人为她作过曲呢。(或许有几个小伙子为她打过架。一次,因为妒忌,两个女孩互相扇过耳光。)她感觉血液涌上了头。这时,她不知道该哭还是该笑,她又有了这种感觉。"查拉"的声音从他坐的小凳子那里传过来。"'查拉'作词作曲。"他说,拂了一下琴弦。他的嗓音很低沉。

> 猴子峡谷附近有个姑娘风流随意,
> 夏天穿着一件衬衫,冬天穿着毛衣。
>
> 让我们看看你的魅力吧,大兵们提议。
> 姑娘对此点点头,反正也无所失去。
>
> 魅力藏在大兵或军官的背包里吗?
> 要是姑娘没有魅力,谁又配有呢?
>
> 淹死、活埋或绞杀
> 怎么惩罚她才好,如何管住她的风流?
>
> 我独自一人躺在床上,浮想联翩。
> 未开垦的田地,小花儿暗含娇羞。
>
> 你已经做过那事了吗?大兵们问。
> 一千零一次,清晨,收工之后。

他们领我走向门边,绳套放在脑袋底下,
他们用绳索撕磨我的下体。

我比风还要轻盈,濡湿的姑娘,
风儿在两腿之间帮我的忙。

当他们把我往下拽时,它马上撑住我,
为什么他们要给我安排猪狗不如的命运?

我是风的女友,风又是我的男友,
它已不再将我变为草料或粪肥。

现在你们见识了我的魅力,这迷倒风儿的魅力,
这是我从它那里取来,又可还给它的东西。

"查拉"唱完了。农场姑娘鼓起掌来。是朗姆酒作祟吗?她真想给他一个吻,她并没有觉得为时过早。这是首相当长的歌,把她恭维了一番。(或许她额头上写着她正梦想和考虑的什么?)她又咯咯笑起来。

她忽然想到,可能有几个人是处男。"十九岁"呢?她知道,一个人外表看起来如何,与事实是两回事。一个貌似很随便,可以轻轻松松哄上床的女孩,可能还从未委身于什么人呢。又或者一个女孩拥有小天使般的面孔,却换过一个营的伴侣了。

姑娘寻思着,或许所有人都是纯洁的,但只有一个人最纯洁。或者所有人都已经像"检察官"一样经验丰富了,只有一个

不是。她知道自己留心的是谁,可能根本就不是那么一回事吧。她相信自己的第六感。她的第六感,最终总是很准确。她不可能算错那么多次。

氛围浓厚起来。有了吉他,一下子变得有些异样了。姑娘忽然觉得自己像是皇后,二十八个小伙子中独一无二的一位。

"猴猴"从淋浴间拿来桶,用抹布擦干净,好用来抽签。他一边嚼着面包就咸肉。

"麦基克"又给姑娘加了一点酒。"猴猴"像大猩猩似的拖着自己摇摇摆摆的步子。她用目光搜寻着"十九岁"。

外面,倾盆大雨冲击着兵营的屋檐和墙壁。

她的脚尖,直到神经末梢感受着音乐。她挪挪身子,两腿随音乐的韵律摇摆着。朗姆酒让她暖和起来。她有些燥热。

"我们以你相称吧,"姑娘说,"我们所有人都已经是朋友了。"

她觉得自己把他们弄糊涂了,同时也把自己弄糊涂了。

"查拉"悄悄弹着,怕吵醒了大尉。他们知道这是"查拉"什么时候谱的曲子。手指磨起趼子,指甲磨坏了,他并不在意。他弹起一首歌,唱的是流浪的旅行箱。(去年,他谱了一首关于泰坦尼克号沉没的歌,但他并不怎么喜欢,再也没有弹过。)

"还有最后一件事,"姑娘说,"等我决定离开时,谁也别拦着我。"

"您别算我了,""牧师"说,"我不玩任何纸牌或抽签游戏。"

"同心协力,同等权利,兄弟情谊,""文身"插嘴道,"是不是,'索姆拉克'?"

"管他的。""索姆拉克"回应。

"我们这儿有二十三个人参加抽签。""麦基克"说。

她接着说,"容许你们脱鞋,这可能是女孩犯的第一个错误。"她又说,"要我说这才叫做音乐。"她看向自己的鞋子。她跟"茨冈人"一样,比起逻辑来,她更相信本能。有冲动对她来说就足够了。

"先生们,咱们都是自己人,可不能作弊。""黎高—黎高"说,一副听天由命的样子。桶里是小卡片,上面有从零到二十八的数字。(他用唾沫把墨水笔蘸湿,写起来钝得很。他用防火设备的盖子扣住桶。)"谁来抽?'茨冈人'?"

"老实点。""黎高—黎高"像念咒语似的重复着。

"这个词儿我已经在农场听多了,比一年里的日子还多。老老实实已经不是头等大事了。除了老实、荣誉或宗教信仰,还有其他的事。"

她记下了有多少小伙子晚上穿运动服。他们渐渐换了装束。几个大兵很尴尬,没一会儿,他们就一丝不挂了。有的人面对着她,有的人背对着她。他们一定在等着她也脱得跟他们差不多。到处都晃着屁股、肚子、胸脯白亮亮的皮肉。

她已经松懈了。

"还有谁有多出来的运动服,我穿着可能会更舒服一些。"

"歌手"把自己的运动服给了她。

"我可以给你拎着毯子。""猴猴"提议。

"那必须得有两个人。"

她知道,他们会看她。她究竟已经在心里期待了多少次可以这样在他们面前换衣服了?她跳到两个铺位之间的过道上。"猴猴"和"歌手"拎着毯子。

刹那间,她寻找着"十九岁"的铺位。他的视线在她身上吗?

他们肯定在蜡烛和指示灯的亮光里看见了她的内衣。他们可以解闷的事儿多多呀。这就是其中一项,她在心里说。小伙子们喜欢姑娘的内衣。有时候,内衣像皮肤一样诱惑着他们。而衣服如同身体。她脱去鞋子。有那么一瞬间,她觉得自在多了。

她最先褪下裙子。他们只能揣测她在做什么。她知道脱到哪儿,衬衣、长筒袜或裙子才能像身体一样诱惑大兵们。她想着自己的内衣。

她把衬衣从头上扯下来,只穿着内衣。她知道,他们在注视着她,不止从最高的铺位上。他们肯定把这看做是脱衣服脱得更多的定金,脱得精光的保证。她理了理运动服,看见"牧师"躺在哪里。他的头棱角分明,头发乌黑,硬如鬃毛的头发向额头支棱着。他的两眼分得很开,蒜头鼻长得跟她一样,嘴大而宽阔。他穿着运动服在睡觉。

"我没想到我本可以穿自己的,"她说,"这身衣服我穿着有些大,但也凑合。我可以把袖子卷起来,把上衣下摆掖进腰里一些。"

"不错。""文身"说。

"什么不错?"她问。

"应该可以到储藏室弄点啤酒和坚果,或看看有什么可吃的,""黎高—黎高"说,"我们还没开始玩纸牌呢。别过一会儿我们馋了。"

"有谁自愿提供点?""麦基克"问,"我来推荐一个有经验的老手。"

"那你是谁啊?"姑娘用一个问题回复他,"你说话比我们的新主席还聪明。"

"我爸爸曾是理查德·拉德王斯基—哈巴尔特,""麦基克"说,这时,她整理了一下运动服,"他生于维也纳,第一次世界大战爆发的十八年前。他出生在一个衣食无忧的富庶家庭,这种家庭在美好的维也纳市并不少见,那才叫威望与显赫。我们的家族分支庞大,还有捷克和犹太血统的祖母。父亲的母亲是王室英雄,我已经不太清楚是为什么了。我父亲接受教导要尊敬他人,对凡是跟他握过手的人都予以信任。战争期间,家族丧失了资产。爸爸因从事地下活动,被纳粹关押起来。他的代号是'玫瑰'。玫瑰是美丽的花卉,有很长时间,没有人知道这是个男人还是女人。战争期间,纳粹对他像对待动物一样,可以说比对动物还差,因为正如大家所知,希特勒喜欢狗。父亲活过了战乱,但只熬过了很短时间。他给我留下了几个最高荣誉。等到有我的时候,他已经比较老了。妈妈比他年轻三十七岁。他们不吵架,但之间总有关系紧张的时候。他们只用压低的声音责备对方,几乎像是耳语,而且大都不当着我的面。妈妈指责他年纪越长越没有幽默感,爸爸挖苦她变化莫测,空气中'荡妇'一词儿呼之欲出。他们是在相识十八个月以后结合的。他们互相争执,大多因为一个人对另一个的皮衣和鞋子看不惯。爸爸责怪妈妈不为孩子着想,妈妈说爸爸想在这段婚姻中给她制造一座牢笼。或许这是他被关押时从狱卒身上沾染的恶习?妈妈哭时,父亲总装出冷冰冰的平静。岁月在他们身上留下了印迹,尤其是父亲,不仅在婚姻中丧失了母亲所奚落的幽默感,还有体力和金钱。她不得不一点一点变卖了他买给她的,还有她从慷慨的爱慕者那里得来的首饰。我必须承认,在相当长的时间里,这都是收入来源,直到卖光最后一块钻石和最后一件皮大衣。在这种状况下,谁还会有幽默感呢?或者谁还能对自己不有所怀疑呢?"

"麦基克"啜一口酒,"我不能说我爸爸一切事情都做得很糟糕。他声称要把我培养成一个坚强、自立的年轻人。或许他想让我参加下一次战争？他说过什么表扬或表达感情的词儿呢？他不动声色地惩罚我。那是可以持续几个星期的沉默。他想让我自己领悟。那些我所遵循的价值观启发着我：尊敬他人，以获得别人的尊敬。可能他想教会我更多，一些他做不到或他所不具备的东西。"

他做结语道："当他们为她演奏《小伙子哈布斯波尔格》或《小伙子伯顿兰德·马尔斯赫》时，手风琴总是令妈妈获得最大的满足。令父亲感兴趣的，是瑞士人类学家约翰·巴豪芬①，他在上个世纪臆想出从前女性统治的神话，所谓的母系氏族制，这一观点为贝德日赫·恩格斯所用，以支持女权运动雏形的说法。最终的目标是阉割男性，但为了人类的繁殖，要等到第一次受孕之后。事实是，从始至终，男人制约了社会的动向。将来怎么样，还得走着瞧。男人自腰部以上是人，自腰部以下是动物。可能在第一次受孕后，我们就该受到阉割了。我没有幻觉，跟我爸爸没有幻觉一样。"

她又卷了卷腰间的运动服，她的胸部在"歌手"大件的运动服下有些看不见了。她喝了一口酒。宿舍里的人头一回听到"麦基克"父亲的故事。

"我很感兴趣，这世上是否还存在幸福的家庭，哪怕只有一个，"姑娘说，"或者那些最幸福的家庭是否只是在演戏，从一幕到另一幕，像剧院演出似的。还有姑娘和小伙子——至少在某些事上，在某一刻——是否可以互相信任，同甘共苦。"

他们抿着酒。

---

① 约·巴豪芬(1815—1887)，瑞士人类学家、社会学家。

"麦基克"忽然说:"我得承认,十三岁时,从我看见自己年轻妈妈的裸体那一刻起,我之前的生活就不见了。我并不想跟妈妈做有一次她想和我堂兄弟做的事情。可我发现在幻想妈妈时,我的手所做的事情。她的身体、细腻的皮肤和味道。我看见了她的前面和后面。她清爽、性感、白皙。所有该丰满的地方都很丰满,女人身上有一种不可言喻的美。我知道这是什么,男人为了它能够杀人、不忠、冒险、舍命。妈妈的裸体使我成为男人。她对此并不知晓。我以后再也没有平静过,由天真无邪所掩饰的平静。欲望浸透了我,让我感觉有罪,这种状态会使某些男人疲惫不堪。"

"虽然我没看到,但从你的手中可以读出来,""茨冈人"的声音响起来,"我是那种就算通过电话也能读出掌纹的人。"

她觉得,大兵们每一个人都想象着一道属于自己的门,请求她从门外瞧上一眼或走进去。她是否应该抓住机会,跟他们聊一聊自己,聊聊那些可能她在农场懒得公开的事?

在他们散开之前,她还可以跟他们说说帕尔玛是怎么咬伤她的,她的胳膊上有什么样的疤痕,以及并非每一段爱情都有好结果。她准备——等适当的时候——给他们看一看伤疤。有时,她幻想有人会吻她的疤痕。她再一次让眼睛迷失在"十九岁"躺着的铺位的微暗中。

"牧师"咕哝着什么,与雨水的声音混杂到一起。雨水从屋檐溅落下来。"猴猴"、"黎高—黎高"和"麦基克"站在放着卡片的水桶旁,"查拉"与"荷兰人"继续他们的二重唱。《蓝月亮》,"查拉"报出曲名,比利·巴特菲奥德[①]的曲子。

---

① 比利·巴特菲奥德(1917—1988),美国乐队指挥,爵士乐小号演奏家。

她忽然想到,她没有听过"牧师"祷告。在兵营他们被禁止祈祷吗?

从姑娘穿上运动服的那一刻起,没有人急着抽签。"查拉"的爵士乐又来了。当曲子环绕着我们……美国民歌。

她发现,他的运动服散发着已经陈旧的女人气味。他是从什么人身上沾染的?抑或这是他的味道?她想到"歌手"对她搞的小诡计。毕竟她不能穿着他的运动服离开。

她用下巴打着拍子:嘀哒哩嘀哒哩,巴姆巴姆巴姆,哩滴哗滴哗—戴伊……①一切都可以用音乐表达出来。(还有朗姆酒。)

"外婆,你怎么能有这么大的耳朵呢?""猴猴"问。

"好听到你们狼狗的叫唤呀。"姑娘笑着。

"可能你没人可以交配②吧。""歌手"说。

"呸。"姑娘说。

"十九岁"注意到了。他没有说话。

"兄弟俩"中的"哥哥"说:"我认识一个女孩——'梦想旅店'的女服务员,后来她负责打扫客房。再后来,他们把她塞到客人们的床上赚取一些费用。她的肚子、后背和肩膀被刀子刺穿了。她的肩膀有个伤疤,就像曾经有人想砍死她。她令某些客人感到厌恶。其他一些人对她伤疤的态度比起对一些拉客的妓女要和善些。"

"她让我反胃。""兄弟俩"中的"弟弟"表示反感。

---

① 此为捷克儿歌中的调子。
② 原文使用的动词"交配"在捷克语中一般用于兔子交配,此处是大兵们取笑姑娘的耳朵长得大。

"只有母亲、情人或护士能接受伤疤，""文身"评论道，"我能想象那些疤痕是什么样子。"

"是谁刺伤了她？"姑娘想知道。

"她没说是谁，就连人们叫来了警察她也没说。""哥哥"说。

值班员把头探进宿舍。

"根据最新研究，沃尔夫冈·阿玛迪斯·莫扎特受俄国歌曲《大兵们，年轻人》片段的启发谱成了《小夜曲》。狗群在狗场里打架，可我不知道为什么。报告完毕。"

"兄弟俩"中的"哥哥"补充说："看起来是第一共和国的军官刺伤了她。他无法容忍她揉搓新体制的军衔，因为他们把他从军队里踢出来。她让顾客们亲吻那些伤疤。军官吻她吻得最厉害，他就这么糟践她。他低声说，每一个吻——某些落在这些伤疤上——都触动着她的心灵。对于她来说，亲吻就如同爱慕。这些伤疤早就连在了一起，边缘泛着蓝色。她在他眼中变得很美。他可以几个小时凝视着她的伤疤。连他在她身上所厌恶的地方他也接受了。皱纹在他看来同样也很美。"

"她可能把这事吐露给你吗？"姑娘咯咯地笑。

"他坚持说他就像吻了什么让人感到疼痛、无法忘却的东西一样。他对她说，他有种感觉，仿佛他沉入了深渊，像燃烧的地心一样的地方。一次，在翻云覆雨时他险些失去控制。他为她变卖了古董珍藏，有一阵子他甚至变哑了。医生对他说，这病会痊愈的，这只是情绪激动，就让这个被刺伤的女人走吧。此前，他很得意自己肌肉发达的身体，后来他的嗓音变了。他像耗子一样吱吱叫，回到了自己的青春期。最后，他得了腹膜炎。他梦见吻着她，后悔将她砍伤，想以亲吻来弥补她。（似乎他可以感受到她的疼痛，感受到他意识中的丑陋，还有美。）她冲着他微笑——冲我和每一个人微笑——如同受了伤。她有双结实的大腿,但我不想把她跟任何人比较。我喜欢她的下腹部。"

"她是妓女。""兄弟俩"中的"弟弟"坚持己见。

"她的肚子像手风琴的褶边,""哥哥"说,"看起来像张脸。"

"弟弟"评论道:"对于我来说,她是个狡猾的坏蛋。小伙子还没解开裤子她就想着物质保证。她把小伙子当成保险公司,跟战前的保险所一样。小伙子总是为一切事情欠着十倍的债,就算这些东西应该是免费的。她倒是精明。"

姑娘又吭了一下。

"报告,"值班员的话音响起来,"阶级矛盾。探戈舞是资产阶级的舞蹈吗?那华尔兹舞、踢踏舞或波尔卡舞呢?在布达佩斯世界无产阶级代表大会上,探戈舞输了,因为在阿根廷布宜诺斯艾利斯的无产阶级崭露头角,波尔卡舞、华尔兹舞和踢踏舞获胜。明天开饭有用匈牙利罐头做的鱼汤。"

"匈牙利鱼汤。""小提琴手"更确切地说。

"你别忘了写到值班员的登记本上,在萨格勒布①人们发明了领结,""茨冈人"在他后面嚷道,"第一批在欧洲用刀叉进餐的人,是波斯尼亚-黑塞哥维那②的塞尔维亚人。我在那边有二十万个亲戚。"

寝室的昏暗和蜡烛造成的半明半暗,使一切显得更为舒适,盖过了由于姑娘的存在带来的紧张氛围。

"我做过一个梦,父亲在召唤我,"姑娘说,"我死了,去了天上。在头脑清醒的状态下,父亲讲起话来总像个天使。他说,女

---

① 南斯拉夫西北部城市。
② 南斯拉夫中西部地区。

孩子必须计算配偶的年纪,对方的最低年龄,就是把自己的年龄对半分,再加上十二年。这是你应该嫁的人的最小年龄。要是女孩十八岁,分开一半是九岁,添上十二岁是二十一岁。最大不应该超过十二岁,如果女孩跟我一样是十八岁的话,最大就是三十岁。老爸在天上瞧了我一眼,你看起来比四年前大了十岁。他让我吃了一惊。我原以为醉鬼们是要下地狱的。他领着我。一个从来没有到过人间的人等着我,可能从我生下来的那一刻起,我就企望为他而死。我也因盼望他而枯萎,就像老太太们的憔悴一样。他向我微笑,牵起我的手。(父亲盯着这一切。)我心里一切都放松了。我可以为你做什么呢?他问。你可以牵着我的手,像你正在做的一样,对我来说这样就足够了。我说。我总想有人这么好好地牵着我,或只是环绕着我的肩膀。我想要他喜欢我,想知道有人在等着我。因为我对于他来说,在所有人里是最重要的一位。我忽然觉得自己像个老太太,在一触之下,生命从某个年轻人那里流向了我。他用那种微笑向我笑着,女孩子会认为这样的微笑只为她一人而展露。总算来了,我想。我找到了自己徒劳无获地寻觅了这么久的东西。霎时间,任何事情对我来说都不重要了,就连父亲在旁边我也不介意。我想要微笑。我感觉嘴里发苦。他问我,为什么要哭?他贴近看着我,严肃地直视着我的眼睛。因为我害怕,我再也不会喜欢任何人了,没有人要我了,没有人会喜欢我了。我很幸福。他忽然说,我必须得走了。为什么?免得你在离开人间之前,还没有得到每个人都得到的东西就死去:你自己的初恋——有时也是最后的、唯一的爱情。我完全被击败了。他放开我的手,离开了。老爸目睹了我是如何惊慌失措。他是天使,他说,我为你安排了你还没来得及应对的事情。他不愿意你就这么死了。在天堂和地狱之间难道就没有分别吗？老爸笑了。他已经不再回答我了。他没有改变多少。然后，我醒过来，没有爱情，我孑然一身。这些梦似乎让我忧心，将来喜欢我的人也会抛弃我吗？最糟糕的时刻是在半梦半醒之间，梦中的一切我都还记得。或者也许这是最美妙的时刻？"

"你的头发不错，""歌手"说，"你把它绑到后面去更好看。"

"我漂淡过几次。有时，你只要往自己身上鼓捣些人们不习惯的东西，他们立即就看到你了。"

"检察官"和"十九岁"离开了。几分钟后，趁桌上的粮食还没消失之前，他们回来了。他们兜了个弧线，绕开狗场，从军官的储备那儿搬来了两箱啤酒。从圣诞节的储备里，除了榛子，他们还找到了李子干。

蜡烛的蜡油滴到两个铁皮碗里。寝室变得逼仄起来，暗影摇曳着。

两根蜡烛的火苗，一个矮一个高，映着姑娘的脸颊。她已经不抱怨这里的寒冷了。反正他们不能——也不准许——生火，免得搅了他们的好事。就连从大尉房间那边延伸过来的管道，也是冰凉的。

"要是他们在这儿抓到了我，会怎么惩罚你们？"

"可能大尉会哭鼻子吧。玩牌怎么样？我开始了。你想玩吗？"

值班员又把头探进来："报告，暂时没什么事。执勤后我要点一支流行歌曲《或许明天》，狐步舞曲。然后是《独自与姑娘在雨中》，第三首是《问问你自己的心》。"

"在我骑着帕尔玛到过的高岭土旷野后面的峭壁中，有个像洞穴的地方，"姑娘说，"很少有人知道它。"

"一旦有什么事,我们跟值班员讲好了一个暗号,""检察官"向姑娘说明,"要是值班员从小桌子那儿跑开,一下子把厕所里的水放掉超过三次,你可别给吓着。储水箱是卡住的,咯棱咯棱响。这是正常的响声,谁也注意不到。"

她把运动服上衣的下摆拉下来罩住膝盖。他们所有人都已经有些微醺了。她问:"你们这儿真有个'牧师'吗?他能给我们祈福吗?在集市上赌牌或抽签也总是祈福的。"

"十九岁"追随着声音,她的声音。她还没说这些话之前,他几乎感觉适意多了。她说的一些话吸引着他的注意。抽签,他想。什么样的抽签呢?他不懂规则。抽着了最小数字的人,将和她跳舞?他们所有人总归都要轮一圈的,不是吗?

"是这里有股臭味儿,还是我的精神作用?"她问。

"偶尔有人在宿舍里抽烟。""兄弟俩"中的"弟弟"回答她。

"你们可以抽烟吗?"

"你不必对一切事都申请特许,如果你不想总是听到'不'的话。""兄弟俩"中的"哥哥"说。

"大尉可能正在烧纸,那是他写给妻子的信。他一个月这么做那么一两次。我们使用共同的管道。"

"我发号了。""黎高－黎高"宣布。

他在寝室转了一圈,给每个人发了一张带号码的小纸片。然后他让"茨冈人"从小桶里抽一片。谁有 18 号?所有人都仔细看自己的纸片。"牧师"把它放在铺位上。就连这样,"索姆拉克"还是什么都没觉察到。"茨冈人"的眼睛流露出兴奋的神情。他看东西的表情,仿佛愿意把一切都献出来似的。

"文身"叫了起来。(他的姿态表现出一种经验,他得自于曾到过的所有慰安所的经验。)

姑娘以轻松的步子跳到房间中央。她的运动服太大了。她理了理衣服。她的裤子都提到胳膊下面了。"文身"在她对面伸出手臂。他把她的手握到自己的手掌里。他们从第一步开始跳。昏暗中,他们的身体开始在探戈舞曲的节奏里摇摆。其他人的眼睛盯在他俩身上。

"下回我会有一把班卓琴①,""查拉"信誓旦旦地说,"五弦的。"

跳舞及冒险的感觉令姑娘心醉神迷。在她的意识中,大尉与冒烟的寝室管道联系到了一起。

"我们每天都这么生活,""文身"扯谎,"夜以继日地放纵。"

他们相互能感受到彼此朗姆酒的气息。从一开始,"文身"就把她按向自己,而从一开始,她就默许了所有人都可以这么按着她。她观察着"文身"的手背,看着他怎么把她的手按在底下。(我可能是个漏斗,她在心里笑,但没有这么快。)他从一开始就碰到了她的胸部。

她的胸部如何,片刻之后所有人都会知道了。那又怎么样呢?(他们会知道,我的胸不像丹麦模特儿的胸,有九十厘米的胸围,除非挤在一起。)她咯咯笑。"十九岁"注视着昏暗中的这一对儿。姑娘撞上了他的目光,他们之间第一次闪过一种不易察觉的欣赏。

她吸入了他那带朗姆酒味道的气息。每转一个圈儿,她都努力抓住"十九岁"的目光。

"很长时间以来,我都以家人为重。尽管他们让我受伤。哥哥、父亲还有母亲。爸爸喝多了的时候,就大发雷霆。一次,他

---

① 美国的非洲裔奴隶由几种非洲乐器发展而成,上部形似吉他,下部形似铃鼓。

提前回家了。他给所有人表演了一回,通常一个人自私起来是什么样。你们看看吧,孩子们,我就是这么对待你们的。哥哥就因为这件事,最后疯了。"

她又说:"母亲往他头上扔洗脸盆,把他赶了出去。"

姑娘在胯部感觉到"文身"的大腿。

"13号,""茨冈人"说,"谁有13号?"

这回是"麦基克"。他们跳狐步舞。"麦基克"说:"怎么会有人在行刑队前坚信不疑地喊出'元帅万岁'呢?有一天,心理学和大众催眠术会解释这种事。我认识一个共产党员,他从牙缝里往外省面包,好让有朝一日面包对所有人都是免费的。还有一个人,要是你不相信他说的话,一开始他痛哭流涕,然后对你百般说服,要是你还不愿意相信他,他就把你关起来。"

在长桌子边坐着大约八个大兵。他们在新的蜡烛旁玩牌,压低声音说话。

在"猴猴"看来,姑娘像个热鸡蛋,刚被母鸡坐窝出来一小会儿。

"星期六和星期天——就像是制服——浅色衬衫和黑色内衣。"

她对某个抽了号码,但不知道外号、名字,甚至连面孔都不熟悉的人说:"别这么莽撞。你要挤死我了。你想把我闷死吗?"

即便没有朗姆酒,她也感觉醉得醺醺然了。这时,她听到一些传说,这些传说来自遥远的国度,发生在人们臆想的吸血鬼消失的时代。舞蹈渲染了这些故事。她从大兵身上感受到了他们骨子里暴躁的一面。她猛吸了一口气。第五支舞后,她必须休息一会儿了。她控制住呼吸。(他们想把她累到一定程度,还差得远哪。)

"文身"讲道,他在阿尔及尔遇见过腹部肌肉发育得不错的姑娘。她跳起舞来,身姿摇曳得让人联想到纺织女工。他们把纸钞塞到她领口里。可惜这些姑娘身上有寄生虫,而且像法国人所喜欢的那样瘦得皮包骨。女孩子愈让人联想到荒漠,便愈好。法国人不吝惜香水。他又回想起奠边府。即使没有打保票,他也用目光对苗条的越南姑娘们许诺了很多事。这些姑娘是根据花来取名的:风信子、兰花。还有根据性格取名的:俭朴、贤德、纯洁。

"我对政治没什么经验,"姑娘说,"我只知道,羊毛出在羊身上。"

他们又跳起舞来。他们所有人肯定知道碰触姑娘胸部的同一个诡计。转圈时,只消将她定住,他们的手掌就能碰到汹涌的乳房。她咯咯笑,因为只要他们不提出更多要求,她还是容许他们这么做的。她这么做,并不觉得丢脸。她的身体让一名大兵联想到吉他。

她沉浸在音乐中,全身汗涔涔的。她习惯了手、身体、脸和自己大腿之间的大腿。总归只是在转圈时,就那么一两秒钟。

星期六晚上和夜里,整个世界都沉溺于酒醉和娱乐之中。是谁问她,怕不怕二十年以后看起来像她母亲一样?

她怎么能这么就醉了呢?他们所有人已经全醉了。"索姆拉克"是被啤酒灌醉的。"牧师"什么都没碰。他不拦着任何人,但也不睡觉,在铺位上翻来覆去。她没有像期待的那般感觉到身体的兴奋吗?他们可能兴奋得很吧。但她心里升腾起来的感觉被担忧所驱散,她用这种担忧压制住自己原来的期待。抽签,她想。有一个人让她喜欢。他们中的几个让她喜欢,但最喜欢的只有一个,她纠正自己。他们毕竟没有结婚。要是结了该有多好。朗姆酒抑制着她的想法,又让她的思想信马由缰。她不能对自己的感受作假。她只能屈从于这种感受。她向来过分矜持。她用嘴唇和整个身体、双腿、手臂、胸脯笑着。后退,停住,走一个不易察觉的线路就足够了。她的脸颊起初变成蔷薇色,过后变为绛紫。她用充满笑意的眼睛扫视着,忽然看起来像是要哭似的。

"我还没怎么醉呢。"她向他们保证。

她终于与"十九岁"跳舞了——她又嗅到了他的气息。昏暗中,他看着她的眼睛。他的手颤抖着。他感觉到她摇晃着,以便让他不要在意,这些碰触,她肯定感觉得到。真是个女骑师。他害怕,她会认为他是个羸弱的人。他期待时间能够静止。他不情愿地闭上了眼睛。他全身湿透了。

他不愿讲话,而姑娘也什么都没有说。

"你有双漂亮、硬实的手。"她说。

"到处都是泥汤。""牧师"说,关上了窗子。

雨点在窗上打鼓,在屋檐下大声地淌到草地上。

"十九岁"对她耳语,他曾是个护林员。她会喜欢森林的。他一直在发抖。

"兄弟俩"中的"哥哥"在桌边跟"黎高—黎高"、矮小的"伽利略"和"猴猴"玩牌。他们竖着耳朵,听着屋子中央"十九岁"的声音。

值班员又打断了他们,"我是门——我希望你们知道谁说过这句话[①]。"

[①] 耶稣说过这句话,意为他是唯一的救恩途径。此处暗指列宁,在早期列宁的引文中大都出现这句话。值班员开玩笑,即使领袖列宁也说过这种蠢话。

"早上就是星期天了,"姑娘对"十九岁"说,"主席会开着他擦得发亮的小车出来,那是一九四五年他在这里的边境上淘来的。冬天,他不开车。在星期天,他有时候去教堂。过了这个星期,他就是唯物主义者了。"

"十九岁"想起来,"犹大"向"牧师"和"伽利略"借钱,他把钱还给了"牧师",但没还给小"伽利略",宿舍是怎么惩罚"犹大"的。他们把他臭扁了一顿。

在心里,他回到了七月的乡间小路。那时。现在。他第一次看见他还没有见过的光线,钻进他的眼睛、嘴唇、口腔上腔和喉咙,钻进肺里,像火焰般烧灼着,钻得很深,疼得很。他不能像小时候一样,用手指头指给妈妈看,是什么东西让他哪儿疼。接着,他感觉裤裆里两腿之间有果子冻似的东西,当最后他解开纽扣看到是什么时,他感到很懊恼。发生什么了?他感受到姑娘的体热再一次传来,如同一阵无限吹拂的甜腻滚烫的风,包裹着他的身体。他颤抖得更加厉害了。

他闭起眼睛。除却姑娘的脸庞,他看见了田地,七月的麦田。他感觉到发生了什么。紧接着,黯淡下来的光线落在他身上。痛感,使孩子变为小伙子,使小伙子变成男人的疼痛感。他从姑娘身边移开,努力掩饰住自己的黏湿。舞曲结束了。

"老是下雨,"姑娘说,"我会来找你的。在我的抽签游戏里,你赢了。"

她知道他发生了什么事吗?可能不知道。"十九岁"很羞赧。

她接着说:"你的声音深沉得真好听。"然而他什么都没说。"我想,要是我能得到礼服,或许有一天我会出嫁。"她咯咯笑,"一次,我已经凑巧有了一套婚礼服,可我没把它拿走。"

她想着"十九岁"强壮的颈背、结实的臀部和粗壮的肩膀。他让她想到自己喜欢马的原因：通过自己的能力，用姑娘的双手驾驭它们的力量、平衡和速度。

助手叫住值班员。他让他们安心，大尉在睡觉，甚至都没从自己屋子走出来上厕所。他补充说："在堪察加半岛捕到的鲸鱼比死在资本家舰队控制的海岸上的鲸鱼长一英里十厘米。美国在自己命数里也注定会有民主的社会主义这一天的。下一条，警犬一直让我疑心。报告完毕。"

"我们正在步入未来。""麦基克"说。

有人往助手身上扔了个垫子，"闭嘴，要不就把自己捂烂。""索姆拉克"打着嗝。寝室里散发着朗姆酒和啤酒的味道。"查拉"和"荷兰人"频频赢牌。玩牌的人围着蜡烛集中在一起，头凑着头，但把牌捂在胸口，怕给别人看到。

"牧师"半开着窗户。雨水和风扑进屋里，凉了下来。穿堂风刮过屋子。助手还不放过一条报告，"报纸上嘲弄希特勒，说他瘦了四分之一，还每天穿新熨好的制服。句号。"

玩纸牌的人坐立不安。他们不怕冷和雨水，而是怕刮乱纸牌的风。他们劝"牧师"关上窗户，于是他这么做了。

"母亲有本祈祷书，"姑娘说，以便让"十九岁"听见，"里面写有民谣。书里还说，我们只拥有一次青春。当你回头看时，生命就那么一闪而过了。所以，女孩子能在哪儿享受就在哪儿享受。"

她在跳舞之后喘息着，"十九岁"吞咽下她说的每一个字。她把他搞糊涂了。他从未想过"爱情"这个词与他有什么联系。他只知道七月里甜腻滚烫的风。是什么让他感到羞辱吗？（最先，他从姑娘表现出来的羞怯中忍受着冷淡。他不愿意她感觉到他在颤抖吗?)太阳和光线已经跟以前不同。森林的气味那么充溢,即使他离森林很远也感受到了。这些事物是如此熟稔,而他无法作出解释。自己身体的黏湿。它使男人可以润湿女人的身体,有爱的或无爱的。它可以用来表白、证明,甚至阻挠。它可以只润湿自己内侧的大腿。

"你只要做一个动作,就会得到妙不可言的性高潮。""歌手"对姑娘说。

"十九岁"被舞曲的回声包围着。"查拉"弹奏着《星星从天空坠落》的那段歌词天堂向我们敞开……,《这是我唯一的愿望》和《每一个,人群里的人》……然后是《鲍布达的风笛在吹响》……《全世界快乐起舞》……他可以牵着农场姑娘的手,拥抱她。他在心里向她保证,如果他可以把她领到森林里去,他都会给她看些什么。第一天,他会领她看蜗牛。第二天晚上,看刺猬。第三天是山鹑。不知她是否已经看见过怀孕的山鹑和肚子里有小山鹑蛋的山鹑? 在森林里,连续三个晚上看到动物或鸟是幸运的。她是否已经在春天听过松鸡的叫声? 公鸡们互相斗趣,为母鸡混战。清晨过后,雾气升上来,她甚至会看到雄鹿。

"你会跳舞,可你会接吻吗?""歌手"问。

"你不会是想教学吧?"

"十九岁"走到淋浴间。他并不十分清楚自己发生了什么事,虽然他知道为什么。(实际上,他对此很清楚,并感到十分局促,就像踩空了似的。)他往自己身上冲冰凉的水流,以洗掉与姑娘跳舞的记忆。淋浴间空无一人。昏暗中,淋浴的水花和外面的雨一起落下来。他看向自己。在黑暗中,他只是模糊地看到一切。他没有评价自己身体的男性魅力。水流无力地淌下来。淋浴间的味道让"十九岁"联想到粪水。味道是从下水道冒上来的。他忽然想到,他愿意带姑娘到寝室之外的什么地方去,甚至到雨中去。她唤醒了他的羞耻心、局促感、执拗的脾气。他得尝试补救些什么。然而他也想做一些他还从未做过的事。他感受到心软和恼怒、虚弱和暴烈的情绪。他不知为什么,但他有一种感觉,他失去了姑娘。他重温着,他们怎样跳舞,她说了什么话,他发生了什么事。她会来找他吗?她为什么那么说?就那么着吗?他穿上新洗好的衬衣、内裤和运动服,回到寝室。

她说:"最糟糕的是父亲,他喝醉时殴打母亲,然后他们做爱。父亲并不在意我和哥哥会看到。母亲流着血,呜咽着。她看起来就像你说的那个女人,被看护人做了违背她意愿的事。她问父亲,为什么在这件事上他总是如此暴力,好像会杀了她似的。她怕得要命。但这种事就像家常便饭。"她看着"麦基克","我现在像马一样疲倦,我要躺一会儿了。现在,谁也别来碰我。我的头觉得天旋地转。房间在哪儿?我要自己去。"

她消失在走廊里。过了一会儿,响起一阵低沉的隆隆声。他们毕竟警告过她。她吐了吗?现在做什么都无济于事。他们等待着,谁会先出现:姑娘,还是大尉。他们熄了蜡烛,蹑手蹑脚爬到床上去。

值班员出现了,"小路上一片寂静。女士在撒尿。大尉在睡觉。报告完毕。"

她赤着脚跑过走廊,穿着运动服。屋子里只有指示灯亮着。赌牌的人把纸牌放在桌子上,但是桌子被遗弃了。

"没有音乐了吗?"她问。

"用来跳舞吗?"

"可我要自己跳。我们已经没有蜡烛了?"

"我们柜子里有,""麦基克"说,"但只有我们省下来的几截儿。"

"你准备三截儿放桌上,"姑娘说,"或者准备七截儿。"

她以鄙视的神色看向"歌手"。这是一种友善的半醉半醒的蔑视。她忽然觉得,在这儿,他们把她当做猎物。(记在共同账户上的晚间快餐。)她想起第一次,她怎样一身精光地骑着马出去。当时她的下腹也有一种像现在一样发痒的感觉。"麦基克"开始码着各种高度(倒不如说是矮度)的蜡烛头。当桌子上摆好了七截儿蜡烛,他开始准备火柴。

"文身"聊起来,讲他怎样认识了一个名叫"非洲"的非洲女孩,身体好似螺旋一般。她在自己身上挂着一些充斥于法国军队的小物件。她的一切都像是乌木制的,眼睛有着杏仁般的形状和颜色。她有着长长的眼睫毛,亮闪闪的眼睛,丰满的嘴唇,仿佛来自"文身"不属于的那个时代。她像大部分女孩一样,不穿乳罩在酒吧里跳舞。她高高硬硬的乳头凸出来,同样如非洲一样棕黑。她穿着黑色的短裤。

"我只有运动服。"姑娘咯咯笑。

"'非洲'不会为身体感到害羞。""文身"接着说。

"现在你是对我说,让我把运动服扯下来,是吗?"

"十九岁"几乎有些晕眩。农场姑娘会做她被暗示的事情吗?她要七截蜡烛做什么?他从内到外感到羞耻,一股火焰从头到脚烧焦了他。他在姑娘身上感到热烈和超脱,仿佛她推翻了他们的自负和勇敢,或者这是她对自己和他们——他——所作的提示。他觉得这是为他而做的。

"我可以涂黑的,要是跟这有关系的话。"她说。

"我们可以往指示灯上扔一件汗衫,""麦基克"说,(他知道它会掉下来。)"你穿着运动服肯定很热。"

"首先必须要暗,就像瑞典电影里要揭开第七封印①时一样,你们知道我想说的话吧。只留下蜡烛头放在桌子中间。"(于是,他们看着她要怎么办,但她自己不知钻到哪儿去了。)

他们听见她怎么脱衣服了吗?她没有穿鞋,只穿着长袜。

值班员的声音又响起来,"我找到一九四二年的报纸,A版。英格兰的绝望行径。战败迪耶普②。布尔什维克们的力量到了尽头。局势一直越来越危险。完毕。"

"别打岔,""猴猴"责怪他,"这又不是时事。"

"我现在能点亮吗?""麦基克"问。

"我马上告诉你。"姑娘说。

"麦基克"划着第一根火柴,把它擎在蜡烛芯旁。他点着了烛芯,蜡烛迸发出光芒。他在第二支旁边擎着火柴,接着又划着了第三根。

"查拉"和"荷兰人"像起初一样跳着探戈。

"这是我玩抽签的奖励,给所有人的。"她说。

屋子里传过一阵寂静。外面回响着雨声。

已经燃着了四截儿蜡烛。

"胆子大些,咱们这儿全是男人。""歌手"说。

"你能胜过'非洲'吗?"

她体会得出这些话背后的意思,(她在跳舞时感受到他们身

---

① 指瑞典电影大师英格玛·伯格曼1957年的电影《第七封印》。影片对人类生存的意义、信仰的根源以及上帝的存在提出了针锋相对的疑问,同时又肯定了信仰本身的力量。
② 迪耶普战役是发生在第二次世界大战期间欧洲战场上的一次奇袭战。为吸引德军的注意力,缓解东线压力,同时也希望通过实战试验新装备,获取两栖登陆作战经验,丘吉尔决定于1942年在法国沿岸某处发动一次奇袭。此次战役以英美盟军的彻底惨败而告终。

体所传达出来的意思。)体会得出空气中悬浮着的气氛。她抛给他们一个挑战,同时也抛给了自己。五截儿蜡烛。她的感受也令自己讶异。那么,她大概是体会到了一位正在分娩孩子的母亲的感受,一个正被生产的孩子的感受。这跟人类可以达到的最大限度的亲昵行为有关吗?我很好,她对自己说,我希望他们跟我一样,同样感觉不错。然而这还并非全然属实,尽管它也不是一个谎言。要是她不愿意他们所有人都跟她躺到一块儿或是侵犯她,就必须这么对付他们。这会让双方都很满足,也不会使她丢脸。她将因此而得以举着旗帜大步离开,毫发无损。

"我了解小伙子们,"姑娘说,"他们需要女孩子温柔的手为他们微启门扉,等他们到达了里面,就会自己关门了。"

已经点着了第六截儿蜡烛。这些都是短蜡烛头儿。大概会支持多久呢?"我有一个条件,任何人都不许摸我。"

她在想她到工具棚时心中所想(她已经不确定是否完全在梦里)。她最想一开始马上就和"十九岁"在一起,但如果他不愿意,她想,她何不一个接一个地试验一下呢?这就是农场的老太太们针对她散布的不知廉耻吗?她这么做不是要为他们献身(因为大兵们已经这么长时间没有女人了,尤其是受罚部门的大兵),让他们快活。有不下两打男人愿意为她做她曾梦想过的任何事。他们会——至少有那么一瞬间——在女孩子身上看到最美好的东西。所有人都邀请她。(他们求索这最美好的感受不仅为了自己,也为了她,当她幻想这些的时候,她愿意为此而报答他们。)她在心里可以把所有人都轮换一遍。每个人都可以摸她,轻抚她的鬓角、发丝、腰部、揉捏她磨破的脚底、小腿肚、大腿、肌肉、小肚子上的肌肉条、后背。(毕竟,她不过想想罢了。)

她要为他们跳舞,就像还没有任何女孩为他们跳过一样,但不是为了"文身"。

不一会儿,桌上的全部七截儿蜡烛头都点亮了。这会像晚餐弥撒一般吗?

她开始跳舞。这种事情会发生在女孩子身上几回呢?或许只有现在,并且再也不会有这样的机会。当她合上眼睛,聚会之前发生的一切事情刹那间回到她的眼前。她希望,"十九岁"能看见所有人都会看见的东西,如同他再一次看见他们看到的东西。当她已经在为晚上作准备时,她给猪崽喂食,好让它们得到属于它们的食物,一直到清晨都不再需要她(这些猪猡,当它们缺少什么时,彼此间会变得极为恶毒,又叫又咬),她觉得很兴奋。在他们对她宣布跟她在一起是头等奖以前,已经抽过签了。谁都不能断言结果。当她在路上穿戴时,好几次停了下来,也许去找大兵们是愚蠢的。她没用多久就认识到了。她会发生什么事呢?她往嘴唇上涂口红,她的手在哆嗦,好几次画出了唇线。她让面孔映到镜子里,筹措着,要对谁说什么话,做什么表情,她自己试了几副神情。她定睛一看,下颌上冒出了一个粉刺,于是挤了挤它。在她的下颌处留下一小块红色的印子,这印子现在消失在昏暗中。(做什么都无济于事。我进入了军中,必须战斗。)这已然是箭在弦上:她要去,她迅速解决了自己晚上的行头。从集体宿舍出来的路上,她没有左右张望。冰冷的空气喷拂在她身上。到兵营以前,她还必须绕过"山冈",然后她就已经认出栅栏了。糟糕的是,整个过程中天都在泼雨。在栅栏旁她还自言自语:我应该去,我不该去。说了好几遍。无论如何她清楚,她要去的,若是她走运的话,就会知道她的幻想结果如何。她只期望别撞上任何意料之外或违背她意愿的事,但她也把这一点考虑在内了。我可不能喝得太多,她对自己说。只喝一点点,以便控制住局面。她是必须喝一点的,也好让自己放松一些。

　　现在,她已经比原先设想的醉得多,但也没有醉到人事不省的程度。(跳舞增强了醉意。)不管谈话进行到哪里,她全程都表现得像个坚强的姑娘,以维护作为从马群、牛群、猪群那里出来的姑娘自身传奇的声誉,就像被人们拉到城里享福之前跟拖拉机打交道的小伙子们一样。她没穿鞋子,这减轻了她的负担,而身着运动服也令她省事多了。她觉察到,就算没有鞋子,她的两腿也不轻快。她新添了一些朗姆酒。恐怕这会更让她肠胃翻腾吧。她并不十分清楚应该怎样开始。她拽了一阵子长袜,好盖住长袜上漏出的一个洞。可能她只是不经意地在这么做。她没有什么可倚靠的。她还从未这么做过呢。她从光圈里往后退了一点,一部分身体隐在暗影里——但实际上也只有一部分。七截儿蜡烛。七朵小火苗。两打小伙子和她。

　　她把裤子从运动服里往下拉了拉,从长袜开始,让它滑下来,她始终朝着蜡烛火苗后面的暗处微笑。她看起来肯定有点笨拙。接着,她褪下运动服上衣。她的腿几乎有些颤抖了。文胸的小钩子很难摘开。她看起来就像个站在黑板前面的小学生。所有人都在看。他们注视着她刚刚做过的每一个动作。("十九岁"呢?)她闭上眼睛,像瞎子一样——一切对她而言忽然变得易如反掌了。她一直随着吉他的节奏摇摆。她已经脱下不少东西,再过一会儿,她就一丝不挂了。她咯咯笑着,仿若蜡烛的火苗。她开始以此游戏起来,甚至不曾想过这会让她那么感兴趣。她用中指拨动文胸带,紧绷的橡皮圈拍在湿润的皮肤上,她又一次在背部找到了钩子。钩子一下子松开,轻而易举。于是,现在她裸着胸站在那儿,乳房球一般颤动,但在昏暗之中却看不分明，只给人一种若隐若现的感觉。或者并非如此？乳头立了起来，因为屋子里并不十分暖和。她把手在胸前交叉着放在乳房上，环抱着自己，感到皮肤的潮湿与黏滞。自己身体柔软、丝绒般的感觉令她吃惊。她把手指埋进枕头高耸的部分，看起来很舒适。她用食指自然地在脖子下面的凹陷处向下滑行，从胸部开始，向下，摸索着经过漫长的椭圆形腰翼，继而滑进内裤里，如入无人之境。（她感觉到自己的身体在发育。）

她如蛇一般略微摆摆头。运动裤很宽松，所以她可以惬意地袖着两手。她用一条腿和脚踵帮忙，然后用另一条。裤子褪下来。她忽然几乎要为自己的效率感到骄傲了。她的满足感来自于她的身体，来自于大兵们的存在。

她向他们伸出看不见的手，他们紧紧抓住她的手指，如同她捉住他们的一样。

她觉察出，她的举动把他们镇住了。她敢打赌，他们可没料到会有这一出。她沐浴在烛光里，任由全部七条火苗浇灌着她。火焰比蜡烛要高得多。她清楚，愈接近放蜡烛的桌子，效果就会愈为强烈。（"麦基克"忽然想到，他应该剪短烛芯，这样一来它们就不会燃得这么快，但为时已晚。）跳腾在她身上的是他们的兴奋。她注意到，这改变着自己和他们的世界，没有大尉在场的世界。她在昏暗之中感受着他们，也感受着烛光中自己是如何颤动。我是这样子的——千真万确。她感受到自己身体中一股女性隐秘的力量，每一个女孩从母亲身上承袭而来，母亲从她的母亲身上承袭而来的东西，倒退十万年，谁知道有多少更迭呢？某些东西围绕着她，在她身上跳腾，平息了哪怕是最轻微的响声和低语。这就是所谓的个人魅力吗？身体、感官热力的魅力？在她体内，各种混合的感觉、思想的碎片苏醒过来。（我就是不知羞耻。那又怎么样?)农场的老太太们即使对自己的合法丈夫也不曾赤裸地展示过。若是她们知道裸体所能辐射出的力量之大,男人们的眼睛,还有"十九岁"的眼睛品尝到了什么,该有多好。手和指头循着什么延伸,手掌随着什么而调整。就让他们享受一下吧。他们可以沿着她的身体旅行,就像照着地图在充满奥秘,也充斥着疹子的奇异景致中旅行。他们可以在她每一下移动辐射出的力量中充电,既然这力量如此富于女性魅力。她扔掉保护着女孩子,可以遮住她身上最美妙部位的铠甲。如果他们愿意,可以用眼睛凿穿她。

他们知道她醉了。

现在,她短促地咯咯傻笑,在舞蹈中,在摇曳的烛光中继续着自己女巫般的动作。

"查拉"与"荷兰人"待在烛火范围之外的昏暗中,时不时地几乎像是隐身了。他们只是随着音乐而再次显现。看不见而只听得到他们,这不能不算是一种缺憾。

她四下里张望着一张张面孔,寻找一种认同、激励或是限度,告诉她到目前为止已经够了。(她不是一直在寻找她可以达到的限度或界限吗?她清楚,在她心中没有任何界限。她总在这么测验——即使是赤身骑马或是和农场里年纪大一些的男人们在一起时——他们会允许她走到哪一步。但是这并不明显,她可以强忍着不说出来。)

她观察着围绕自己打转的一张张面孔。有些人向屋子中间的她报以微笑,这些微笑并不散乱。她把他们全都看混了。有那么片刻,她把自己的裸体与他们的联系到一起。这是一瞬间的幻想——只要她在农场,晚上做梦或睡不着时,甚至在白天,在牲口旁边工作时——这一幻想可以持续几个钟头,填满她的

159

空虚，一整日的沉闷。她微微张了张嘴。这让她呼吸得更顺畅了。同时——已经有好几次——她想到，农场的人会如何评论她！她像劳拉一样不在乎。当劳拉给自己的私生孩子哺乳时，根本不在意谁在旁边，在牲口棚、食堂或开会时，她就直接那么掀起上衣或解开衬衫，露出乳房喂宝宝喝。不得体、不合时宜或缺乏教养，随便什么人愿意怎么想就怎么想。（他们指责她像动物一样不顾及别人的感受，直到那些"别人"大多也都感到厌倦了。农场坏脾气的老太太们，妒忌她年轻、白皙、涨满奶水的乳房，不愿意自己的男人可以或不得不窥视它。）

她一直有种印象，在她来这儿以前，很早之前就到过这里了。

这个念头在她心中又激起一个微笑，大概许多女孩像她一样，心中的无聊如同清晨过后堵住农场的雾气，却不敢像她那么走运地击退或刺穿这团雾气，因为她太有胆量了，并且恰好发现了触手可及的守备部队。（还有身体。）有所得必有所失。她还没有失却它，却有点失掉时间概念了。（大概这有那么一点关系吧。）

他们从越低的地方看她，便越快失去理智，腰部以下血液的浓稠度也改变了（男人跟木头桩子似的，她在心里窃笑，并感受到这令她多么兴奋）。

这时候，大兵们开始拍手（起初是"麦基克"和"歌手"），并非那么直接——而是悄无声息地催促她继续。她像白色大海或是昏黑大洋中一块亮色的岛屿，从一边涌动到另一边。她用自己的目光寻觅着他们的眼睛。有人递给她一个瓶子，她咕嘟咕嘟地灌下去。她大口吞咽着，糖浆的热量和味道注入全身。她只是仓促地把瓶子还给那只不知是谁的手，连看都没有看一眼。

她瞥见角落里铺位上的"十九岁"。他看向她（或者只是她的感觉？），眼睛和面颊上布满了忧伤，似乎想对她——或让她——说点什么似的。她可受不了现在有什么人来对她说教。她不经意地向背后探出胳膊去够瓶子，有人把它递给她。她又喝一口，还了瓶子，接着去寻找昏暗中那双忧郁的眼睛。这时，他们又拍起手来——仍是那么悄无声息地，怕吵醒大尉——几乎所有人都这样。音乐和拍手使她加快了动作。拍手折返给她一种无可厚非感，如同她自身的轻佻一样让人享受。我没有那么坏，她对自己说，我还是相当不错的。我的好处要比坏处多。我很好。我是个正常的女孩。拍手声为她证明了这一点。他们为她拍手，为她的舞蹈拍手，为她为自己和他们所做的一切，正是因为看起来是那么正确，所以她才这么做。

　　她站着一会儿向前，一会儿向后，一会儿往两边（以便休息片刻）摇摆，为了节省力气，跟上拍手的速度（这对她来说不成问题），动作几乎都有些僵硬了，但她也不能表现得像是做不到，甚至不能让动作过于拘谨或刻板。（她不愿意这样。）她现在看来可能像是个小伙子，搂着一个女孩贴紧自己，跳出生命中的第一支曲子。她又喝一口酒。朗姆酒像第一次掩盖住她的恐惧一样，此刻掩盖了她的激情和犹豫。她开始——已经没有掌声了——再一次跳起舞来，向上向下地沿着身体游移双手。现在，她避免视线去接触他们的眼睛。她甚至不时地闭着眼睛跳舞。等她再次缓慢地睁开眼睛时，犹如刚刚睡醒似的，她看到他们的目光悬挂在她身上，向她证明她并未令他们生厌，因为她也想到，这是可能发生的。（她了解小伙子、大兵，以及农场的男人们。）他们始终抱有更大的期待吗？有些人舔了舔嘴唇，其他人抱着膝盖。她在胃里感觉到朗姆酒。她转着圈子，观察着他们在如何观察她。她的心跳很猛。她看到,她怎么旋转,他们就怎么看向她的乳房、胯部,最后看到她脸上。她几乎在胸部感受到他们的喘息。只要她避到一边,他们就从另一边瞪视着她。

她注意到蜡烛在缩小,揣测着烛光还能维持多久。

她感受到脚下的地板,这让她很欣慰。眼下对她来说,地板是世界上存在着的最牢靠的东西。令她感到欣慰的还有墙壁、遮着百叶窗的窗子、蜡烛、指示灯。这些都在快活地纠结和旋转,感觉就像她骑在马上,只穿着鞋子,或甚至连鞋子都没穿一样。这里有什么古老、遥远的东西,和他们一起,他们与她,共同地。他们把这揉进了梦里,从梦中变为现实的那一部分,由于无法企及而成为恩赐的小礼物。她难道不是在很久之前就想这么做了吗?在农场的时候,她知道兵营很近,就在"山冈"后面。

随后她说:"毕竟我知道,九月,秋天对我而言是最好的季节。"

最后她说:"我很早之前就发过誓,要在九月度过这样一个夜晚。"

她看了一眼"十九岁"。

蜡烛燃尽了。响起了一阵噼啪声,屋子里充满了烛芯和蜡油的烟子和气味。

接着,便是黑暗,只剩下淡蓝色指示灯的灯光和寂静。所有人都安静下来,只间或传来床铺的嘎吱作响。谁也不知道一秒钟之后姑娘会在哪儿,她在寝室里——如行星般——变换着位置。

这样延续了三分钟,接着,又是三分钟。谁也没有离开铺位。"查拉"弹奏着《从前有一位矮个儿的音乐家》。然后是《我们已将它抛在脑后》……《现在我们已很好》……

谁都没有什么把握。（她有种感觉，仿佛只有她自己什么都不知道似的。）时不时地有人碰她一下，容忍他们碰触她就够她受的了。她希望"十九岁"能够轻抚她一下，而当他把两手像黏住了似的放在身体两侧时，她好几次抚摩他张开的手掌。他没有说一句话。

　　所有人都想象得出，她怎样从一张铺位走到另一张铺位。从农场姑娘的手、嘴唇间流失的热量勾起了想象，这是他们梦寐以求、性感而可亲近的肉体的热量，只有那些可以恢复这些热量的人才消受得起。是或不是。在闪电般的拥抱中，他们要用两手把她向自己勒紧到什么程度呢？没有什么是确定的，除了昏暗和蓝色的指示灯。不确定与寂静、没有一句话的每分每秒，也让人感到刺激。他们知道，这是独一无二的机会，她走了之后还有什么会留下呢？

　　姑娘的声音从"十九岁"躺着的铺位上传来，"我想要这样，哪怕只有一次，趁我还没变得老态龙钟以前。等我变老了，谁还想要我呢？下一次，我要在'山冈'办化装舞会。"

　　姑娘身上的魅力甚至打动了"牧师"，不是没有混杂着抵触、诧异和羞愧的。他在寻找羞耻的极限。

　　"哎，""黎高—黎高"说，"我们占据南面的斜坡，把北面、西面和东面围起来，在'山冈'埋上炸药。"

　　她感受到自己乳房的弹性，轻柔地配合着每一下动作。她赤着脚在地板的木条上滑行着。她想象得出，大兵们的幻想中她在如何弯身，他们在做什么。他们还想得到什么更大的奖励？他们赢了，他们在期待什么？她扫视一遍他们的脸，"十九岁"的脸。某个时刻，他的眼睛像凶暴的飞禽。还有的时候，他的神色中有股轻率。她为他，也为自己这么做。为什么呢？这令她很难回答。若是大尉碰巧在这时出现,她会高兴吗?屋子里充斥着这么浓的朗姆酒味道,除非他得了西班牙流行性感冒才不至于觉察出来。

她已然疲倦了。她举起手,做了几个醉意阑珊的舞蹈花式。

最终,她停下来——在屋子中间。

"好了吗?"她问,气喘吁吁地。

"棒极了。""麦基克"说。

"就这么多。"她说。

"真可惜,""歌手"说,"我们本还可以集体淋浴来着。"

"这也得等下一次了,"姑娘咯咯笑着,"我们不必立即做完所有事,不是吗?星期六还会到来的。"

她把文胸缠到额头上,心里充满了轻松还有疲惫。

"我很冷。"

"你想要我的运动服留作纪念吗?要是你同意,我可以给你拿上。"

"想都别想。"姑娘咯咯笑。

一切都接近终点了。还不赖,她对自己说。很糟糕吗?还是相当精彩的。

她害怕吗?她自己已经不知道了。她让文胸挂在脑袋上。

周围几个人爆发出大笑。她辨别得出声音。连"十九岁"也笑了吗?她怀疑。

"就算茨冈人也没法向我保证,这个幸福之夜会有多长。"

他们已经知道,她想开始穿衣服了。虽然她并不匆忙,但穿得几乎很迅速。她不愿意穿衣服时他们再研究她了。(这就好比某个人在肉贩旁边看他把肉从大块上往下割一样,他盯着看得越久,就会发现肉的分量越发不足,一旦他的饿劲过去,就没有胃口了。)

她摸了摸肩膀和脸颊上的疤。她可以想象他们头脑中经过的画面。在还没发生任何更糟的事情以前,她还可以控制局面。(他们第二次拍手的感觉很好。)他们不知道,她有过——不止一次——刚刚那类漂亮的冒险。她已经提好鞋子。

寂静险些被破坏。姑娘已经穿戴好了吗?她取过自己的东西,把运动服留在长凳上。"查拉"已经不弹也不唱了。

她蹑手蹑脚地向"十九岁"走去。他给她让出地方。床铺轻微地嘎吱一响。大家不发一言。这是她的决定。

"歌手"问:"在这儿你就不相信其他人吗?"

"我不相信有三条杠以上,在最低的位子或职务上的人。"她咯咯笑。

接着,她说:"我已经没那么醉了。母亲会为我高兴的。她不会为父亲感到高兴。她喝酒,是为了不再感到背叛和寂寞。家庭的和睦总是很难维持。"

"十九岁"看向她的眼睛。他闭上眼。他会杀死任何一个胆敢伸手摸她的人。他什么时候说出:谁要是摸她,就会成为死神之子。这只是个时间问题。他选择——他还不知道这样有多久了——对谈话毫不关心。姑娘赤裸着的全部时间里,他都在提心吊胆。他很高兴她穿上了衣服,虽然只穿着内衣。他觉得,她比大兵们要清醒得早。

可以听到雨声,夜的声响,狗场的吠叫声。

值班员把鼻子探进门里,"夜晚的阴影按照计划消散了。在下雨呢,男同志和女同志们。无产阶级在中美洲的局势继续保持有利。在与德国接壤的边境区域也全部正常。但是,警犬有些暴躁。我们还是要在这一代埋葬资本主义。下一次报告捷克河流的水况。"

"牧师"对"麦基克"说了些什么,听不分明。

风透过窗子的缝隙传递着雨声和烂泥味道,带来了工地、横梁、汽油和石油的气味。从远处的林子里,陷阱、叶子和枝梗的气息蔓延过来。大雨盖过了一切。兵营也无一例外地没入泥沼里。水沿着木屋的墙壁淌下来,流进木头缝里,顺着檐沟滴答着。松了的栅栏在风里哗啦哗啦地响。姑娘感觉到,一切像已经结束的演出一样突然变得寂寥了。

"现在我要小睡一会儿,"她说,"等我醒过来时,我的头脑就会完全清醒。"然后,她对"十九岁"说,"你怎么不说话?没长舌头吗?"她想到他的眼睛,跟野猫的眼睛极为相似。

又响起了狗叫声。

"你们这儿有恶狗吗?"姑娘问。

此后,他们听到她在对"十九岁"讲述,"在城里上三年级时,一个男孩子递给我一张四开的纸,他在上面画了男人的生殖器。说我怀孕的谣言并没怎么让我在意。有那么个细高个散布关于我的谣言,他长着矮鼻子,蓄着胡须,那胡须好像是吊在他脸上似的。让我生气的主要是,有人会以为我跟他怀了孕。我恨不得逃学。这种生活让我腻烦极了,学校不再让我感兴趣。我必须逼着自己每天跨进学校,要不就待在家里,扯谎说自己不舒服。我穿得很古怪,这是事实。我基本不穿袜子,即使在冬天也打赤脚,不穿外套。他们以为我——像哥哥一样——脑子不灵光了。有一次,我从窗户往外瞅,我听到蟋蟀叫。我请假上厕所,在教室的窗子下面听了差不多十分钟。我没看见蟋蟀,但一直在听。我觉得它在哭喊。我回到教室,老师问我在哪儿待了那么长时间。我回答说,我听见了蟋蟀哭。她用手指在我额头上画了一个小圈儿。女老师们都恨我。整个班级开始狂笑。他们是可以哄笑的。我不知该怎么办。于是我也傻笑起来。"

"十九岁"听着。这让她忍受了这么久,无缘无故地大笑,只是因为另一群人的嘲笑。"犹大"的草垫子还是空着的。

"茨冈人"清楚,他要是连着四十八小时不睡觉,就会在开工的时候睡着。他说:"我母亲在茨冈人里算是很羞怯的。为了实现共产主义,她在合作社的保险库工作。后来,她开始挪用保险库所有的5分、10分和20分硬币。她从来也没有学会信任纸币。她可以从掌心、咖啡渣和星宿中预知吉凶。卜咖啡渣,是在她想喝咖啡的时候;占星,是在不下雨的时候,这样她就不必吸入新鲜空气。读掌心,是在她看到钱的时候。母亲的美只保持到十二岁,之后她就衰老了。十三岁时她已经历尽人事。她既美丽又苍老,我想这样的状态一直到十四岁。那时候她第一次嫁人,开始生育孩子。在白天或晚上睡觉时,她看起来像个假小子。白天,她的脸庞像星辰一般焕发出光彩。她熟悉一切引诱、折磨和欺骗小伙子的伎俩,包括对我茨冈血统的爸爸。她死于肺结核。谁知道她真正因什么而死呢?或许因为她已经不想活了。她已经不想走了,也不知道可以去哪儿。一次,她曾带我去过动物园。大象让她很着迷,可能那让她回到了我们的发源地恒河。她带我进到一个有许多大猿猴的屋子里。我们看着大猩猩和黑猩猩,我立刻就知道了我们是如何降生,为什么降生,以及从什么演变而来。我就这样领悟了文明之前的上千甚至上百万年岁月。有时候,母亲是狂野的,其他时候则很羞怯。或许,她根本不是一个真正的茨冈人。她迁就着父亲。父亲——在小舅舅们离开后——会自称国王,至少在我们绿色的小车里。"

"今天晚上你们还是别把我计算在内了。"姑娘说。

"查拉"弹起了《当爱情缓慢地消失,是时候分手了》和《我与你告别,我终于不再等待》。

"茨冈人"接着说:"你听着,女骑师,这可是只说给你听的。等雨停了,就会变得干爽。干燥的道路总好过泥泞的。当你的双腿沿着'山冈'掉转方向,你会看到一个深渊。看起来像是让你信服的事情——其实是在说谎。"

她转过身趴着,把肚子压在下面,觉得有些瞌睡了。"十九岁"听着她的呼吸。她没有睡着。"十九岁"知道她没睡着。她也想让他知道。

"检察官"在讲一个他们只听过一部分的故事。

"我在咖啡馆里发现了她。她说,希望我最好离开,她在等她丈夫。我说了几句恶毒的话。他在妒忌吗?站在门口的那只老蜗牛?不,不是那个人。他是来弄头发的。他不会碰巧在厕所里倒着梳头发吧?她承认在这儿很无趣。我建议她和我们一同离开。她点点头。你撒起谎来就像军队报纸一样,我说。她原是来跳舞的。我非常想得到她。我知道个小酒馆,要是领班们想搜刮我的钱,我可以溜走。她很快就来了。她吊在我身上。我是雅娜,她说。大家叫我'检察官',我自我介绍。她旋即给了我她的名字、地址。我既不是干部,也不是警察。我可不愿意让她知道我的身份。她身上有五处啤酒渍,这让我有些失去兴趣了。我等着,等到她去撒尿时我就可以开溜。她的蓄尿池可真像个侦察气球,她的杯碟上都画了八道杠了。她不知从哪个老百姓那儿得了三杯樱桃酒。她只想跟我一个人去厕所。在去女士盥洗间的路上,她对我说,她可能会喜欢我的。我大概是唯一可以容忍她的人。她让女士卫生间的门微敞着。我开始侮辱她——在酒吧间里面。她喝了差不多有十四杯啤酒,而她的屁股跟个赛鸡似的。她长着歪斜的奶子，瘦削的肩膀。她问我，我已经相信她到什么程度。我愿意向她泄露一切我所知道的军事机密，我说。我是造原子能设备的，可他们却只分配我去挖地。我们周围是植入高压铁丝的电子警察。他们发给我黑色徽章，这样就不会弄得更黑了。这时，一个步兵向我转过身。您就跟自己的小姐鬼扯吧，和我之前料想的一样。唔，我们在解决宇宙之谜。我们在阶级斗争恶化的时期探究两性的渴望。我背转身对着他。他想要我意识到自己军人的自尊，白痴。这个人不是在随意利用我道德上的弱点吗？他刚才听到的话并不能证实我的政治觉悟不高。我不是已经在什么时候听过有关警惕性的言论了吗？那个傻瓜，难不成他想让我举报自己吗？那女孩放了个臭屁。他一个字儿都说不出来。他去找军事警察了。我必须消失，我说。她开始哭起来，她没料到我会这样。我给了她两分钟时间。她想一个人待着。她有些邋遢，有些多情。她还在问我怎么走最近的路去车站。我把她的内裤装在口袋里带走了。到时候可以把它扔在不放任何人出去的上等兵的臭脸上。"

值班员报告，"玻利维亚与智利因入海权而宣战[①]。只不过是在一百年前。"他大笑了一声。

"应该是这样……""检察官"建议。

"唔，可是谁不为自己着想呢。""茨冈人"说。

"谁都不能建议我做什么，怎么做，"她对"十九岁"耳语，仍旧肚子贴着草垫，"我并不像看起来那么忸怩。我知道应该在哪

[①] 指南美太平洋战争，又称硝石战争、鸟粪战争，是1879年至1883年智利同玻利维亚、秘鲁争夺南太平洋沿岸阿塔卡马沙漠硝石、鸟粪产地的战争。此战过后，玻利维亚失去出海口，成为内陆国。

儿破例。就是在你身边……你。"这些话相邻的铺位也听得到。

"你出透汗了，"姑娘对他说，"怎么不说话？他们把你的舌头割掉了？我们跳舞的时候，你还说话来着。"

他并不怕她。他会杀死或揍死任何碰她的人。姑娘依偎着他。他们听着雨水的流淌和风声。"十九岁"感受着她的身体，她的手、两腿、肩膀、乳房，感受着某些他为此而生的东西，他还未得到的东西。她不发一言。他只呼吸着她灼热的、带有强烈朗姆酒气味的气息，她微酸的汗液，还有自己的汗液，自己的喘息。这就像水、森林和天空，是那么亲密，他还从未感受过，就连只身一人时也没有过的感觉。姑娘的皮肤犹如夏日热焰之中的麦田。她抚遍他的全身。他回想起他们跳舞时她的味道。在他之前和之后，谁跟她在一起已经不重要了。现在，他们在一起。谁要是敢对她出言不逊，他就干掉谁。他感受着她的手掌、双脚、大腿、三角地带，自己的三角地带。（他想起了冰冷的淋浴。）他担心那种感觉会不会又来一次。

"人除了跟猪，还能跟谁学到那么多东西呢？""检察官"在他们下面咕哝着，好让他们知道，虽然他们讲得很小声，他也听得到他们。

姑娘不理他。"十九岁"也是。再没有人跟他搭什么话。

"你热吗？"姑娘对"十九岁"耳语。

"我有点晕，""十九岁"低声说，"我又热又冷。"

"会过去的，等你冷静下来睡着时，"她说，"你常常有那么一会儿看起来像猫。"

"你也看起来像猫。"

"你说声来吧，就会得到我。"

"十九岁"的嘴唇发干。他环抱着农场姑娘，是因为她也环抱着他吗？她满足了他无法言说的欲求与渴望。而他还不知道可以溺毙一切的愉悦是什么。怎么他躺着，还是失去了平衡？

"你只消说是不是想要我。"姑娘对他耳语。

她用一个圈抱紧"十九岁"。她一直穷于应付父亲、母亲、哥哥。与大兵们一起度过的夜晚，她跳舞的时候死而复生了。农场的会计和骑师，所有人在引诱她时都侵犯了她。一切事情如果进一步发展，也只会是故事重演，将这一切毁得粉碎。外面还在不停地下雨。天穹很低，夜溢出了暗绿色的光。

"我听说，你能跟狗交流，"姑娘接着对"十九岁"说，"你对狗这种独特的理解力，对人也管用吗？"

随后她说："早上我给你带来——主要是给你——新鲜的面包，给所有人带蘑菇来。"她又像先前那样咯咯笑起来。她有种感觉，她又一次出嫁了，但是与之前那次不同。

"在农场，我差一点就嫁给了骑师。对我来说，只要能够懂马，嗅到它们的气味，跟它们接触就足够了。他比我大四十岁。那时我很年轻，爱情是我想都没想过的事儿。他给了我个名字：女骑师。他身上没有我对男人所期待的东西。他领着我去河边。我们整夜凝视着波浪揉搓岸边的石头。一切一成不变地漂走，同时又持续地变化。他说，他对我有一种异乎于人类的喜欢。他觉得我是他的小马，所以任何工作都让我喜欢不起来。我不用缰绳，当他们想给我安上马笼头时，我执意不许，他握住我的手。就这样过了三年。一千个白天。一千个黑夜。起初，这很有一种魔力。后来，魔力就不知消退到何处了。当有人追求我时，他让我体会这是怎么一回事。那时候我知道了他需要我，而他没有犹豫着反复对我说。当他在我面前跪下，向我求婚那一刻，他使我吃了一惊。我没有想到有人会为我这么做。我回答说,我需要一个星期来考虑。不久之后,我说好的。他跟我发生了关系。他把我的腿往上放,几乎推到肩膀上,这样我就可以不受限制,这对我来说真是再舒服不过了。他甚至都没发现,我已经不是处女了。他说,我的胯部像一只铺开翅膀的粉色蝴蝶。我们定了结婚的日子:六月八号。他再也没有娶我。他不愿意让我有孩子,如果我成为寡妇,那孩子就是孤儿了。他把这归结为他没有钱。这就是我接受的第一次求婚。"

她接着说:"六月八号,我本该出嫁的那天,他们来找我,说我应该去看小舅舅。我知道,有什么事发生了。我喜欢小舅舅胜过喜欢父亲。母亲说,他快死了,他想见见我。我还没有见过人要过世。我不知道他是不是看见了我,他有白内障,就像我的狗死的时候一样。我瞧见黏液慢慢从他嘴角淌下来。过了几分钟,他一点一点地合上眼睛,就像有人在故事结束时合上书一样。我没料到会发生这样的事情。他让我回想起一些琐事。后来,当哪个女孩要出嫁时,就好像应该出嫁的是我一样。"

"我的狗死的时候,我也有这种感受。""十九岁"说。

"你也会因此怨恨上帝吗,他竟然让死亡存在?"

"十九岁"把手放到她的头底下。他感觉到,农场姑娘在寻找他们有什么共同之处。他也在心里寻找。

除了他自己,她在心里把寝室里其他事物删掉了吗?"检察官"?"茨冈人"? 蓝色指示灯?"检察官"在他们下面咳嗽。"十九岁"用嘴唇磨蹭着她的嘴唇。

姑娘任由手掌放在他手里。他的手很大。

"麦基克"对"文身"说:"妈妈不知道我在家,她在等表哥。他应该带来一个包裹。她穿着半透明的锦缎晨衣迎接他,象牙色的指尖夹着香烟。(父亲的葬礼刚过一个月。)'我已经以为你不来了。你看,我忽然想到,我一个人在这儿。那就这么去床上躺着怎么样?'表哥不相信自己的耳朵,'我不可以这么做,婶母。'他三十五岁。妈妈一下子看到我,'你看看。我没想到我们家族里有这么多白痴。'"

许多大兵已经睡了。他们听见了雨声。"十九岁"在寻思,还有谁没有感受到他以前没有发现的快乐。这是一种静悄悄的欢喜,仿佛微风使池塘或小河里的水泛起涟漪。与姑娘的亲密接触。他想着夜的色彩,想着雨、淤泥、白色的黏土和暗绿色的云团,想到他能痛打甚至杀死任何敢招惹姑娘的人。

"我看过一个布拉格女演员演的电影,她长着张长脸,目光贪婪,"她说,"当她已经一无所有时,那真是比农场的老太太们还糟糕一百倍。据说战争一过,他们就强暴了她两回,那时候她十三岁还是十四岁。你可以想想这是谁干的。"

"你也很漂亮。""十九岁"低声说。

他闭上眼睛。他已经知道农场姑娘与夏天的风、田间小路、七月有什么共同之处,她只要动一动腿,他就觉得像是扬起了一阵尘土。(他的眼前出现了尘土弥漫的路,路边是石造小礼拜堂,很久之前就有人把里面的木雕圣像盗走,卖给西德①的游客们了。)他清楚,他会杀死任何一个敢动她一个手指头的人。或许他就是为此而生,而他却不知道这一点。他不必把话说出来。他知道,夜里,有什么使他发生了变化。我不再是一个人了——像只野猫似的,在笼中或在笼子外面。"笼子外面"这种说

---

① 西德是指 1949—1990 年间,由英、法、美的德国占领区成立的德意志联邦共和国,俗称西德或联邦德国。西德所对应的东德,是指二次大战后由苏联占领的民主德国。

法渗透进他们的思想。

她悄悄地反复对他说："我会喜欢你的。你看起来像是能和我一同生活的小伙子。"

"十九岁"感受到她身体的热度,她散发的香味、汗液、呼吸。他为了什么而出生?他脖子和肩膀上的动脉抽搐着,在睡梦中。他又一次像起初那样从脚到脖子颤动起来。他肩膀和上臂的肌肉沿着身体绷紧,大腿下面的肌肉也绷紧。他感觉农场姑娘碰触到他背上的肌肉。她的手又热,又柔软。还从没有人这么触摸过他,或许只有母亲,在他小的时候。

"报告,"门口响起了声音,"他们要把警犬带到边境去。在猴子峡谷后边。他们在这儿只留下了牧羊犬——以防万一。"

"那大尉呢?""麦基克"想知道。

"他们把他漏掉了。"

姑娘感觉,听起来警犬比先前叫得更起劲了。寝室里又混入了其他动静。难不成她听见了有人在哭?是小"伽利略"吗?嗥叫声、吠叫声和狗的狂热从牲口栏那边传到这里,仿佛离午夜还早着呢。狗场里的哨兵呵斥着动物们。为什么他们拉响了警报?卡车的发动机运转起来。

"我很累,可天一直下雨,我就在你旁边过夜了啊。"姑娘说。

"我熟悉这里的狗。""十九岁"说。

"边境出了什么事,""麦基克"说,"这对他们来说不赖。"

"十九岁"在姑娘身边想象着,他们是在林圃附近的乡间小屋里。忽然,着起火来。他赤手空拳地将姑娘从火焰中带出来,他们俩都是赤身裸体的。他不必说一句话——姑娘已经知道了关于他的一切。

狗吠叫着,又一下子安静下来。汽车一辆辆离开,发动机的声音听起来比被雨声减弱时持续得更久了。姑娘睡不着,但也没有完全醒着,在半睡半醒之间,她抓着"十九岁"的手。她想着那个被他们强暴了的女演员。谁知道她怀过多少胎,又是怎么处理的呢?她远方的情人怎么样了?她在想要怎么向合作社辞职,因为她总是要结婚的。她会跟着男人离开,找到一份照料马的工作。她会开始在某个养殖种马的地方,或是在哪个越野赛马的马厩里工作。"十九岁"是个有技术的护林员,他熟悉木匠活儿。他跟木头打交道,能做出桌子、板凳、床板、梯子和婴儿床。

"我会学着给你做最好吃的饭菜,"姑娘小声说,"我知道打扫小木屋的法子。我会很节省的。一套衣服、一双鞋子能让我穿上一年。我不怎么化妆,我会很忠实的。我知道什么是自我牺牲。"

"小伙子们,"值班员的脑袋探进门里,"上等兵在大尉那儿。他在劝大尉什么事儿。惯常的伎俩。你们是时候打扫一下屋子了。我只知道大尉几乎在对他咆哮。我没听到'犹大'在那儿搅和些什么。"

他身后留下一个没有解决的问题,为什么大尉对"犹大"发神经。他肯定已经知道狗场那边的警报了。他对驯犬员没辙。他只对营队负责。

"边境一定是有事。""文身"插嘴。

他们似乎还挺乐和,哪怕是发生了地震呢。这可不是他们的麻烦。

"麦基克"补充"文身"的话,"我已经看到他们了。他们一接到命令就聚拢成一支队伍。同志们,比昨天还要紧密,那么紧密,几乎能闷死呢。好像他们不知道,每一条边境线都有两方,并不只有保险铁丝网的这一边。"

姑娘开始懂了,他们在劝她离开。天在下雨。那么她的新婚之夜并没有持续多久。她猜想着外面大概是什么情形:风、雨、寒冷、淤泥、黏土,恶劣的路一直延伸到农场。她应该还从窗户走吗?她坐起来,听着。她听到几个大兵在打呼噜,各种各样的声响。有人在半睡半醒之间警告相邻的人,她要逃脱。她伸了伸胳膊。她自己的东西在哪儿?她开始穿衣服。

"我不想有人送我回去,"姑娘对"十九岁"说,"即使是你。要是大尉发现了,我可不大想他来数落你们。我不是娇小姐。我不会这么快就消失的。咱们到工地上再商量。"

"你朝着'山冈'的方向走。""兄弟俩"里的"哥哥"给她出主意。

他打开窗子。风再次把一阵雨灌进屋子里。苍穹是暗绿色的,水滴落下来。

"哎。"姑娘哆嗦着。

姑娘的声音比之前真实多了,她遗失了什么,她所遗失的已经不在这儿了。她看向"十九岁"。她学会了在该分开的时候说再见,就像在恰当的时候打个榧子一样。她不能失去工作,即使为此她可能失去一切,没有人能够补偿任何人、任何事。那又怎样呢?她没说她学会了不流泪吗?或许她看起来还没有那么糟糕。

她翻过窗框。她没法让"十九岁"明白她的工作。他懂的,她想。他为了她私奔——未经许可,这听起来也不坏。她走得很艰难。鞋子很快就裹上一层污泥。在雨夜里,她甚至不怎么能看得出去。她只知道"山冈"在哪儿。她凭记忆走着,用目光搜寻着高岭土矿的白色沙区,把它当做界石或地图上的标记。

在厕所,值班员总算恢复了报警设备的待命状态。(她还没有听过呢。)水按照预期的响声落下来,在管道里隆隆响着。(乍一听还好。)就算大尉决定进行"犹大"的调查,他在这儿也抓不着什么人。比起之前的指挥员们,大尉有一个好处,他不在他们里面安插密探。(对他来说,几十个或上百个自愿的揭发就足够了,他也不屑于这种举动。在之前的指挥员那里,不仅是大兵们,连农场的亲戚、邻居和具有竞争关系的求职者们都有各种不同的功用。)在许多单位里,都总有那么几个无赖,谁都无法相信他们会做狗腿子的勾当,他们只是装出一副辅助技术营常规成员们的样子。

　　离他们的闹钟开响还有一段时间。警犬和驯犬员们大概已经到边境了。谁知道发生了什么事儿呢?总有一些没有意义,只有结果的事儿。这是九牛一毛,这些大事件有那么多名目,需要砸进去多少钱哪,这种事早就没有什么意义了。"犹大"在大雨中回来了,比他必须回来的时间要早。(就算他三年以后回来,也不会多受欢迎。这是改变不了的事实。)他们可以打赌,他知道姑娘的事儿。或许大尉没有,但"犹大"在这儿有自己的密探。一定是这样的。他为什么把大尉叫醒?每一个指控都值得三思,有一天可能会造成最严重的后果,"麦基克"、"文身"、"黎高－黎高"和几个消息灵通的人都这么想。

　　"要是大尉来了,先生们,要是他问起什么事,回答已经定了,""麦基克"说,"玩牌还是抽签?跳舞?想都别想。我们所有人都在睡觉。晚安。"

　　"泰坦①啊。""童花头"说。

---

① 泰坦是希腊神话的巨人族,乃大地女神盖娅和天空之神乌拉诺斯的后代。他们曾经统治世界,并试图统治天国,但被宙斯家族推翻取代。天神乌拉诺斯在责骂自己生的这些孩子时,常常用诨名称他们为泰坦——紧张者,说他们曾在紧张中犯过一个可怕的罪恶,将来要受到报应。

"牧师"和小"伽利略"一样,在铺位上翻个身。他在思考他愿意奉行的道德:仅谴责罪孽,而不是作恶者。谴责较之以往程度不同的堕落,谴责善与恶。他知道,自己不懂。恶是很难理解的,更何况,谁会反驳他呢。

值班员带着新的报告来了,"他在向大尉嘀咕。我一个字儿也听不清。唯一能猜出的是这些话与木材有关。今天,'犹大'在小酒馆里听说,射击手们用圆锯把木材拉成片,一片片塞到防空大炮的主炮车和废弃坦克里去。他们在上面拉过一层塑料防护罩,免得木头变潮。我们冻得像爱斯基摩犬的时候,他们正按部就班地烧木头,一直消耗到最后一片木屑为止。真是神不知、鬼不觉。法西斯主义要灭亡了,就让该死的大元帅永垂不朽吧。我走了。"

"继续探查。""文身"示意他。

"兄弟俩"中的"哥哥"关上姑娘爬出去的那扇窗。雨声变柔,慢慢接近早上了。

"牧师"打个喷嚏。他有些着凉了。"十九岁"在想着姑娘,想着她对他说的话。(他也觉察出,她在雨中遗失了什么。)这时,"查拉"弹着《你的心一召唤,我就回来》……"十九岁"睡不着,也不必非睡不可。他觉得比之前在森林里,还没进入营队之前有更多力量了。

他想象着姑娘怎样在稀泥中走着,推测她何时走到散兵坑和工地上绑着绳索的脚手架附近,何时经过高岭土矿、白色的矿堆。他应该陪她走吗?他能很快就回来吗?他很惭愧没有这么做。他可以也应该这么做的。他感到对她既心疼又充满了柔情,不禁对周围的人有些抵触。为什么"犹大"要把大尉叫醒?

"在斯迪-艾尔-阿拜斯,我们从后面对这种卑鄙小人开火,从来都不正面进攻。""文身"说。自然,他指的是"犹大"。

然后,他还对宿舍的人讲了当时在印度支那的情形。越南人不懂多少法语。他们学会了一点军队行话。请出示您的证件。什么人?站住!不许动。转过去。往前走。在这儿等着。走慢点。站起来。带我去看医生。① 还有单词"快点":Vite②。

"除了镶木地板,那里还有很小的舞台,女孩子们在上面显摆,以供大兵们挑选。鸨母是一个退了休的妓女。女孩们全被卖到妓院,或卖给人家。女孩子可以自己赎身,但这种事很少见。新来的女孩更多选择大兵。大兵所付的钱,只有一小部分划进她的户头。年纪大一些的女孩懂得多一些,对于不允许做的事情,她们并不会蛮干。最有经验的女孩是有目标的:丈夫的爱,或者至少一块儿过日子。大兵可以为她付钱。有的人为女孩预先垫付一个星期的钱。鸨母雇用她,只是为了尽量拖住人们的脚跟。有时候,也有争吵。大兵出其不意地从兵营来了,逮着女孩跟其他人在一起。他们会像争夺合法妻子一样争夺她。所有人都想第一个来,而不是排在第十或第十二的位置上。鸨母第一次马上就把一位特别女士③派给了我。女孩们不准喝酒,只能喝有颜色的水。饮料上的消费也有一点款项会归入姑娘的户头。在上床以前给姑娘买饮料是一种风度。我的特别女士坚持要跳舞,我拒绝了。于是就到了床上。有的人还没开始就提前结束了,因为他克制得太久。这种人只需女孩用破破烂烂的布条儿搓弄搓弄就够了。有时他都来不及褪下鞋子,更不

---

① 原文均为法语。
② 法语单词。
③ 原文为法语。

用说上面的衣服了。有的女孩会格外为他多服务一会儿。我可不想过分渲染。"

他接着说:"亲吻是禁止的。大概是出于卫生方面的原因,也是为了不让人发生爱情。当事人——双方——都无视这一规定。跟军官们做生意也是不受鼓励的。这一条对于更高的军衔并不适用。应该事先付钱。开始前,两杯饮料。一次高潮付一回钱。如果你想来点什么特别的,必须要跟鸨母商量。"

"妈妈可以向你证实,这些女士对奥地利人居住的城市意味着什么,""麦基克"说,"你会在皮大衣里发现圣史蒂芬广场的名片。观光客们在离警察很近的地方挑选女士进行消遣。妓女们这么做,并不可耻。可耻的是这里头掺和了金钱。所以警察们驱逐的并不是拉客的妓女,而是游客。"

"你这是把马套在车后边了吗?""猴猴"问。

"这里的空气太差了,我得走远点了。""黎高-黎高"说。

空气很浑浊,充满了他的体味儿。

"你们快跑吧。""黎高-黎高"加了一句。

虽然姑娘肯定已经在"山冈"和工地的散兵坑后面了,寝室里剩下的男人们还是不想睡觉。这里还残留着她的味道,她说过话的回音,她还跟马打交道的那段时光,不设防、同时又肆无忌惮的气氛。值班员回来了,他们等着听惊悚新闻。"注意,军团的女打字员玛兹丽阿郝娃同志上诉,因为将军说她是头猪,不听他的命令。他必须把道歉写在公告板上:我收回我所说过的话,我说过玛兹丽阿郝娃同志是头猪,因为她不听我的命令。"

他补充说:"另外,星期一我们要理发。自愿献血的人在厨房里有一升牛奶。报告完毕。"

"十九岁"从一侧翻转到另一侧。他感觉自己仿佛在跑。他感受到自己脉搏的轻跳,自己体内的声音。他没有回答"检察官"、"麦基克"或是"文身"的话。他用无声的情书向姑娘传递着什么。他感觉到世界在沿着他的双腿上升,他似乎在这里,同时又不存在。(有时候,当拂晓来临时,他吸进大量的清新空气,他觉得,开始的并不仅仅是早晨、白天,而是世界开始运转了。)他第一次在生活中感受到,他找到了自己降生的意义。同样,他也第一次在生活中感受到,没有什么是他做不成的,没有任何障碍是他克服不了的。他还从未体验过的全新能量充盈了他。这给他注入了力量,新的存在感。

"茨冈人"在被子下面小声说:"我要和她结婚。"

"你这是怎么了?""查拉"问。

"长时间地自由动作,然后一阵抽搐。"

"这是你自己脑子里想的吗?""猴猴"想知道。

"怎么了,我还没见过这样的女孩子吗?""茨冈人"口齿不清地说。

"你做什么事都是偷偷摸摸地。""查拉"说。

这时,值班员在厕所里几乎是不停地放水。他们知道这是怎么回事。

他们听见鞋跟的咔嗒声。可能是值班员、他的助手、大尉或是"犹大"。要不然,就是值班员模仿出来的声音。这一刻,他们每一个人都假装睡得很沉。他们所有人,就算是夜里,手表也挂在手腕上。对他们来说,星期六之夜结束了,他们换汤不换药的日历。他们又结束了一个循环。世界、生活就是由新新旧旧的循环构成,它们互相渗透、影响,甚至各自淘汰。

III

17

大尉在老指挥员留下的办公室橡木门里外都钉有黄铜板。"十九岁"必须紧贴着踩在门后的门槛上，才能听到点什么。这是块薄薄的敲打得很好的板子，还锃亮地闪着光，从上到下有些变形。值班员在厕所里提起他一开始拉动的水箱冲水柄。"十九岁"数落着，值班员走向小桌子的时候不走得远一点，要从厕所回来时也不走远点，动静大得很。值班员的助手为值班员挡着后面，好让他在厕所里鼓捣水箱。

大尉的屋子快到走廊尽头了，靠近大门。就算值班员看见"十九岁"耳朵贴在大尉的门上站着，也不会有什么事儿。比较惨的情况是，大尉从里面打开门，或者上等兵走出来。（除了能看到正在当密探的"十九岁"，值班员空空如也的小桌子也赫然在目。）"十九岁"在心里把"犹大"探访大尉与姑娘的命运联系在一起。这已经不是甜腻的夏风、林间和乡间小路。他的背脊打起寒战来。上等兵会不会瞎掰他不知道的事情，结果并不难推测。大尉打开收音机。"十九岁"不时犯迷糊，哪些话是他真正听到的，哪些只是他的感觉。夜已阑珊，湿气很浓，空气也变重了。他发着烧，感到阵阵寒气。他准备好要提醒姑娘了，同时又不想让她受到惊吓。他看起来像是个定时炸弹。这件事所带来的压力，对他来说比他能够承受并且愿意承认的要多得多。他只知道，有什么事发生了，而且是与姑娘有关的什么事儿。

他知道,他会在她之后冲进大雨和黑暗中,不管会在哪儿追上她。他不去想逃离军区的后果或是处罚。他的想法跟傍晚时不同了,对于什么是真正重要的事,他有了新的理解,应该或必须把什么放在首位,什么又是可以忽略的。

他压抑着,同时又屈从于姑娘在他身上所唤起的情绪。他左右权衡,什么是确实对她有害和有利的。她总是处于优势。为什么呢?她令他怜悯吗?他闭上眼睛。在下巴碰到门以前,他先在额头上感觉到铜板,然后是脸颊上。

三只暗黄色的灯泡照着兵营的走廊。

大尉门里侧的木头和铜板散发着来苏尔、烟和油的味道。

大尉办公室的门冷冰冰的。门后的大尉在屋子里来回踱着步。他已经穿戴整齐了。上等兵——"犹大"——大致是背对着门,应该在屋子中间,在大尉巨大的写字台前面。

"十九岁"听见,大尉打开桌子抽屉,然后是装着文件的铁箱。上等兵深夜来弄醒大尉,只为了告诉他是谁偷窃并藏匿了木材吗?

音乐终于停下来,上等兵一声不响。"十九岁"听到大尉说:"好的,好的。"大尉的声音听起来有一种困意,被叫醒的人的声音。上等兵问,他不是号召他们,不管是谁听说了跟木材被盗有关的消息,无论白天还是夜里都要立即向他汇报吗?这就是他来的原因。(金色的眼睛。)他们已经把木材一事抛到脑后了,大尉打断他的话。这件事还能在射击手那里得到什么证实吗?

"就算是营队也无法将我变成禽兽。"上等兵说。(他是在转移话题吗?)大尉可能会奇怪,"犹大"为什么对他说这句话。

"您看看,郝鲁勃上等兵,"大尉近乎恭顺地说,"我们在这儿将近二十分钟了。我得知了什么?我想知道,您到底是为什么而奔走。如果真与木材有关，射击手里的什么人能证明跟你喝啤酒的那个人所说的话呢？"

然后，"十九岁"听不到大尉的声音，只有上等兵的，然后还是"犹大"，而不是大尉的回答。

上等兵再次向大尉进言，"请允许我做个假设，大尉同志，作为一名职业军官，您是能够理解我的。我在文件里——我希望，它们还没被遗忘——我真是难过，在一九四八年以前对于我的记录并非一切属实。（'犹大'肯定练习过自己要说的话，或是从某份报纸上抄来的，'十九岁'想。）我感激帮助我消除错误与过失的人和军官们。"

"上等兵，您没有必要为自己澄清。"大尉说。

"我可没有兴趣去看母狗和狗群如何交配。我也不愿看到有人在任何欲望面前执迷不悟，那些人连对自己都没有信心，更不用提他们所做的事情了。他们为了那档子事巴不得脱得精光。我没有鼓动任何事情。"

"我不知道您谈的是什么，上等兵。"

大尉略一停顿。

"十九岁"感到血涌上了头。上等兵都已经泄露了什么？他听见大尉在办公室里踱步。他好像走到柜橱前，突然打开两扇门，翻出军团文件。他掏出左轮手枪，开始把它一件件拆卸在桌子上。他把部件一个挨一个摆在桌上，以对上等兵拖延一些时间，这有什么含义吗？

大尉咔嚓了几下扳机的空膛。

"您看，上等兵，"他说，"您是为自己的请求而来的。您叫醒了我。您暗示一些事，可我不知道该怎么想。您不说是什么事，谁，在哪儿发生的，怎么发生的。要是我们来做记录，那就会全是似乎是,我猜想,就我估计,等等。可能是,可能不是,很难说诸如此类的话。您说,他们的阴暗面,阴郁的个性。一切对您来说就是阴郁的,灰溜溜的,毫无希望的。我不知道,您为什么总把自己的父亲搅和到这里头去。现在还是大半夜呢。您把我当成什么人了?"

"我再重复一遍,我不想跟任何意欲违法、遗弃祖国的人见面,即使这个人是我的父亲。说到这件事,让我十分不痛快。"

"十九岁"明白"犹大"不愿挑起的是什么事了。他在等待大尉的其他问题,给他一个答复,而大尉看穿了这一点。"十九岁"认为,上等兵是想一石二鸟。他是在向大尉提议,要是大尉愿意向着他,他可以告发农场姑娘和大兵们吗?一千克洋葱换一千克大蒜?可能是这样,也可能不是。

"我们共用一个寝室,这种事很难接受,真让我不舒服,尽管其他人可以和稀泥。"

"或许您想要个属于自己的寝室?我该为您租个旅馆吗,上等兵?"

"十九岁"让门板把自己的额头变凉。

"他们邀请了女人。"

"犹大"最终还是让自己走到这一步。在外头,"十九岁"的脸涨红了。

"我没有兴趣打探你们的私事,上等兵。"大尉又说了一次。

"她是裸露症患者。"

"您这是想说什么?"

"她光着身子给人看,这让她很享受。她不正常。她有个哥哥在疯人院里。听说,她最早在工地上就已经裸露了。她常常故意在午间休息时来,跟士兵们聊上一会儿。她熄灯以后就已经来了,从栅栏的洞里,还带了一大包熏肉。"

"您在说什么,上等兵?"

"我说的是,某些士兵是怎么享受生活乐趣的。我可不想这被看成一次揭发。我只是不能赞同,一些需要某种享乐的人侮辱了另一些看不惯这类事的人的品位。我们还是有些小小的隐私的。"

"农场有很多姑娘呀,上等兵。"

"她在猪圈工作。此前她在马厩工作。她没有跟任何人大声说过自己的名字。"

随后他说:"或许我星期二早就应该来了,当时一名士兵跟她在工具棚里。"

"放工后?"

"放工后,大尉同志。"

"您跟什么人报告过这件事吗?"

"没有,没报告过。您是第一位,大尉同志。"

"为什么您从星期二以来谁都没有报告?您是想说,他没有通行证吗?"

"我不想看起来像个密探,大尉同志。我在辅助技术营,是因为我父亲文件里的一些事掺和到我的里面。我哪儿也没有逃窜,我也无法关住父亲。他们在卡罗维发利抓住了我,而不是在边境。我并没有像少校同志——前指挥员——质问过的那样做过侦察员。我的小舅舅战前在巴塞罗那也并没有同佛朗哥将军交朋友。他在西班牙大宗采购橙子,我跟他的批发业务没有什么瓜葛。"

"我知道您那部分,上等兵。没有人给您添加不属于您的记录。您准备逃逸,几个同党在问讯之前就已经供出来了。您的父亲不愿意诱使您做您怂恿父亲所做的事儿。作为一个青年人,您并没修炼到很高的境界啊。辅助技术营不是监狱,它使你们获得进步。您不能对误解进行抱怨。您的父亲在等待下一次赦免。"

"他被判了十八年。"

"等有一天他们开放了边境,上等兵,那时候您就可以去任何您的心指引您去的地方,甚至是到巴塞罗那。您也许还想对我说些什么?"

"我可以告诉寝室的人,我为您清理了左轮手枪吗,大尉同志?"

大尉在示意之前停顿了一会儿。有什么事惹怒了他。他渴望安静。为什么所有人都认为在自己的脑子里有着其实并不存在的东西呢?

"那您明天就会让我准许您指挥营队了,上等兵。"

"她刚才还在寝室呢,大尉同志。"

"她什么时候走的?"

"我不知道,大尉同志。"

"我来调查这件事,"大尉对上等兵说,"早上我们放狗去追踪。"

静了下来,只有地板在咯吱作响。

"十九岁"听到"犹大"走向门边。早上,大尉要放狗去追查姑娘的踪迹,这把他的困意给吓没了。他惊慌失措,一下子弹开。上等兵看见姑娘从窗户跳出去,爬过栅栏,往农场去了吗?在雨中,他可能都认不出她来。("十九岁"想都不会想到,这会儿工夫大尉产生一个念头,上等兵可能跟除他以外的其他人也说过这件事,而有人可能控告大尉不够热心,或是其他的什么事。)

"请您允许我离开,大尉同志。"声音紧挨着门响起来。

门还没有打开,"十九岁"就已经倚在兵营外边的墙上了。他站在屋檐下,免得雨水淋到身上。他已经知道了所有他需要知道的事。值班员把"犹大"的注意力吸引到自己身上,他站在厕所门边,听着水响,多亏了值班员助手,水落到盆里就像海浪似的。上等兵隔着整个一段走廊问话,好让声音穿过门被大尉听到,值班员需不需要什么帮助。值班员回答,不用,他能自己提好裤子。上等兵没有漏掉"十九岁"。(他的眼睛像只野猫。)他们一个接一个地走进寝室。

18

"茨冈人"和"索姆拉克"从厨房提来盛着冷土豆的桶,两人都被冻透了。"牧师"在开窗通风。湿淋淋的大兵们不发一言就佐证了大雨的威力。"麦基克"的声音清晰可闻:"生命是一种馈赠,要学会生活的天赋,天赋是稀罕的。"他封"茨冈人"和"索姆拉克"为生活的艺术家。每一个土豆都很可口,这也算是元帅过的日子了。

过一会儿,姑娘现身了,她没有走到比"山冈"更远的地方。"十九岁"有些慌乱。她想吓唬他们吗?出了什么事?她湿淋淋的,即便穿着斗篷,戴着雨帽,还是被风吹得很狼狈。她不在乎身入险境吗?她为什么回来?她视自己的命运如一场冒险游戏么?难道她身上有某种病态的倾向?或者她想他们能以与跳舞结束那夜不同的眼光看她?血涌上了"十九岁"的脑袋。他的心怦怦跳着。

"我必须在这儿等到早上,"她说,"这差点要了我的命。"

她看向"十九岁"的铺位。

"你别哭,""检察官"说,"这儿不下雨。你湿得像只蘑菇,你需要把衣服拧干。"

"我不该打开窗户。""牧师"说。

"我希望,我没有妨碍到这儿的任何人。"姑娘说。

她的声音里有股责备的意味。(她像是知道自己在做什么。有人已经在考虑其他的事情。)她向上看了一眼"十九岁"。

她被大雨折腾得很疲倦,腿上全是泥。她的脸变成了紫红色,头发结成一缕一缕的,滴着水珠儿。她全身因为冷而颤抖着。

"我可以在这儿休息吗?"她问,"外面实在太黑了。黑暗刺穿你,好像已经再也不会有亮光一样。"

"十九岁"给她让出地方。他想对她说,他们要来找你。他们会放狗追踪你。我们中间有叛徒。但他只是说:"哦,你到这儿来吧。"

"外面的夜像只癞蛤蟆,"她呼着气,"真是又绿、又冷、又湿得很的夜。"

她尽量说得听起来没有多么哀怨,她先前的鼻音并没有这种语气。"十九岁"在心里同意她的话:这是个像癞蛤蟆一样的夜晚。夜像是为"犹大"和某个密探、间谍、浑蛋而造,正是那个人把宿舍里发生的一切泄露给了"犹大"。看得出来,姑娘在水坑里跌倒过。她的鞋子沾着高岭土的沙粒儿,白色的泥浆。

"我不知道雨会下成这样。大风可能会把我撕成碎片。我不知是陷进高岭土坑还是你们带脚手架的散兵坑里。在夜里,对人们来说陷阱更多。我可能会扭断韧带或摔断骨头的。"

"你可能会被缠进湿淋淋的绳索里,""十九岁"说,"还不错,你折回来了。你可以在我旁边等着,等到雨停。"他大声说。他想要所有人都听见。他犹豫着,不知该对她说些什么,反正这时候她也不能走。他感到空间变得逼仄起来。但同时他也很高兴。他将她的存在看做是一个意外,不过是令人愉快的意外。真是既惊又喜。他算得出后果。他考虑着他们有多少时间。要是这时候"犹大"去找大尉怎么办?即便这样,她还是有时间逃的。并且"犹大"没有那么愚蠢,让一切事情在他眼皮子底下发生,还去告发她。

"我已经都到'山冈'后面了。没有围墙的路简直没法走,大雨会把人给冲走的。"

"大概是这个原因,边境的恐怖分子才会挑选这种夜晚。"上等兵说,让他们清楚他在听着他们的话。

"那你这是来干吗,这种夜晚挑选了谁?""文身"对他说。

"茨冈人"提到,茨冈人的葬礼增添了茨冈人婚礼的神秘性。葬礼可以用跟婚礼上一样的狗。

他说,如果亲戚们不在无意中互相扎伤的话,那就不会是茨冈人的婚礼。

"我在围墙那儿玩这个游戏。"他含混不清地说。

"检察官"从铺位上弯下身子,"'犹大',大尉想要你怎么办?还是你想要大尉怎么办?"

"你就饶过'犹大'这一回吧。大尉说,我外出回来以后应该到他那儿去坐一坐。我们在追查偷木材的毛贼。"

姑娘脱下了最湿的衣服。

"你不脱衣服吗?"她轻声对"十九岁"说。他没有回答她。

"你需要很高的火堆,""茨冈人"说,"这才能把你烤干。我在婚礼和葬礼上都见过这种火,甚至在离婚时也见过,离婚的人还必须往后跨过三只狗。你肯定很冷吧。你的身体需要热量。"

"嗯。"姑娘表示同意。她的牙齿咯吱咯吱响。

"牧师"站在窗子旁。他让强风和水灌进寝室来。还不到一会儿,他自己就整个浸湿了,他关上窗子。

"你在这儿等着我,""十九岁"对姑娘说,"我不回来,你哪儿也别去。"为了先发制人,不等姑娘问他去哪儿,他就说他必须去处理一些事情。如果她愿意的话,之后他会陪她去农场。他对她说,他都计划好了,免得她担心。(他不该说这些,这让他自己也吓了一跳。)他讲话时离姑娘非常近,因为他已经不想有人再听到这些话。"你先裹进被子里吧。"接着,他小声对她说,"别睡觉。上等兵一出去,你就赶紧穿上衣服离开,要是你不想在这儿被大尉逮住的话。"

姑娘在"十九岁"的目光中看到一股凶狠,这让他的眸子炯炯有神。她感受到他急切的呼吸。她听得很明白,她懂了。她领会到"十九岁"没有说出口的话。在自己心里找到爱情的男人,就会这样吗?有什么在告诉她,是的。是她选择了"十九岁",抑或"十九岁"选择了她?从她麻木地闯回来的那一刻起,她第一次微笑了。"别怕。"她说。"十九岁"的决心注入她身上。她感受到男人的保护。这帮助她忍耐寒冷和潮湿。她全身冰透了。

"我也会做我认为是注定的事情。"姑娘说。

"十九岁"没有离开。他感觉到姑娘的呼吸。他用两床被子把她盖住。

"在我暖和起来以前你陪我一会儿,"姑娘说,"你真热,好像发烧一样。在你身边焐暖真好。"

"你盖着这两床被。"

"十九岁"从兵营里偷偷溜出来。他穿着斗篷,戴着雨帽。在连队值班员的小桌子上,他把电话线拔了。

一阵阵风雨和黑暗重击着他。夜像只绿色的癞蛤蟆,他想,犹如世界末日来临前一般。"十九岁"在想,大尉会作出什么决定。他不愿再想太多,狗能嗅出她的踪迹,这已经够饿了。不管姑娘去哪儿,狗都能嗅到她的气味,这狗场上独一无二的动物。

"十九岁"了解狗。他知道,他有这么个名声,狗都喜欢他。他想象着护林员跟着雄鹿、牝鹿、狼或是野猪的足迹走。他又想象着自己角色转换为偷猎者,对一切都意志坚决。

空气冷飕飕的。姑娘的影像挤压着他,她的呼吸、声音、目光、味道,如同湿透了似的,还有她对他说的话。她不畏惧做想做的事情。即便这没有立时证明她的勇气,也证明了她的意志力。不论他喜欢与否,谁会做出她做过的事情呢?她很好看,孩子气,集多种性格于一身,有攻击性。而她为他回来。只为他。

现在,在踏着泥浆跑到狼狗待的笼子以前,他逗留了一秒钟。狗笼空空如也,只剩下一条狗。他试着体会那只被他们扔下的狼狗的味觉,以寻找踪迹。

"十九岁"早就知道,他有能力杀死一条狗。他已经杀死过一只,那是炮兵那边鲍兰斯基少校的狗。在建军节的娱乐活动中,鲍兰斯卡夫人对跟她跳舞的大兵们说,她丈夫的父亲战时曾在政府部队为德国人效劳,她真是高兴,她的男人没有因为被猜疑的缘故下矿或被派到辅助技术营。经过六周的速成班培训,他成为监管人,晋升得比他做梦能想到的都快。她很漂亮,常喝得醉醺醺的,有一点坏脾气。("麦基克"说她很蠢。)她不喜欢少校,这一点"十九岁"感觉得出来。在娱乐活动中间,少校把她带到外面,在厕所门口扇她的耳光。经常来找她跳舞的大兵们,五个有四个跟她睡过。"十九岁"把少校的狼狗领走,用放了毒的短粗灌肠毒死了它。

(另一只狗死得没有这么体面。装甲兵中士像护身符似的随身带着一只达克斯狗。他开坦克,在冬季训练中由于疲劳睡着了。趁他还没醒,大兵们在他们睡觉的地方,在圆筒形的石头周围辐射状地撒上锯末,把达克斯狗给烤了。他们在四四方方的盘子里,蘸着坦克发动机的油,像在平底锅里一样烧烤它。早上,中士痛哭不已。)

"十九岁"跳过水坑,他踏进又一个水坑,向四面溅着水。他已经知道他在做什么,为什么要这么做。他要和姑娘去一个任何狗都嗅不到的地方。谁要是抓她,就会成为死神之子。

他绕过狗笼,然后闯进病号室。他找着了他在寻找的东西。

看起来,其他狗不会这么早从边境返回。他忽然对一切都有了计划。在厨房,他往口袋里装满胡椒粉、辣椒和盐。(他思量着,等他和姑娘往什么地方赶路时,会发生什么事。)过了一会儿工夫,他到了狗笼里。狗认识他。它只叫了一小会儿,就讨好地在他身上蹭来蹭去。"十九岁"往手上泼了猛药。他等着,等狗开始舔他的手。然后,他拎着狗的颈子。狗察觉到,它想巴结的这个男人,对它来说意味着危险。它有利齿和爪子,"十九岁"没考虑到这些。这是只母狗。

发着烧,"十九岁"感觉不到一切他所遭受的抓挠和撕咬。

在兵营前面,他让雨水沿着身体流下来,好将身上的血冲洗掉。伤口刺痛着。

"检察官"在寝室门里看到了"十九岁"的轮廓。

"谁不承认应该适可而止呢?""牧师"问。

"十九岁"只能想象,他不在的时间里,寝室里上演着什么戏码。

"能睡一会儿也不错,是吧?"上等兵问。

"到我这儿来,你能暖和些。"姑娘说。

"咱们最好离开,""十九岁"说,"我们再等一会儿,等你再干透一些。可能再过一会儿你的衣服就干了。"

"我宁可不,"姑娘说,"你再等等。我很高兴你想这么做。"接着她说,"现在立即这么做可不明智。"

"十九岁"在料想大尉到来的可能性。(要不然就是早上,他如果看到他的抓伤,会发生什么事。)

"你看起来好像被溜冰鞋碾过一样。"姑娘说。

"我出溜了一下,撞上了底架,""十九岁"扯谎,"没什么要紧的,一会儿就消下去了。"

"你被刮得够厉害的,"姑娘靠近说,"我会处理。你等着。"

"十九岁"感觉到姑娘的汗水和气味。他将这与狗笼和狗群的味道联系在一起。

"出了什么事?"姑娘想知道,"你看起来真像跟獾扭打过一顿。你不会是为我跟什么人打架了?"

他可能为她打架的念头,让她很受用。

"已经很久没有人为我打架了。"她说。

她盖着两床被也很冷,因为她的牙齿咯吱响着,"我跟雪糕一样凉。我也看起来像癞蛤蟆了。"

之后,她说:"我都没法子好好讲话了。我还得过会儿才有胃口。你怎么样?为什么这么看着我?你想去哪儿?"

她的牙齿一直咯吱咯吱响。

"十九岁"用手抹一下血。

"你们套在灯上的纱网是哪儿来的?"她想知道。接着,她给他包扎额头,让他把橡皮膏贴在下巴上。

"至少你已经不流血了。"

"谢谢。"

"恐怕我还是想早上坐车走,我连要去哪儿都不知道。"姑娘悄悄对"十九岁"说。

然后,她说:"星期日只运行火车,没有一辆巴士。"

她又接着说话,"茨冈人"努力去捕捉她的话,但"十九岁"说:"别在这儿说,也别在现在。"

"你有时候去河边吗?"姑娘问,"你骑马吗?"

"明天将军们到兵营来。"上等兵几乎有些威胁似的说。

"唔,""茨冈人"的声音响起来,"'懒汉'、'草包'和'窝囊废'、'大个'、'胖子'和'好眼力'①。"

然后,他说:"我看到一些女木乃伊,我的茨冈母亲曾对她们做过预言,她们就像鸟儿飞向爱情,必能作出抉择。我看见下着大雨的路,真是惊人。路没有任何形状,只有瓢泼大雨坠落到高岭土上。"

"我也想有一个可以教我骑马的姑娘。""歌手"说。

"这样已经不是合理的抽签了,""检察官"说,"要么所有人受益,要么谁都得不到她。"

"检察官"用脚蹬起草垫。"十九岁"的肩膀猛地一阵抽搐。他忽然想到,他可能血液中毒了。

"把它放下。"他告诫"检察官"。

---

① 后三个人物是捷克作家爱尔本童话中的角色,此处作者用以讽刺将军们的无能。

"正确的比赛只有一匹马赢,""查拉"说,"要么马最优秀,要么骑手最优秀。"

"那就别玩了,""检察官"说,"咱们也别商议这件事了。"

"十九岁"眼前闪着一道道圈。一次,他在林子里发现一只死鸽子,苍鹰在撕扯它的心脏。那只鸟躺在林间小路上,周围是乱糟糟的羽毛。他只要闭上眼睛,就能清晰地看见它出现在自己面前。他交错地看到"检察官"的面孔、手和身体,还有被苍鹰啄烂的心脏。

"要是有人来抓我,我就把他的眼睛挖出来。"姑娘说。

"你们就不能放弃一次这种哑剧表演吗?"上等兵的声音响起来,"你们总该玩够了吧?"

夜色依旧,风把雨水渗进来。

"这可是个爆炸性的事件,有个女孩儿在这儿,在这里。""十九岁"说。

"我可不是什么妓女。"姑娘说。

"要是有人告密,你可就很难跟大尉解释了。""麦基克"添油加醋地说。

"你们不想把啤酒瓶子收拾走吗?""兄弟俩"中的"哥哥"问。

"好,就让它散散味儿吧。""弟弟"附和。他讲起话来就像是"哥哥"的回声。

"我又不会从任何人那儿带走任何一样东西。"姑娘插话。

"这可是你说的,""检察官"说,"我希望,我们也不从你那儿拿走任何东西。"

上等兵作势在睡觉。他转向墙里,把绿色的被子拉过来盖住头。

"再过一会儿天就亮了,一直在下雨,""猴猴"说,"看起来大尉决定等到早上再追究这件事。现在他还没从宿舍里挪窝呢。"

"我很守规矩,"农场姑娘说,"我可不是什么妓女。"

"检察官"打个嗝儿,用脚蹬起床垫。

"我们知道谁什么样儿,"他说,"谁是妓女,谁不是妓女。"

"十九岁"拖着两条僵硬的腿,从铺位下来到地板上。不知"检察官"是不是打算再对姑娘说些什么,再一次用脚板蹬起草垫,但他已经没有时间这么做了。

"检察官"感觉像是撞上运行中的卡车,或是在直升机里被撞烂了。(他的脑袋三次撞在床铺柱上。)他明白,要是他不想任脑袋在铺位上被撞得人事不省,就必须自卫。"十九岁"的腕子一阵抽搐。他克制住了,他扼住"检察官"的喉咙,抬起他的头,用尽全力往床侧猛击。"十九岁"的手折了。又一次。疼痛让他呻吟着。"检察官"不认识这样的"十九岁"。"十九岁"能杀死他吗?他会把他踢坏吗?他感觉是在跟一个疯子搏斗。他不能容许自己对此沉思太久。"十九岁"拖着他的头,把他从铺位上拽下来,掷在地上,猛踢起来。有那么一刹那,"检察官"在黑暗之中利用这一点宝贵时间进行防卫。就在"十九岁"俯身向他的时候,"检察官"踢到他脸上去。好在他没穿鞋子,这救了"十九岁"。这时候,"检察官"站起来。他们开始像两台打谷机一样互殴对方。"牧师"、"麦基克"、"文身"和"查拉"跟"黎高—黎高"和"荷兰人"合力把他们互相扯开。"兄弟俩"和"牧师"把他们彼此抱开。

床铺的棱角染上了血。

"休息铃响了,""茨冈人"打破紧张气氛,"丁零,丁零,第一回合,上饮料、氨水和毛巾。"

姑娘想说,"检察官"的鼻子流血了。

"我的手出了点事。""十九岁"说。

"安静,年轻人们,"值班员迅速把脑袋伸进来,"从猴子峡谷西边的边界都能听见你们了。你们想把大尉吵醒,把他招来吗?"

屋子里立即安静下来。"十九岁"用力深深吸口气。"检察官"不只鼻子在流血。

"检察官"第一个在"十九岁"的眼睛里发现别人还没看到的东西:他不是仅仅靠意志摆脱狼狗的。"哥哥"、"弟弟"两兄弟和"牧师"松开了"检察官"。他屏住气。血从鼻子里顺着他的脸颊流下来,流到嘴上、脖子下面。他用舌头在嘴角和上嘴唇舔了一圈。他弯下身,好从铺位下的手提箱里找到毛巾或绷带。他打开手提箱,还没等什么人能拦住他,他从里面拎出一只平底锅,击了出去。平底锅没打到"十九岁",却砸中了"牧师"的脑瓜。"牧师"摇晃了一下。让所有人吃惊的是,"牧师"开始猛捣"检察官",他还从没打过任何人。("我不喜欢罪孽,我不必非得憎恨恶人。")"检察官"始终在淌血。

"牧师"没对他客气。他用拳头猛击到他的嘴上、眼睛上,对准胸脯打。谁也没有拦他。这正好为姑娘了结了许多未结清的账,要怪只能怪"检察官"自食其果。"牧师"在此之前就被惹毛了,眼下爆发出来。

"牧师"赏给"检察官"的痛殴,在寂静中进行着。只能听得见击打的声音。皮肉开裂,下颌骨的关节挨了一下子。所有人都将值班员的告诫记在心上。

让"十九岁"更为焦虑的,是现在姑娘的处境有多么危险。有没有可能,一年三百六十四天都控制得很好的"牧师",会控制不住自己的激愤和软弱呢?

他总算放过了"检察官"。在黑暗之中,"检察官"不很清楚"牧师"站在什么位置。他扑向"兄弟俩","兄弟俩"像之前的"牧师"一样痛扁他。"检察官"已经不敢再尝试了。

过了一会儿,天开始放亮。天边黑暗的绿色条带裂开了,白日显出暗淡的颜色。

"牧师"垫着手掌伏在书桌台上。"歌手"和"荷兰人"去厕所取消防设备的水桶和抹布,好以最快速度洗掉地板上的血迹。

上等兵坐起来。他考虑着,应该做什么。去找大尉?(他还记得他是怎么挨了一顿训的。)就算带"检察官"和"十九岁"去医务室也没什么意义。"检察官"落下了青色的淤伤和擦伤,"十九岁"落下了扭伤的腕骨或是打折的手。

"你过来。""十九岁"对姑娘说。

"别跟着我。我知道自己在说什么。现在还不是时候,你必须相信我。我一个人暂且能应付。明白吗?我等着你。"姑娘说。

她身上已经穿戴好斗篷和雨帽。她从窗户爬出去。大风和雨刮进来。不久,铁丝的叮叮声响起来。可以听见她跑进残夜里,朝着清晨奔跑。她向"山冈"奔去。

"十九岁"站在敞开的窗子旁,任雨水落在自己身上。

"索姆拉克"在梦中叫喊。他的梦呓叫人听不懂。"检察官"呕吐着,他的血流到水桶里,"荷兰人"在里面绞着抹布。天亮得越来越快了。"伽利略"哭起来。

从走廊那边,连队值班员的小桌子那儿响起了电话,之后是值班员的声音。他冲着话筒说,"明白,少校同志,遵命。"然后是,"两车水泥。是的,临时轮班。"值班员撂下听筒,说了句,"笨蛋。"

接着,他吼道:"起床了!"

值班员助手从厕所那边走过来。

"十九岁"没有从窗旁移开。或许,他在心里看到姑娘蹚着泥浆穿过高岭土矿、白色黏土和沙堆,走向农场,去取细软、证件、钱。他知道,这个夜晚改变了什么,这些再也不会像昨晚之前那样了。(到今夜和早上以前。)

他因凉意而发抖。他想到姑娘会有多么冷。他真想让她暖和起来。

"茨冈人"说:"在类似的情形下,谈到打群架,我的茨冈母亲讲过两只公鸡为争夺垃圾堆和五只母鸡互相打架的寓言故事。苍鹰飞来了,结果是,在冲突中获胜的公鸡,在战斗中失了利。垃圾堆连同母鸡都由被打败的公鸡占了去。"

"十九岁"的手疼。他忍耐着。他已经像孩子一样学会了克服疼痛。男人比疼痛更为顽强。他已经决定了:不去看医生。他会去找姑娘的——就算不是马上。

值班员在小桌旁接二连三地喊:"起床了!"

19

七点一刻,辅助技术营在稀薄的雨中从兵营大门列队出来,披挂着斗篷和雨帽,二十八个男人加上两个新手的兵力。这是个星期天。经过淅淅沥沥的一夜,在雾气沉沉的白日里,他们醒着也跟其他时候一样,注意力不怎么集中。大门口的哨兵们懒散地数着三十个男人。可恶的日历,里面的日子缺乏诱人的意义,对于辅助技术营而言,更是难以忍受。在这里,星期天已经不是星期天,一切都令人生厌。

上等兵等着他们在文件上打钩。哨兵们站在帐篷底下,免得被雨淋到。(这也是习以为常的事情。)他们在工地上等了两个钟头,装水泥的汽车才驶到面前。麻袋变潮了,一定是用了有窟窿的帆布,遮盖得很不好。这是九点一刻。下两个钟头他们一直在卸载和用帆布遮盖麻袋。

农场姑娘这段时间能走多远?工头比大兵们晚醒一小时,他撞见了大尉。看他骑自行车的样子,歪歪扭扭地,就知道大兵们又对他的车子做手脚了。

"空气新鲜得很哪,大尉先生,"工头说,"甭提了,他们已经跟下地狱差不离了。差不多每天的天气都坏透了。我的状态也是。"

他接下去说:"星期天哪。"

他又说:"他们必须在您来之前做完。"

像大多时候一样,工头不敢指责大尉来晚了。大尉用目光端量着自行车,他叫上等兵去工具棚说几句话。

大尉询问了他一会儿,"犹大"尽可能简短地作了回答。(他们听不到大尉都问了些什么。)他遣走上等兵,回到工地上。

他已经知道,姑娘喜欢马,关于她有个传闻,她骑着马从农场出发,不用马鞍,光着身子,只穿鞋。他对于马的了解,仅限于从祖母那里学到的东西。他觉着自己像是个摔折了腿的马倌。腿折了对马还有什么辙?他们为姑娘打架了吗?这不是他们第一次打架,但他们彼此之间还从未动过手。他瞥了一眼天空。乌云散开,终于不再下雨了。地面像是被洪水淹过。这么下雨的时候,总让人想到大洪水,大尉想。他看向"文身",他在回想他的几个马来词儿。他看向"牧师",看向"检察官"。他往烂泥里吐了口痰。

"这就是军队里的破烂事儿,大尉先生,"工头补充说,"他们没法对这辆自行车再搞什么破坏了,他们甚至都用榔头砸过。可能有人往车把手上扔了十来回铁锹吧。"

大尉仅用余光注意着工头。他看向"牧师",他的额头上有块肿起。这肿块还很新,被一道道淤伤包围着,处处透着靛青色。"检察官"浑身是肿块,伤得都有些丢人了。他的鼻子也肿着。"十九岁"一只手扎着绷带,他把铁锹拿在左手上,不让任何人察觉到。这么说必然是有过一场厮打了,大尉寻思。"牧师"也参加了吗?桦树枝松垂着。大雨甚至对树木都很无情。只有"山冈"毫发无损地平安度过了一夜漫长的暴风雨,上头依然顶着那块巨石。

"检察官"跛着左腿一瘸一拐地走,"兄弟俩"里的"哥哥"朝他的小腿踢了一脚。(真是奇怪,他踢到"十九岁"脸的右脚踝没有扭伤。)由于早上还很冷,所有人都努力用垂下来的棉帽掩饰他们身上挂的伤。

大尉留意到,"十九岁"手上甚至脸上黄绿色的抓伤开始化脓。狗场下半夜发生的事情,他还不知道。

"十九岁"把帽子向下拉到额头处,他把围巾绕着脖子包好,尽可能遮掩着自己。他的眼中有股狂热,瞳仁浑浊不清,瞳孔盈着泪。他比任何时候都更苍白。

"你们怎么了,看起来像经历过一场战役似的?"大尉问"十九岁"。

"昨天我摔在石头上了。""十九岁"回答。

"那您肯定是从'山冈'上摔下来的,从它顶上那块巨石上,"大尉说,"要不就一定是个超大的石头堆。除非您是跟伞兵们一块行动,不然我没法子相信您。"

随后,他说:"小伙子,要说就痛痛快快地说。我不会问您任何余外的,但我只有一次耐心。"

他绕着工地走,包括工具棚。他决定,放工之后带"十九岁"到病号室去。(他又一次想到,"十九岁"凝视的眼神像是笼中的猫。)或许"检察官"也是。"牧师"呢?他思量着"牧师"到底受了多少伤。(他还想到,伤痛都是很难发现的。)他们自己大概是不会去病号室的。他们都太紧绷了。大尉可以想象,夜里姑娘的在场对于他们来说应该是一个由头。他们跟农场姑娘发生了什么呢?是谁呢?所有人?要是谁敢在营队干出胡闹的事儿来,他一个都不会放过。他可以想象,要是所有男人全体向一个姑娘显示自己的男子气概会是何等情形。

大尉走过去跟"麦基克"攀谈,"你们夜里干吗了?"

上等兵偶然听到了,他抖了一下子。他突兀地俯身向钢条堆拎起一根钢条,也不知道要拿它做什么,他又把它放回去。"麦基克"倚着铁锹,"就像从星期六到星期天的大多数夜里一样,我在心里,在我维也纳母亲的起居室的大钢琴上演奏着弗朗兹·舒伯特的六小段曲子,这是他临死前谱成的曲子。我想念着我的父亲,这样就不必写信到地狱给他了,大尉同志。"

"您父亲的命运很有意思。"大尉说。

"是啊,我所有靠不住的亲戚们都坚信不疑。"

"死去的人已经不再不可靠了。或许他应该得到——我指您的父亲——更多的尊重。"

"为什么就不能给予活人更多的尊重呢,大尉同志?""麦基克"克制着声音,"他们的财产,他们的地位,他们的荣誉。棘手的问题似乎都没有得到平反。"他不愿意这话听来太过无礼。(大尉还没有这么愚蠢,没发觉他未得到答复。)他很高兴周日的轮班接连都没有什么麻烦。"我只是用左手的手指乱弹一气,大尉同志。"

"这是您为心灵所做的。您为身体做了什么呢?"

"在我这儿,心灵是第一位的。我引用圣奥古斯丁①的话:上帝啊,让我更完美一些吧。但是还没有。"

"这个还没我懂,"大尉说,"为了捣乱你们无所不用其极。"

然后,大尉转向"十九岁":"我可以问问您吗?"

"一如既往。""十九岁"回答。他的声音里有种紧张。他等着,大尉会继续问他什么。

"老兄啊,您就不怕血液中毒吗?"

"我已经在洗漱间处理过了。"

"但愿伤势不比看起来更糟。看起来状况可不怎么样啊,"大尉得出结论,"我很愿意知道,你们脑袋里到底在忙活什么。"

"兄弟俩"里的"哥哥"绕过工头。

"每个女孩都有那么一点贱,""兄弟俩"的"哥哥"对"弟弟"说,"她会见机行事。即使有时候她为了能证明些什么,在及时逃脱之前宁愿被刺上一下。这是很久以前就开始,并且可能永远也不会结束的战争。"

虽然"兄弟俩"没有说出一个这样的词儿,话里还是让人听出了刀子和血。每个女人——按照"兄弟俩"的看法——应得的是什么呢?

大尉听到了这些话,在他面前关于农场姑娘谁也没有多说

---

① 圣奥古斯丁(公元354—430),古罗马帝国时期基督教思想家,欧洲中世纪基督教神学、教父哲学的重要代表人物。在罗马天主教系统,他被封为圣人和圣师,他的《忏悔录》被称为西方历史上第一部自传,至今仍被传诵。

过什么。

工头抱怨道:"在这儿,我这辈子恐怕是等不到横梁了。"

大尉考虑着每个人的声音里所夹杂的苦恼。

"你们不必为了钢条赶工。"大尉对"十九岁"说。

"遵命。""十九岁"说。

大尉假装没注意到上等兵的坐立不安。有什么话是他没说而应该说出来的吗?他们全都没有血色,包括上等兵在内,好像他们是经常通宵纵饮作乐、打架滋事的大兵。

他们开始忙活铺设电力交换机的地沟。十二点,军区的工程师和建筑师开车过来了。在路上,他们轮胎被扎了,一个个气恼非常,饥肠辘辘。他们打听在哪儿供应午饭。一个军事工程师,高个子的军官带领着他们。他对于他所知道的事情只讲了千分之一,每一只眼睛都盯着他瞧。大尉没有打探消息。(高个子军官根本不会说他不需要说的事儿。他只要完成任务即可,不会比必要的话多说一个字。)他已经提前强调,对于已经做完的事情,最好是尽快置之脑后。每一件小事都隐藏着军队的战略目标,这与其他五国的军队有关,领头的是最大国,数以百万的军队。经过十分钟的检查之后,他们开走去吃午饭。指挥部的建设工程已经提前落实好了。大尉习惯了革命反复无常的诡秘的脸,人们在革命中丧失了名字、声音和脑袋。

秃鹰在极高的地方滑翔而过。大尉努力根据设计图想象瞭望塔系统,塔中心将成为指挥部,边境成股的铁丝和电力设备会为指挥部提供支持。他知道,这些造价极高的设备还涉及安装,这项行动不仅仅受布拉格管理。这是一道抵挡暴风的巨大堡垒,正如我们所有人期待的那样,还是不要的好,大尉想。这是一块充斥着桦树和高岭土、白色泥浆和白色山冈的白色地域。

余下的工作时间,他是在河边度过的,望着"山冈"。他看着水如何漂流,一夜大雨过后,河水浑浊,卷走了大量肥沃的泥土。河水是土褐色的,不时泛起淡棕色,就像比较淡的咖啡。

他在想大兵们夜里的冒险活动和农场姑娘。他们给她唱过《美丽的梅瑞狄斯》,那是自然的,这一点他不需要上等兵汇报。

他看向涨起的河水。他想象着海,某个遥远的大洋,瓜达康纳尔岛。他必须承认,从《美丽的梅瑞狄斯》这首歌里他读出一种真实的忧伤,这是幸存者们在遇难者身后所感受到的。

他又一次想到自己的妻子。一切事情总是以某种方式让大尉想到妻子卡特琳娜。他们最后一次见面时,连他也觉得,有什么不对了。他们之间缺少了些什么,已经无法挽回了。他离开时,她的眼中是痛苦还是宽慰?(如果有孩子,好几个孩子,会不一样吗?)我早就必须走了,他对她说。她用目光与他对话:是不是因为我们之间已经不合拍了,还是即使我像开始一样爱你,你却还要离开?或许,他静默地回答她。我没有这种念头,你怎么能看出我有呢?这真让我烦恼,他对妻子说。让我走吧。她对此回答说,你让我走吧。她哭了。她感到卑微、失望、受了欺骗。她所想象的是另一回事。爱情在刚开始的时候如同两个孩子的游戏,他们在一切方面都是互相迁就的。可到后来,当两个人都已心智成熟,孩子与游戏,看起来,这从来就不是一个纯粹的游戏,而是游戏的幻觉或仅仅是铤而走险的游戏吗?每一段爱情在烟消云散之前,最终都让人痛苦吗?为什么?是谁的过错?在晋升时,他经常把机会让给年轻人和能力不足的人,这才轮到他。究竟是什么,是什么对他来说无关紧要?她吗?他只能问为什么。她责备他爱死气沉沉的事物胜过活着的。还是应该这么考虑,她像大兵们一样被某些东西所驱使吗?梦或欲望怎么可以只有在被迫的情况下才得以实现？

"十九岁"直到午饭后才消失不见，上等兵到河边找大尉报告这件事。"猴猴"和"茨冈人"、"黎高－黎高"、"文身"一起，用卡车转移工具棚。

他们有二十五分钟的时间吃午饭。重型车运来了热气腾腾的食物，因为是周末，厨师和助手只需开车到辅助技术营。

大尉大概有十分钟没有问任何人任何事。他不必会占卜，就能将"十九岁"的失踪与农场姑娘联系在一起。他有自己的情报。眼下，除了让妻子单独思考，他也让大兵们自己解决。

大尉已经从士兵瓦茨拉夫·都拜克那里得知了一切，这个人不惜任何代价要得到准假，因为六周前，他的孩子出生了，而他还没有亲眼见过呢。他向大尉报告了寝室里发生过的事情。姑娘到这儿来了几回，她让自己跟所有人轮流接触。或者有时候，几乎跟所有人。一道闪电划过大尉的脑际，他在想他向妻子吐露心事，存在这样的女孩时，她都询问了什么，而妻子讲，这是不可能的，这种事情任何女孩或女人都不会做。尽管她母亲认识一个为了钱会这么做的女孩。大兵们并不找麻烦，反而很好相处，那女孩行事独特，他们之间有什么区别吗？她是他所寻找的处于边缘地位的女孩吗？即便没有直接的危险，在心理和精神压力之下，她会通过所做的事情寻觅一种逃遁吗？这名士兵说的已经足够多了，谁得到了她，等等之类的。当有人想了断时，或许他并不直接结束生命，而是结束自己的道德根基，在终结之前，或者以此来了断之前，他会把他想做的事，令他不舒服或难以承受的事一一做完，这是一种精神自绝吗？要不然就是她用酒精，甚或其他的法子来增添勇气？她忍受着发生在她身上的事情，是因为她如此绝望地需要什么？妻子评判说，这种女孩,能做出这样的事,还连续做了好几次,真是死有余辜。妻子没有说这是否是一桩丑闻或堕落的事情。大概女人对此会比较困惑吧。那大兵们呢?他们毕竟不是与世隔绝的单位。他们常去附近村子的酒馆。女孩这么做是出于什么心理?她想激励大兵们吗?她像女孩子和女人们施舍男人一样,在施舍他们吗?大尉认为,这站不住脚。事实证明是相反的。他闪电般快速思索着这件事。他有和这个士兵不一样的猜测。然而,这样的思绪一闪而过,她可能是要报复某个人,某个辜负、欺骗并抛弃了她的人。他们中的一个,或者是三个人,说不准还有更多因由。她只要不忠实不就足够了吗?女孩只是想寻找一个伴侣,而并非要他当逃兵吗?直到这一刻,她才让自己完全从状况中脱身而出?要是大兵和女孩的事件不仅仅是他和女孩的问题,甚至成了大尉、军队的问题,那该怎么办?

是上级的夸大其词吗?不,他否定了这个说法。他知道白天的命令是什么。他的观念保守吗?是女孩选择了小伙子,还是与此相反?

大尉从士兵瓦茨拉夫·都拜克口里得知,情况刚好相反。这个战士在等着自己的酬劳——奖励,好去看一眼他刚出生的小儿子。大尉读过随军流动的妇女资料,她们曾经执行的不仅仅是救援和看护任务。在中世纪的军队,有时候她们也不仅仅是护理人员。她们所满足的需求,或许还有生理方面的,但也有心理层面的。他为了寻觅年轻女孩存在的意义,偏离了正确的方向吗?他所回避的恐惧?这种认识上的偏差是危险的,只对姑娘有益?

寻觅?自信?在某个方向上的确信?尝试?可以回绝或予以利用的可能性?确信,无把握?谁都看不透,连那女孩都看不透的女性心理？大尉已经到了穷途末路，放弃为这件事而伤脑筋了。这个状况让他头痛。

　　大尉知道，对于大兵，或许对于许多男人来说，女人只要对他嫣然一笑，让他从中看到邀请就足够了。

　　肯定有哪些女孩知道这件事。他跟大兵们在酒馆里一块坐过几回。邀请中的微笑在变化，引诱中的邀请，行动中的引诱。

　　现在，大尉没有时间琢磨这件事了。

　　他派上等兵回营队。他骨子里知道，发生了什么非同寻常的事情，这件事——幸或不幸地——没有什么可比性，除非就老指挥员——少校的麻烦而言。这是一个他可以把一切尽收眼底，以表现自己才干的机会吗？他认真思考，要采取什么措施，才能得到处理此事的命令，或者让指挥员们责成其他什么人来料理这件事。

　　在大兵们回兵营休息之前，他们必须等着第二次卸车。他听到"麦基克"在对"文身"和"牧师"说："这就好比孔雀对鹰的妒忌，猫、狗、笨蛋对聪明人，以及不幸的人对幸福的人的嫌恶。更不用说不自由的人对自由者的妒忌了。因此他们大吼——并且相信——他们不需要任何资产阶级的自由。当然，想要奴役你的人，会想出一箩筐的借口，这样你就必须为他服务。自由作为可以辨认出来的必需品，只是其中之一。你可以容忍片刻，但你没有必要相信这些说辞。就算他们郑重声明不自由的暂时性，他们在心里是想永久如此的。当他们说这是星期天时，就算是星期天我也不相信他们，那不过刚好是星期天罢了。"

　　铁锹和鹤嘴锄叮叮当当的声响清晰可闻。他们在按照工头的指示工作，在他们身上，还真挑不出一丁点儿毛病。

　　"谁也不可以命令我应该有什么感受，""茨冈人"说，"就连弗洛伊德先生也不行。任何死人都不会也不可以命令我做任何事，从来就没发生过。他们必得对我……"

大尉看了看手表，在第二趟卸车到达以前，已经浪费了多少时间。在这儿没什么可探听的了。

正如他所想，他嗅出跟"十九岁"所发现的一样的陷阱。他越向他们施压，他们就越令他觉得糊涂。他越扭紧他们的脖子，他们对这件事说得就越少。压迫既没有帮助他自己，也没有帮上他们。他期望，他们可以将想法向他挑明，他甚至也可以对他们表明想法。他还没有下决心做什么，头就痛起来。他扫了一眼大兵们。他们到底在想些什么？感受到什么？他们从不会对他说这些。他被打发给了上等兵，这与老指挥员只能靠匿名和具名的告发获取信息如出一辙。他对他们而言是局外人，就像他们对他而言是局外人一样吗？

"集合，"上等兵按照大尉的示意下命令，"你们不会没听见我的话吧？所有人。"

"你喊得这么好听，谁能听不见你呢。""歌手"说。

响起了一阵鹤嘴锄、铁锹和放下工具的放肆的叮叮当当声。钢件在太阳下闪着光，铲子尖钝掉了。

大尉琢磨着"十九岁"，他抑制住这种想法，这也是——除此之外——一项证据，证明还存在无私的或具有牺牲精神的爱。爱情，人可以为了它将一切视为儿戏——自己的过去和将来，自己唯一的现在。这是他到如今自己都不能了解的事情。"十九岁"出于一些原因失控了，这原因部分很纯粹，可同时也已经不那么清白了。为什么爱情之路只能通往不幸？他被自己的想法吓着了。人可以承受多少梦想，如果不当逃兵，无梦的日子又会存在多久呢？他觉得心里堵得慌。营队里的人把基本的事物看成是另一回事。是"十九岁"邀请姑娘到自己的世界,还是农场姑娘邀请他呢?他们共同梦想着某个属于自己的世界吗?他还没有迈出一步,就再次感到了疲倦。

只有"索姆拉克"和从射击手那边来的两个新兵没察觉到发生了什么。"索姆拉克"的眼睛和嘴角有白色的污垢。两个新兵问他,是不是有时候也洗洗自己。

在兵营里,辅助技术营的男人们列队站到木屋前。

大尉观察着一张张面孔。他在寻找反抗、冷淡、无动于衷的表情。他们不再盼望有更好的前程吗?他们指望时间?指望自己?指望什么人?他们认为他在逼迫他们吗?惩罚不是问题所在,更不是解决的方法。这是有规定的。革命处于战争状态的水准上。战争期间,当逃兵应该得到一颗子弹作为惩罚。他可以与军团、部门或军区——任何一层上级——就自己应受的更大惩罚进行理论。规定站在他这一边。它犹如牢不可破的绳索一般羁绊着他。平日里,已经发生过反对大兵们长期受罚的事情。他尽量避免这么做。惩罚是欺诈者、盗贼、谋杀犯应得的。他知道,他将必须使用自己有限得如同义务一般的权力,最起码也因为他自己不能坐等着受到诋毁。(他想象得出小牢房是什么样子,那里有在石头上凿出来的坐式厕所,还有让空气进入牢房的小孔。)

他像每个星期天一样,穿着休闲时的制服。幸亏这套制服掩饰了他作决定的心神不定、管理的犹豫不决。他想起母亲靠打来惩戒他。他从未原谅过她做的这件事。大兵们强加给他一种他并不适合的行事频率。他已经将士兵未经许可擅自离开这件事报告给军团了。军团毫不拖延地将开小差事件继续上报。他知道,这会一直报到上面去的。蜡烛两头烧。没有什么会像这种罕见的事件一样让人担忧了。

营队的士兵们将大尉的沉默解释为一种威胁。他的胸脯上挂着双筒望远镜。大尉背后是狗场、厨房、电话总机。

"你们有什么人想对我说点什么吗?"大尉终于问道,"你们知道发生了什么事,情况有多么严重,我们必须面对最重要的决定了。"

"我说。"上等兵的声音响起来。

"您说吧。"大尉说。

"很久以前我就已经不属于这里了,大尉同志。"

"请您归队,郝鲁勃!"大尉斩断了他的话,而上等兵也没有坚持。

"我要求,大尉同志,请允许我来说两句吧。""麦基克"说。

"请您继续说。"

"我还没有加入营队以前,就遭遇过这种棘手的情况,那时我在甜菜工作队。天下着雨,那里除了我们、几个女人和茨冈人以外,一个人也没有。我们到一个教堂躲雨,全都湿透了。教堂的窗户破了,地板上有干枯的柳树和桦树细枝。那个会弹奏风琴的大兵有个绰号,叫'奈鲍慕克的扬伯爵'。他走到风琴台,开始演奏《海之歌》。圣坛后面,两个无宗教信仰的大兵在撒尿。'奈鲍慕克的扬伯爵'停下弹曲子,从风琴旁站起身,跪到那两位撒过尿的水池里,哭起来。他被判了二十五年。他上吊了。他们把他抱下来,维持了对他的处罚。"

"您别跟我耍花招。"大尉说。

"您号召我们,谁想跟您说点什么就站出来,""麦基克"接着说,"他母亲给我写过信,大尉同志。她什么也解释不了。他在辅助技术营,是因为他们在他那儿找到了宗教歌曲和被拆了的手枪。他们在特赦时释放了他。他变回老百姓,跟母亲一起生活。他叫约瑟夫·格拉奥。一天早晨,那时他母亲以为他已经从这件事中解脱出来,他醒过来,从窗子跳出去。他们住四楼,位于马克思和恩格斯湖滨路。他可以思考他们之间不成文的协定是什么。可这是怎么回事,他们怎么不允许他思考呢?他本该在六月的这个周四结婚的。他有一个离过婚、带着孩子的新娘。"

"您为什么对我说这个?好像您不知道我想听什么似的。"

"因为在人群中有种压抑不了的激情。有时候激情会煽动起行动,另一些时候行动煽动起激情。它强行穿过表面现象,在精神上压垮一个人。"

"我们打架了,""检察官"说,"是因为一个女人。"

大尉发觉了大兵们脸上和眼睛里的不安。粗鲁的态度令恐惧变成了脆弱。大兵们的神情各不相同,蔑视、傲慢、狡猾和机智。这是对于自由最粗鄙的渴望表情吗?这里的一切,包括他,都在逃避什么?他可以思考他们之间不成文的协定是什么。但这是怎么回事,他们怎么不允许他思考呢?他椭圆形的脸上有着一位殉道者的表情。他与他们的世界是两个环绕着一个太阳旋转的行星,它们彼此分隔,也无望偶尔会相交。大概他也不愿为了他们——无视一切——这不是最好吗?

"我在听。"他说,他在想其他一些事,但同时他也在听。

"我从栅栏的洞里把她接了进来。""检察官"补充说。

"没有任何人帮您吗?您是自己主动邀请她的?"

"是我,大尉同志。"

"在栅栏上有老大的洞哪。""茨冈人"呜噜着。

"那是在星期六晚上。""黎高-黎高"说。

大尉意识到,他离调查出实情还远着呢。

"兄弟俩"中的"哥哥"说:"您可以问遍所有带军衔的,大尉同志,他们没派任何人修理栅栏上的洞。"

"你们也能把这怪在栅栏的洞上?你们不会埋怨那一夜月亮上有黑影吧?"

"那可是跟横梁一样旷日持久的事儿啊,""弟弟"来给兄弟帮腔,"我尽监督小队的职责给总部打了五次电话,说栅栏塌了,还说过那儿有不少大洞。"

"麦基克"说:"我爸爸的德国老师尼采认为,人类性行为的等级或种类可以达到胆量或精神最极端、最原始的顶峰——在善与恶之外。"(他不确定他引用得是否准确。他要说的只是,某种方式的性与死纠结在一起。挫败仅仅表现为胜利。)

"你们别跟我玩游戏了,"大尉说,"别一遍又一遍地测试我的耐性。"

回答他的是一片寂静。二十双眼睛在说:我们没什么可失去的。谁也不能强迫任何人做任何事。您就接受吧,压根就没什么事儿。他看着他们的制服、鞋子,然后,目光滑向自己的鞋子。老指挥员——少校——不是说过,跟这种没什么可失去的人打交道最糟糕吗?对他们而言,这是场足球——他们看起来就像联盟——这是一切的出路。谁进球,为谁进,对抗谁。这对他们来说包含着"伟大的问题"。斯巴达对斯拉夫的进球,对于他们来说可以上升到民族的高度。进球的球员们是人类的救世主。当斯拉夫进攻时,是捷克民族在进攻。

"你们没有胆量吗?"大尉问,"这儿有没有人跟我说说到底是怎么回事?"

"我知道什么是胆量,大尉同志,""麦基克"说,"我想到一个从西班牙内战回来的将军。他拒绝承认他没有做过的事。他们让他站到做小教堂用的公寓楼墙角里,那个小教堂里的圣像已经被人给撬走了。据说他们往他身上泼冰水。他拒不相信他应该承认,即使这是一个服务于更高目标的谎言。他不相信从谎言中可以产生真相或益处。他说他宁愿冻死,就让他们继续泼他吧。他没有证明自己什么新的德行,但他活下来了。那些虽然什么都没做但认了罪的人,被绞死了。"余下的话"麦基克"已经不必再讲,就可以让大尉推断他是站在哪一边了。他知道,他是不会跟大尉攀谈这件事的。同样,如果大尉处于这种情况下,也不会对他们讲。

"她是最低级的妓女。"上等兵说,以便引出大尉在等着的答复。

一片沉寂。大尉在原地踏步。他们开始向他报告说,有人(嫌疑指向他们营队里的人)在夜里杀死了一条狗。

"他跟她在一起时还是童男子呢。""茨冈人"说。

过了一会儿,"文身"试着说:"这是个过失,就算是最好的部队,如果他们很长时间没有外出,一直没有女人的话,也会发生这种事的。"

"他大概是头脑不清楚。""黎高-黎高"谈到了"十九岁"。

"头脑不清楚——这是什么意思?"大尉想了解。

"麦基克"试着做出回答,这个答复让大尉觉得真是啰里八嗦,离题甚远。

"在新工地,他到附近的泉眼打水,那里立着个圣布拉冉伊①的巴洛克式雕像。当他带着满满一瓶子水回来时,他说他

---

① 圣布拉冉伊(?—316),天主教圣徒、殉道者。

很忧愁,还哭了。他威胁说,要是他得不到准假,就用鹤嘴锄把手凿穿。他还从没有恋爱过。"他补充说,"我在夏天时就已经注意到了,那时候天气很好,鸟儿们,要不就只有一只鸟,鸣唱着,他的眼睛湿润了,哭起来。然后,他抬头看,他长于观察,像雀鹰一样冷酷。他就跟这里的小'伽利略'——诺瓦克列兵一样。"

"牧师"向前跨出半步,用他好看的蓝色眼睛盯牢大尉,露出自己乱七八糟的牙齿。

"如果某个人只是因为过去的一件事被责难,他会变得麻木。等他变得既麻木又冷漠,他就不相信有什么未来了。"

大尉和"牧师"的眼神相碰了一下。"嗯。"大尉闷声闷气地咕哝一声。

他可以打赌,就连那些最直截了当的人对这件事也没有怎么松动口风。他忽然明白了,恳求他们的参与不会有尊严,更不用提奏效了。他的火更大了,也生自己的气。他也有自己对尊严、胜利或失败的观念。他对于尊严的感受了解较少。在这件事上,他对他们进行了与"十九岁"为他准备的一样的测验。这总是某一种测验,他想。这不仅仅是对胆量或者一切可能的品行的测验。犹如在狭窄的巷子里奔跑。好吧,就让他们原形毕露吧。

"猴猴"将身体的重量从一条腿移到另一条腿上。他即便站着,也像走路一样,让人联想到黑猩猩。他的腿有点弯。要是他想休息一下,他能用一条腿站着跟其他人用两条腿站着的时间一样长。他的面孔和皮肤即使四十八小时不睡觉,也是活灵活现的。大尉观察到他脸上的麻子。他的嘴角,总是近乎要微笑的样子。好吧,你们不会笑作一团的,正如我也不会,他在心里说。接着,他大声说:"你们不觉得有任何集体责任吗?对我来说——有时候——你们哪怕至少表现得像冰球队的就足够了。我为人人并且——你们知道我想说什么。"

"我们每一个人能说的只有：我是我所是的样子，我是我所是的人。""牧师"说。他宽阔的嘴角耷拉着，皱纹像被下斜的臼齿和猎刀刻出的深沟，额头如石头一般平坦。

当然，大尉想，我也可以这么说。他充满怀疑、观望地看着他们。他在他们的脸上寻找罪责吗？他们看得出来，他呼吸得更激动了，因为他的鼻孔扩张开来。他同时流露出一个已经得出结论的人坦率、厌烦和确信的目光。他大声说："我可不期望玩什么侦探事务所的游戏。但如果你们愿意……要是你们不以其他方式透露消息的话……"

"我只知道一个叫'骑手'还是'牝马'的女孩，大尉同志，""茨冈人"说，"大家都对狗的事情一无所知。至少我对狗的事儿没听到只言片语。狗对我也没有像对'十九岁'那么喜欢。它们甚至都不冲他吠叫。（我可以从容不迫地吃狗。这是家族传统。狗凭着自卫的本能，在两百米以外就不敢接近我爸爸了。）他跟狗有着常人所没有的友谊。"

"把一切开诚布公吧。"大尉提出。这听起来并没有什么说服力。他想说的是，他忍受不了谎言或是他们时不时地装疯卖傻。正直的人不扯谎，他应该让他们把这句话贴在鼻子上吗？他们会问他谁是正直的人。他们至少可以把他从他们嘲弄的人的名单里删掉吧？大概他们并不认为他与少校以及营队的第一任指挥员有多大分别。这并不取决于他如何对待他们，他有什么样的想法。

"如果不是所有的人都自由，那就没有人是自由的，""牧师"说，"自由超越了国家、河流和群山的界限。"

"牧师"说的话像所有话一样带有模棱两可的含义,大尉想。"牧师"全身都是淤伤。这让大尉都懒得去问,他是怎么搞得这么多淤伤的。全部人已经都装出一副被判死刑的囚徒模样。他不理解,为什么他们想和他玩鹦鹉学舌的把戏?他们不想了解他吗?他们果真每一个都处于阶级边界或某个看不见的边界的不同终端吗?他们知道或预感到一切会朝什么方向发展吗?他们——大尉以及他们——会走入什么?也许,社会主义社会带给他们的比他们想要的或可以给予的更多?他们在拿怎样的罗盘用作指引,才能无痛地作出抉择,可以参与什么、规避什么呢?

"你们一直想讲一些其他的事情。"大尉说。每个人都想一口气说出自己的想法,他想,"我有时间。"他没有。

"你们让我恶心。"他说。

是否他们在一起时,也会得到一些他们自己从未对任何人提供的消息呢?他告诫自己,不要把他们看成一张面具,没有面孔的人。他用目光扫了他们一眼,每一个人的脸上都写着没有被文件捕捉到的命运,同时每一个人的脸都出现在具有不可变更效力的标准化鉴定、图章、评语旁边。他可以给每一张面孔安上一套制服和武器,想象它在正规军事证件照片上的样子。他了解他们。他了解他们吗?

他并没有他所表现出来的有那么多时间。

实际上,他们拥有更多时间。他们没有什么可失去的。他们拥有世界上的一切时间。他们有着与他的思考所不同的逻辑。也许他们属于另一个人种?他们永远也不能互相理解吗?

"我倾听过你们的话,"他说,"现在你们来听我说。我的决定是:如果他在晚上之前回来,就不会视为擅离职守。作为违反风纪,这件事会记在日常管理簿上。我不会把这事向上面报告。

反之,我就既不会偏袒他,也不会偏袒你们了。(大尉知道,他在自己的声明中只有第二部分或最后一部分没有说谎。事情不会自行裁决。擅离军事区可不像什么人倒腾长筒靴、子弹或防毒面具那码子事。)我希望,我们可以相互理解。"(他想到自己的切身体会,猛地恍然大悟,他会像营队里的前任们一样被换掉的。他可以说得十全十美,他可以想下达多少命令就下达多少命令,他可以提出比兵营上方的星星更多的疑问,但是顶什么用?什么用都没有。)

他注视着营队,然而一张张面孔在他的感觉中已经不那么扎眼了。两个新兵:宾奈茨和巴伊格尔特、被他们唤作"童花头"的新手、"兄弟俩"、"歌手"、"伽利略"。他是从哪儿得了这个绰号?是什么让一切偏偏为他们而旋转,就像地球绕着太阳,而不是太阳绕着地球转?他已经下过几次决心,要与少数士兵谈一谈。但他从未达成过。

狗在笼子里吠叫着。(少了一只,大尉想。)天空澄净,没有一丝乌云的影子。他可以不靠自己的才智来猜测发生了什么事,他会得出更有意义的结论。他已经不能放慢或加快速度了。这会儿,"十九岁"大概在哪儿呢?他可以打电话问问,姑娘是不是在农场。谁知道明天会怎么样呢?

大尉漫不经心地凝视着兵营上空盘旋的苍鹰。在这个高度下,它看起来并不像一只猛禽。(不过,在下方的某个地方有诱捕的圈套在等着它。)大尉看了看表,四点了。他还没有宣布解散。

被他们外号叫做"童花头"的新手吓了他一跳。"你们在对他做什么?"他问。

"黎高—黎高"看向水洼,"在给他举办婚礼。"

"解散。"大尉命令道。

"我们为人民服务。"缺了一个男人的营队大声吼着。

20

匆匆忙忙去军团开过会,打电话通知了部门,二十分钟以后,大尉动身到荒凉的村子里。他已经知道姑娘不在农场。她把自己的东西放在原处,只带了最需要的东西。(她带走的是妈妈留下的戒指,正如主席已经知道的那样。)夏天绿色的荒野为秋天的烂泥留出了地方。大尉开着自己的加济克,搜寻了大约五个村子,即使在那些被枪炮破坏得最严重的村子里,他也没有下车。"十九岁"已经到达河边了?他们在另一边瞄准姑娘了?他但愿还不至于下达开枪的指令,但他不愿意说谎。他不知道。大部分人对于自己要么一无所知,要么知之甚少,再不就是他们所了解的歪曲了事实。他依赖自己的第六感来猜测,"十九岁"都做了什么事。姑娘令这件事复杂化了。他可以想象,她唤醒了大兵心中怎样的奇迹。(他凭自己的经验知道,人可以感受到并不存在的东西。)

大尉预感到,他想排除的,是姑娘这条线索。然而调查逃逸的动机,关键在于能否抓住逃犯。这样一来,事件就由其他人来接手了。他害怕这些在他心里不断回荡的想法:如果他不得不开枪杀死"十九岁"怎么办?他们一样会判"十九岁"的罪,他可以用这样的辩解让自己平静下来吗?

他的脖子和后腰脊淌着汗。他瞟一眼汽油表,油箱空了一半。他回到兵营。他把车子停在带官方指令的军事加油站旁边,想检查一下机油和轮胎。然后,他走进小队寝室,这样他就不必让他们不断列队了。

"我没有改变立场,"他说,"我们在吹归营号之前还有时间。我要随身带着狗。"他瞥了一眼"牧师"和"麦基克","你们两个跟我走。拉德旺斯基—哈巴尔特和诺瓦克。"

"作为诱饵,还是人质?""牧师"问。

"这是命令。你们跟我走就是了。"

他注意到被打坏的指示灯。"值班员,我回来之前,把这个修好。"在办公室里,大尉穿上他进入营队时穿的长长的雨衣。他挺直身子,把腰带收紧。他手掌的动作表明,衣服很合身。他把信号枪放到右兜里,左兜里放上毛瑟枪。对武器的碰触让他产生一种无法挽回感,这感觉仅与他性格中的一个层面相一致。第一次的碰触令他惊慌,第二次这种感觉逐渐消散,第三次他焦躁起来。尽管他不害怕,他并不向往权力感。

透过门,他听到"茨冈人"在说话。他说:"他在穿戴些什么,但这会不会是个婚礼,对此我可不会押上葬礼上的狗。(他所指的狗,是在葬礼宴席上被他们吃掉的狗吗?)他的手掌里没有好纹路。我没读出他有一个孩子,只有权力和怒火。野猫般的眼睛。这已经是谁也无法为他抹掉的了。"

"'十九岁'大概是想靠狗的脂肪来增强体质,所以杀死了它,""猴猴"说,"以前狗肉也是我的菜。"

"至少他们过了婚礼这一关了。我们也是。""茨冈人"插话说。

大尉出现在门口。他向"茨冈人"做了个手势:"您也跟我们走。"或许是为了不让大尉把他带走,小"伽利略"眼眶里几乎都含着泪了。

于是他们鱼贯而出,大尉和"麦基克","牧师"和"茨冈人",

绕过值班员的桌子,值班员正往车间打电话,让他们来修理寝室的指示灯。

大尉在狗笼前停了停。他带了两条狗。他让它们闻了闻"十九岁"的大衣和被子。或许它们能找到蛛丝马迹。大尉给每条狗配备了一个驯犬员。驯犬员们带着装有实弹的冲锋枪。

"牧师"和"麦基克"在大尉身后一步之遥的地方走着,"茨冈人"在他们后面约十步远的地方逛荡着,像在散步一般。大尉不得不叫了他好几遍,好让他快点。

"麦基克"转向"牧师","一九〇四年,正如我爸爸给我讲的那样,柏柏尔①酋长赖苏利在摩洛哥俘虏了美国人珀迪卡里斯。美国总统给摩洛哥的苏丹发电报:珀迪卡里斯要活着,否则赖苏利即死。②口信很明白,要么是活着的美国人,要么是赖苏利的尸首。没有其他选择。就像我爸爸说的,从来别忽视时光,我可以从历史中得到启发。"

大尉转过来时,他闭紧了嘴巴。"牧师"也已经没有时间评论什么了。

大尉指向"山冈"的侧面。他给驯犬员下达命令,让他们保持在他们后面不小于三十米、不超过六十米的距离。他们从"山冈"比较陡峭的一面登上去。又过了二十分钟,他们出现在巨石附近较高的平地上,他们从没有到过的地方。这里什么也没有,这并没有令"茨冈人"失望,同样也没有让"牧师"失望,却让"麦

---

① 北非穆斯林民族集团,属欧罗巴人种地中海类型。柏柏尔人讲柏柏尔语,属闪含语系柏柏尔语族,主要分布在摩洛哥、阿尔及利亚、利比亚、马里等国家和地区。
② 此为实事,史称"珀迪卡里斯事件"。珀迪卡里斯为希腊裔美国侨民,当时美国总统罗斯福正在筹备重新竞选,他利用政治资金将珀迪卡里斯赎出。

基克"很扫兴。神话的色彩变淡了,传奇成了空洞的泡影。他们可以将这个地区各个方向的景致尽收眼底。他们俯视着农场、哨兵在前面走来走去的临时军火供应站的建筑、高岭土的白色矿层、兵营和工地、带脚手架和绳索的坑洞、矿渣堆和桦树林。浸满水的浅浅的矿坑,如同非洲某地被水淹没的牧场,上面冒出白色沙砾的小岛、土堆。

狗在他们后面咆哮了几回,时不时地吠叫着,又安静下来,不耐烦地被长长的带子拽着。大尉好几次踢到石头上。石头往下滚,但后面没有造成任何塌落。在斜坡上面躺着几块木头,像木筏一样被藤条拧成的绳索捆绑在一起,已经腐烂了。水的细流淌过木头间。这种像是某个诺亚方舟,用纤维捆扎在一起的木桩是从哪儿来的?在这里多久了?

大尉把双筒望远镜放到眼前,从"山冈"的峰顶向四面看。他用眼角看到了自己人。"山冈"让他失望了。这是座泥泞的小山,不值得任何人来给它命名。"麦基克"环顾着风景。就连他的眼睛里也没有闪现出热情。他观察着兵营、工地、白色的高岭土矿。唯独"茨冈人"像是在一个他从来没有到过,但经常期待能到的地方一般四下张望。(他像是在搜寻可以拿走什么东西的人一样在看。"麦基克"明白他。)"牧师"吸口气,仿佛低地下面的空气不足似的。所有的人都在想,当他们往这里看,谁知道这里什么都没有呢。这里只有经受过上百万年之久的雨水和同样年头干燥的阳光洗礼的光滑巨石。

当大尉背冲着"茨冈人"和"牧师"时,他们和"麦基克"交换一下眼神。他们俩已经预先知道会发生什么事吗?他们不愿参与到这件事中来。这是大尉的事情,就让他在十年或五十年之后,用自己未来的良心来自我审视吧。

"牧师"已经可以提前想象出这件事会如何了结,他只是不知道会是何时。他无法想象违背他的本性,违反一个人的意志的一切事的名单会有多长。悲伤和固执交替着从他的神色中流露出来,他看起来让人琢磨不透。这时候,大尉向他转过身来。
　　"开小差就是开小差,"他说,"这是世界上任何一支军队都无法容忍的罪行。"
　　"您想毁了多少人?""牧师"问。
　　"我谁也不想毁,更不用说我自己。"大尉回答。
　　他凝视着秋天的桦树林,它们变了颜色。驯犬员在"山冈"峰顶下面牵着狗。有时候,一两只动物会叫上几声。
　　"茨冈人"插话道:"我读到过,澳大利亚当地人没用地图,发现了一条穿越整个大陆的路。他们的脑子里有地图,那是从祖先们那里传下来,并为自己还没出世的孩子们保留着的。他们甚至熟悉他们还从没有去过的地带的山岩、石头和沙砾的名字。他们认路是靠眼睛,作出估量,用耳朵,听声音。他们凭借在其他地方人们已经遗忘的本能活着。他们是动物。他们不用词语进行交谈。并不是因为他们不会,他们不需要。"
　　"茨冈人"希望他们找不到"十九岁"。这已经是出于历险的心理。就让他带着自己喜欢裸露又聒噪的情人,走得离这里越远越好,生上几打孩子吧。既然在农场他们给她的比她所应得的要少那么多,她为什么不随心所欲地骑马呢?她会用她没经历过的旅行来补偿自己。他们可能会闲荡几天,几个星期。对他来说,他并不在乎惩罚。至少已经没有人会打掉他的四颗前牙了。他们不必像大尉想要的那样进行猜测。照顾好自己吧。任何一个处在他位置上的军官都会做出同样的事情,或许还做得更坚决呢。大尉可能已经决定他们要往哪个方向走了。他们往下走去。驯犬员再次保持在他们后面接近三十米的地方。

　　大尉尽力猜测，如果他处在"十九岁"的位置上会做什么。他越深入地思索这件事，"十九岁"就越发成为他的敌人。逃兵。他不仅仅是他军官生涯的敌人，国家的敌人，他良好意图的敌人，一切大尉想要通过自己的工作和职务来帮助的人的敌人。他在与这个国家为之存在、为之致力的一切作对，这是大尉认真期望接受的一切，在大尉看来，这超越了个人利益、个人伟大或渺小的事物。

　　他听见狗在自己的身后叫。它们已经发现踪迹了？他拒绝承认一切像河流一样自顾自地流淌，无视他的意愿。他感到有比他更大的实体在担当。党和政府成为指引他存在意义的明星。他屈服于超越了他的事物。

　　现在，他在被毁坏、填平的水井旁环顾着村子外围。（再没有什么像被填平的水井这般凄惨、荒凉了。）大尉已经来过这里一次。（这一次他认为，井水之所以干涸，是因为已经没有人来打水了。）大尉去触摸水井的侧石时，它塌下来，这样他就向下面看了一眼，看到空空如也的井壁。（他听说，井水面一米以下的某个地方应该有个通道。到那里寻找"十九岁"和姑娘没什么意义，那里大概已经连只老鼠都没有了。）

　　天色慢慢暗下来。他们将不得不依赖狗了。桦树林开始变得灰白，起先是叶子，接着是树干、白色的外皮。渐渐地，白色树木消失在已经看不见的矿坑旁高岭土地上。只有一棵棵树尖冲着大尉摇摆，桦树林像女人一样准备过夜了。薄暮中的桦树林是美丽的，几乎有些神秘。它们像女人一般在自己身上遮掩着什么，展示着什么，只是含蓄地暗示着还有亮光时什么人已经看见的东西。它们会将自己的纤细、芳香、深沉和自己在黑暗中的秘密拱手奉上吗？大尉的口袋里有手枪,身后是配有驯犬员的狗。他已经全副武装了。他决定向驯犬员们下令,让他们走在前面。

在第一批房舍附近,狗开始拉紧绳索。驯犬员们必须使尽全力,才能把它们拽住。大尉又下达了一个指令:把狗的绳子放到最长,但别把它们松开。狗狂叫起来。它们搜索到踪迹了？从驯犬员们的神态中,大尉同三个大兵一样读出来,他们接近目标了。这不是大尉第一次努力做什么事,并且几乎要做成了,尽管实际上他并不想如此。(就像他三次被调任时,他在心里问:这就是我想就职的地方吗,更不用说我打算或应该死在这儿吗？)

驯犬员们停住,等着他给他们下达下一个指令。狗不情愿地蜷伏在驯犬员腿边,低声咆哮着,抽着鼻子,龇着牙,摇着尾巴。昏暗变浓了。风吹散了云块,月亮出来了。乡村发出了黄昏的声响,昏暗迅速变浓了。

"我们一起走——自己走,不带狗。"大尉说。他叫"牧师"、"麦基克"和"茨冈人"跟着他来。

大尉的两只手深深插在大衣口袋里。当他掏出左手时,手里握着信号枪。他把它移到右手里。带有厚厚的凸角,壶型把的手枪在昏暗之中看起来像是铝制的。大尉扬起鼻子向着苍穹。他瞄准北边第一颗出来的、最明亮的星,放了一枪。

"就让它亮着呗。""牧师"低声说。

"星星能射吗？""茨冈人"低声说。

"麦基克"琢磨,这是挑战？警告？我们三个没领会的什么事？他在心里感觉到,一切都在缩小。他的惯用语一下子对他来说不够用了。(生命是一种馈赠。而活着是种天赋,天赋是稀罕的东西。)

"茨冈人"琢磨,我的茨冈母亲想错了。我得到的总是比应得的多。他并不盼望看到"十九岁"和姑娘,不管出现的只有"十九岁"或只是姑娘。他们还是第一次从这里看到"山冈"。实际上,他们是在最近的无人居住的村子里。

从枪筒中飞出红色的信号弹。在高处,从中心迸开的离心的光迅速扩散,如同粉碎成一千片的灯泡在燃烧,将被毁坏的荒芜的村庄染成赭色。村子一带自身呈现出狂欢节的气氛,犹如被大火笼罩,爆发的火山口流泻着。然而除了光之外,没有什么受到影响。信号弹使这一地区暴露无遗。"麦基克"有种似真似幻的感觉。生命。虚无。存在的永恒循环。

对于"牧师"来说,这场景并不怎么激动人心,如同对大尉来说一样。光落在铺着光滑瓦片的破破烂烂的屋顶或被扯破的茅草屋顶上,落在被枪炮打坏的屋子上,它们被当成实弹练习射击的靶子,好多已经没有屋顶,院子没有篱笆,不存在任何完整的结构了。"茨冈人"忽然想到,要是被毁坏的村子烧起来会有多壮观。所有茅草盖的屋顶、椽子和墙全都付之一炬。火焰吞没了枪炮的巨响,最多能持续四十五秒钟。

大尉又开了一次枪。来自师部的命令折磨着他的睡眠:捉住人,否则就进行处置。进行处置是什么意思?他把这句话翻译成自己的语言:捉住人,否则就枪毙。他身体里有两个声音在说话。一个说,必须这么做。另一个说,不可以这么做。第一个说得中肯明白:这么做吧。而第二个:别这么做。他无法理解自己,或者他不愿意理解。余下就是对未言明为什么的回答了。即便没有回音,他也可以对此作出解答。因此。这个因此包含着,他以什么为生,像其他所有人一样靠什么过活。而他想赖以维生的生计漫不经心地在与他作对。

"我不明白。""牧师"说。

"无意识事件的编年史。""麦基克"随口说。

"夜里我的齿龈疼,""茨冈人"说,"我大概是着凉了。"

这不是"茨冈人"想说的话。狗在水井旁吠叫。它们号叫着,吼着。驯犬员们遵循着命令,紧紧地拉住它们。"茨冈人"有所感知,他的理智形成了词语,在空气中,除了潮湿之外还有些东西,而潮湿帮助他越过了一些事情,会给他带来麻烦的事情。空气里是死亡的味道。"茨冈人"的背上一阵发凉。

大尉缓慢地向亮了大约三十秒的房子前进。

"十九岁"看着来者,他被第三颗信号弹发出的光照得发红。他困难地呼吸着,仿佛是从"山冈"那边跑到这里。他从一边靠到房舍的墙上。姑娘紧贴着站在"十九岁"身后。农场的"维纳斯"。她头发蓬乱,可以看得出没有睡过觉。她的皮肤油得发亮,像没时间或没地方洗澡的人们一样。

"十九岁"径直地看着大尉的眼睛。大尉看见了笼中猫的眼睛,猛禽的眼睛。姑娘也直视着大尉的眼睛,他不(或者这一刻他想)明白,她打算用自己的目光说些什么。他似曾相识地想到了妻子的性格。

谁也没有说一个字。大尉左手握着信号枪,右手揣在口袋里。保险栓的咔嚓声响起来,所有人都心知肚明。

农舍让人想起很久之前死尸无牙的嘴。这儿没有任何还可以让人拿走或利用的东西。一切都破败不堪,只消一倚,墙就会塌掉。不结实的横梁和墙壁恐怕只要跺上一脚就会粉碎。结实坚固的德式框架,一度很可靠,可以支撑一个世纪,托着有缺口的屋顶。在摇摇欲坠的烟囱底部,是砌炉灶黏土余料的细屑。

地面一半是土,木质地板腐烂了,一块块横梁塌陷到地下室。一切听起来都很空洞,包括呼吸、脚步、声音、回声。为什么"十九岁"和姑娘选择这处废墟?他们知道他们跟来吗?

大尉同"牧师"、"茨冈人"和"麦基克"一样,在姑娘身上感觉到一种莽撞的信任。这与他们在寝室里在她身上感受到的差不多,是一种动物的、女性的、微妙或精明的感觉,比她在兵营里所没有的,或是没显露出来的更甚。她从受到搅扰的梦中醒来。他们的处境犹如死巷子。而她就像一个知道自己在寻找什么的人,也不管自己身在何处,谁能伸出援手,让她置身事外。她眼睛里失去了好奇和兴奋的神色,取而代之的是觉悟,此时此地再进行什么试验是没有意义的。她短暂迅速地吸口气。她的手抖着,她在害怕。

大尉默然无声。"十九岁"第一个打破沉默,"我没有那么不堪一击,要是您认为……"

大尉看向他空空如也的手。所有人都知道,他没有什么可拿来自卫的,他的右手腕不由自主地垂着。

大尉又发出一颗信号弹。光芒四溅开来,加重了阴影。大尉瞧见自己的影子,它碰触到"十九岁"的一条腿,暗影一直遮到姑娘的腰际。影子落到这里,光和影都没有重量。"茨冈人"感觉到紧绷的气氛,他决定打断他们,"跨过活着的狗是婚礼,倒着跨过狗的尸体是离婚。"

姑娘用手掌顺了顺头发,它让人想到湿漉漉或油汪汪的金黄色黑麦地,人们在收成之前就离开的成熟还未收割的田地。它也让大尉想起冲走了肥沃泥土的河水那黯淡的水面。一切在他心里忽然变得死气沉沉,没有了回响。捉住人,否则就枪毙。这就像第一共和国时期他和父亲一起看过的一个电影的名字:

《你们要抓活的》。它含带着对自身的对照,这也让大尉打了个寒战。

姑娘站在墙边,向四处看还有没有地方可以后退。大尉估量着,这两个人是有目的地还是不经意地靠在墙上,他们应该弄明白,"十九岁"说的没有那么不堪一击是什么意思。这句话拿住了大尉。

问题并不在于谁站在入口,而谁没有。房舍很早以前就已经没有门窗了,它向夜色敞开着。

"我们在这儿。"大尉终于说道。

"十九岁"眯起眼睛。姑娘向左边侧过一步,离"十九岁"远一些。大尉忽然想起"十九岁"讲的故事,掉光牙齿的日本渔民搬去山里,置饥饿和狼群于不顾,因为他们对于任何人已经没什么用处了。

"我们为你们而来。"大尉说。

"十九岁"看向"牧师"、"麦基克"、"茨冈人"的脸。他几乎可以肯定,他在他们身上并没有看到敌意,可他不明白,为什么他们跟大尉一起出现在这儿。他不必绞尽脑汁就知道外面水井旁的狗是怎么回事。在听到六个男人的脚步声之前,他先听到了它们。(那时姑娘对他说,要是他们有马就不一样了。)

"牧师"注意着大尉的手。大尉在口袋里握着手枪,手指放在扳机上。他只要抽出手。他没有这么做。(在这一秒钟,大尉再一次思考着生与死,思考着无法挽回的定局,手枪和革命可以在瞬间造成这种定局。)他按紧手枪,手掌把它焐热了。有什么声音在对他说,如果这件事要发生,它会来得很快。一个人掏出手枪扣动扳机能有多快?他的目光滑过"十九岁"的头、胸膛和腹部。或者只是脚?(可能的靶子。他回想起从老兵们那里听来的话,腹部的伤最致命,但同时也会痛得如同延长行刑一般。只有最冷酷无情的罪犯才应得到这种惩罚。如果要死亡一蹴而就的话,那目标应该是额头或心脏。只消一瞬,复杂的情况就会阻止"十九岁"的死亡。逃兵抵抗的可能性威胁着他。)他预感到"十九岁"所做的事与日本渔民的传说之间的联系,而这与死了比活着更好的愿望有怎样的关联,人自身是如何并因为什么而失去了价值。他听过几次西班牙人多洛雷斯·伊巴都里的故事,他为革命的荣誉讲了一句不朽名言:宁可站着死,决不跪着生。这已经很遥远了。大尉觉得,似乎自己离自己很远,此时又多余地出现,并被绑在此地。

他想起上等兵说的关于姑娘的话。她简直无法呼吸,全身抖着。她在"十九岁"的眼中看到宁可不活也不愿失去她和失去自我的意愿。姑娘对"十九岁"的依恋在恐惧中改变了吗?沮丧之中的惊恐,恐慌之中的沮丧,而恐慌在这些交织的情绪里又产生出更大的恐惧吗?恐惧在她心里占据了一切吗?她流露出泄气的情绪。大尉想象着她除去衣服,不穿着泥污衣服的样子。

他可以想象,姑娘有多么吸引"十九岁",对于大兵来说,丰满柔软的十八岁的身体是什么。她光滑湿润的私处,是每一个大兵和男人做梦的对象,能够刺激无畏的欲望,继续活下去的能力,只有得到它,触摸它,才能够圆满。他想象得出许多事,这些都是他的麻烦。"裸露症患者"这个词浮现在他的脑海里。某个人在没人预料的情况下露出自己的身体,这种冲动实在可笑。

他知道,"十九岁"同姑娘一样没有武器,除非他们有刀子。他把"十九岁"脸上的抓痕和狗的死拼凑到一起。

他的眼神和"十九岁"交会了。

"我们必须回去。越早越好。"他说。

"您想要我怎么样?"姑娘问。

"暂时——从您那里——什么也不要。"大尉回答。

他在心里说:捉住人并枪毙。捉住人并枪毙。这句话敲在他的额头上。或者再一次失手。"失手"这个词的回声也在睡眠里敲击着他:失手……失手……失手……他回到第一句话:捉住人或者枪毙。他已经完成了一部分任务——第一步:追上、找到他们。"十九岁"的眼睛里是苗圃、捕捉动物的铁夹子和即将结束的夜。他们已经不是叫喳喳,在春天为母鸡打架的雄松鸡了。

"他们想要我怎么样?"姑娘问"十九岁"和大兵们。

"就是,跟大尉说的一样。""麦基克"证实说。

"我愿意相信。"

"我们为你们而来。"大尉对"十九岁"重复一遍。

潜意识直觉,是比理智人们更喜欢依赖的一种直觉,而这样的直觉往往比理智还要可靠,大尉还没有被它所搅乱。谁都没有移动。"我们走吧?"大尉问,"友好地?"他补充说,"要么友好,要么不客气。"

大尉无意中说出的话让他自己也很吃惊。这是跟他按照各种不同的剧本准备好的不一样的词汇。(他是按照何时、如何以及在哪儿他们追上"十九岁"来准备的。)

"该死的,"姑娘说,"您想要他怎么样?毕竟他什么也没做。他在这里。"

她的目光滑向大尉放在口袋里的手。

现在所有人都知道是怎么回事了。姑娘必须跟"十九岁"挨在一起,因为她从一侧对他小声说:"你以为我有幻觉吗?我对你说过,他们会来找你的。你自己看看,现在再做什么已经没什么意义了。行不通的。不会行得通的。"

"十九岁"在姑娘的大实话里听出了害怕,害怕之中有冷漠,冷漠里是背叛。他们之间发生了其他人都察觉得到的事。他应该相信他所听到的话吗?

"十九岁"颧骨附近的肌肉一阵抽搐。他脑袋上跟早晨一样戴着棉帽。有什么令他的脸庞抽动。他没从大尉身上挪开眼睛,他用眼神向姑娘发送着信号,却没得到回应。

现在,他用含义明显的目光扫过屋架和墙壁。他倚向最不结实的一面墙。大尉已经知道,而"麦基克"、"牧师"和"茨冈人"也刚好明白,只要"十九岁"一倚到墙上,屋架和横梁,还有房顶和石头烟囱的残骸,一切都会倒塌的。即使在姑娘大睁着的眼睛里也流露出领会的意思。这会把他们统统埋住,一切会要了他们的命。他们知道参孙的传说①,它也跑到了大尉脑子里。

"别,"她深深吸口气,然后说,"你们大概全都疯了吧?"

外头,驯犬员们在安抚着狗。

"您想干什么?"姑娘问大尉,"您不会什么都没看见吧?"

她的神色惊呼出一个问题:你们瞎了吗?她在用眼睛发出警报。他们听到她的呼吸和"十九岁"的喘息。他肯定是发烧了。他很长时间都没睡过觉。他在心中所了结的,不仅仅是对于自由的梦想,对农场姑娘短暂的爱情,还有更短暂的共同冒险经历。大尉看到姑娘跪下,一只膝盖屈向"十九岁",开始为他系鞋带。(她又收起膝盖,胳膊肘呈三角形,看上去是轻巧的下跪,实际上紧绷得像是滴答作响的炸弹,既伸展又封闭,胸部和腰弓

---

① 据《旧约》的《士师记》记载,参孙因头发被剪,力量全失,但念念不忘复仇。腓力士人在向他们的神祇大衮献大祭时,欲再次羞辱参孙。此时的参孙已向上帝悔改,头发渐渐长出来。他推倒庙宇,与敌人同归于尽。

成拱形,头垂着,一切都像是一条流入另一条的蛇般蜿蜒的水流。她的整个身体犹如河流。)她的脸被汗水弄脏了。姑娘是想把离开的想法暗示给他,同时消除他的念头——他已经不应该或不能对她有所指望吗?移动,离开墙走掉会更好吗?或者她跟他走,哪怕只走一小段,以免他被枪毙?

大尉对这些想法恐怕是一个都信不过。"牧师"认为,这里的一切已经发生过一次了。柱子、横梁、女人,宁愿埋葬一切也不肯再一次被欺骗的男人。

"麦基克"吹了声口哨,表示他不相信事情会发展到最糟糕的地步。"茨冈人"不经意地往后退着,几乎悄无声息,无论如何他要站在屋顶最大的洞底下,穿过这洞最少能看到三颗星星。如果他是大尉,就会放过所有的星星,让它们该在哪儿就在哪儿。任何时候都不该朝星星开枪。即使父亲没有给他忠告他也不会尝试偷偷这么做。

"麦基克"在"十九岁"的眼中看到遗失的爱情和猛禽的犹疑不决。他想到家里的雀鹰和苍鹰。苍鹰和桦树林,泥浆和"山冈",白色的小圆丘、牧场和高岭土矿,这就是此地可以提供给他的一切。他不愿成为即将结束的事件的见证人。

姑娘没有从"十九岁"的眼中消失。看得出来,他不能放弃姑娘,甚至连这么做的念头都没有。他的目光游移着。对他来说,与姑娘分开是不可能的,就如同不可能在影子中消除光的存在。"十九岁"不愿承认,幸运将遗弃他和跟他在一起的农场姑娘,好比一个人的心在疏忽之下成为微微开启的门,或者是上了锁的门,而他弄丢了钥匙。

他还不承认姑娘实际上已离开了他,即便她还坐在他的鞋边,脚跟着地,缩着膝盖。而大尉忽然想,为什么这不是游戏呢?

纵然他只是想吓唬吓唬"十九岁",掏出手枪,把"十九岁"压在墙上。毕竟他有足够的时间毁了这间房子,即使他已经不想这么干了。他可以用自己的重量毁掉这间房子,哪怕是死人的重量。综其一切,"十九岁"最后还是变成了大尉的敌人,他不单要毁掉大尉的良好声誉和生计,还有他的生活。大尉感到从未有过的生命的无力和死亡的力量。每一个人最终还是走上那条线,只有杀戮才能解决问题,或者杀戮在所难免。如同澳大利亚本土居民不需要地图就能到达他们之前还没去过的地方一样,大尉不需要言语。

背冲着墙,"十九岁"只能做成两件事,其中一件比较实际:向前走。情势对于大尉来说一目了然。他需要几秒钟来决定要做什么,尽管"十九岁"的第二个可能性——后退一步——更大。他愿意在"十九岁"身上看到一个失去力量,失望、挫败、温驯的男人形象。"十九岁"如此驯服,即使自己的敌手不说话,大尉也能读出他的意图。这一切都太过真实,比任何幻觉都更有意味。他觉察到"十九岁"的愿望,他在这之间作着抉择,他想要死。

"简短点讲,"大尉说,"如果我们在归营号和晚点名之前回到兵营,可能将这次视为离开管区,大概还不是开小差。至少我认为,不是。"(您知道,我们在什么样的部门工作。原子能机构,最重要的建筑。他没有说出来。)同时他跟随着自己的另一波思绪:如果我要这么做,就必须立即做,越快越好。(就像我还跟外婆阿玛丽叶在一起的时候,有一次,我不得不踏入大黄蜂的领地。外婆相信,三只大黄蜂就可以把人蜇死。为什么死亡总离得这么近?)

"我们是跟大尉一起来的,你不必害怕。""麦基克"说。

"是战争。"大尉几乎不经意地说,可能自己说给自己听吧。

"牧师"打着寒战。对于大尉来说,枪毙"十九岁"易如反掌吗？所以他应该劝说士兵回到笼子里去？生命不是比牢笼、不自由、惩罚营更为重要,比个人权利的受限、谎言中的生活更为重要吗？"牧师"知道自己所赞同的是什么观点。大尉是否承认,在每个时代,对每个人而言,除了成文的法律之外还有不成文的法律？

"要是我们就这么走了呢？""麦基克"说。

"十九岁"微微倚着墙,虚弱蚕食着他。墙屑落在"十九岁"腿旁姑娘的头上。姑娘开始尖叫。她站起身,离开他一小块距离。

"我在这儿散步来着,"她对大尉说,"我在享受闲暇时光,寻找新地方。我擅长骑马。我可能会在赛马的马厩工作呢。反正我也不愿意在这里待着。"

然后,她小声对"十九岁"说:"你自己没看见吗？你只能承受一次不幸、一件麻烦。"她接着说,"我不愿这件事对我们俩来说意义不同。这会夺走你的一切,虽然本来就已经一无所有。"她又说,"事情不落到自己头上是不会着急的。"这是指责还是仅仅把什么他们没听见的话讲完？他们必须接着姑娘现在的话往下说点什么。

"十九岁"像石头似的站着。

"别走。"他对姑娘说。

这是他说出的第一个词。"牧师"知道这句话有多么软化。"十九岁"用目光乞求姑娘。他拒绝用同样的目光去看大尉。大尉眼睛里是一连串问号。他看着姑娘,有那么一瞬间,他想到自己的妻子。直到这一刻,看起来似乎"十九岁"不会讲话,因为他的嘴唇发炎,眼睛也因伤、疲惫和狗的抓痕淤青着。他的眼睑难看地肿着,吊着下巴,太阳穴处的小窝凹陷。他的胡子往前支棱,而不是垂着。他的眼睛像两条狭缝一样眨巴着,面孔也小了,轮廓变得生硬起来。大尉看见他的鼻子削尖似的挺着。他胡子拉碴,面容憔悴。或许他想对姑娘说,他们可以逃到夜色之中,在哪里偷一辆汽车开走。到山里去。到森林里去。至少到河边去。去边境。到一个没有人认识他们的地方。在信号弹的光焰中,可以看见驯犬员们端着准备开火的冲锋枪,斜向下冲着地,一只手牵着狗的皮带。

"十九岁"试图用没受伤的手抓住姑娘,他想抓住她的衣领,但他的手指和拳头里只握住了她的头发。她挣脱了他。

"别假装是参孙,"她对他说,"别为了我。我要等一等。毕竟我们不会去哪里抢劫别墅的。"不晓得她为什么这么说。这话听起来很生硬。大概是现在姑娘试图让所有人吃上一惊吧。或许现在她自身并没有什么力量,她只能够相信小伙子们在她身上看到的,令其他人激动的东西吧。比起夜里与大兵们和"十九岁"在一起时的赤裸,此时的她是另一种赤裸。只有如此才可以改变事实,让人信服。或许这是唯一一件给予她力量的事。她把所有的注意力吸引到自己身上,包括"十九岁"。他的力气耗尽了吗?

她在竭力与"十九岁"分开吗?以此阻止大尉开枪?死亡犹如光明和黑暗一般交替地悬在他们上方,依然很强大。

之后,她又说,"我不想缠住你不放,也不愿你缠住我不放"。最后,她说,"你像只猫"。她觉得自己也是如此。她看起来像个较为脆弱的女孩。除了身为男孩,她还能允许自己有更大的愿望吗?对她来说不是只身一人,没有小伙子陪伴忽然要好多了?人在什么情况下、什么时候一个人要比跟其他人在一起好呢?

为什么这里面要掺进爱情？她的生命又一次掌握在自己手中吗？还没有。

大尉注视着"十九岁"的眼睛、他的头和肩膀。"十九岁"发着抖。姑娘无意识地尖叫着。

"最后一次，第三次，"大尉说，"我想谈判。"

紧张的气氛累积到顶点。昏暗浓厚得很，都可以用刀切开来。大尉手中的毛瑟枪在口袋里移动了。他没必要掏出握着枪的手，这是徒劳地浪费时间。如果"十九岁"倒下，他也会往前倒的。

"朋友。""茨冈人"说。

大尉的扳机扣动了一半。这是千钧一发的关头。随后——也许——问题和答案会接踵而来，然后只有回声，最终一无所有。他的额头一阵眩晕。他知道，他要在几秒钟内作出决定。他不得不做必须做的事。他决定了。那句不容更改的命令闪过他的脑际，军令如山呵。但真是如此吗？命令当真不容更改吗？

他把手从口袋里掏出来，把信号枪塞回去。他用手在胸前画着十字。

紧张的气氛消退了。"茨冈人"也一样无意识地在胸前画十字。"麦基克"和"牧师"把手插进口袋里。

"你别哭，"这时姑娘说，"小伙子这么着可不像姑娘那么招人喜欢。"她的声音听起来有一丝宽慰。

大尉知道，他可以这么做。他可以做任何事。他有自己的指令，他依靠指示和命令行事。有什么其他的事情迫使他没有这么做，但他不知道确切是什么事。不容更改的想法回到他的脑中。如果革命的梦想能为他解决明天会怎样、五十年后会怎样的问题，他会身先士卒的。（如果人是一座岛，可能会更好。

可惜并非如此。)他感受到事物的变幻莫测和它的原因。等其他时候他会再考虑这个问题,明天、明年、任何时候,在自己妻子身边。

他在昏暗中瞥了一眼房舍、横梁、地板,在白天一定可以一直看到地下室。

大尉感觉他体内有什么被肢解了,尽管没有什么人或什么东西动他一根汗毛。毕竟他没做错任何事。这是什么,有什么在向他吸取生命的活力吗?是什么削弱了生活的乐趣,用事务摘走了意义?扭曲的镜子,映射着他的世界。他们所有人都同样处于这个残毁的世界中吗?失败者与胜利者?同"麦基克"起初感受到的一样,大尉感觉到一切都在缩小,扭曲着他们。这是怎么了?他们呼吸着的空气,消逝的白天和黑夜错过了他们,也被他们错过,而他们都没有去琢磨其中的意义吗?我像残疾人一样生活在残障的世界里吗?这是始于何处?会在何地、何时如何结束?他没有一处像"十九岁"那样的淤伤,但他的伤却不是外表的抓伤或擦伤。他忽然觉得,这总会变为他自身的混战,最大的争执或战斗是他同自己一道经受的。我对抗我。一个我对抗另一个我。他只有振作精神,或者继续被扭曲。

"我们走吧?"大尉问。他没有等待"十九岁"表示同意。他在空气中感觉得到他。

姑娘在他们旁边走了一会儿,她觉得,既然"十九岁"输了,她在这儿也没什么可做了。如果她把这种结局视为某种胜利,会很可笑。不过,她活着。她在一闪念间想到自己的父亲、母亲,想到自己的哥哥。昨天晚上,当她来到兵营时,她内心所想没有得到任何承诺。她叹口气。她最应该做的事情,就是用自己的证词让"十九岁"免受处分。这就是全部了,以免别人念叨她忘恩负义或不知感激。她觉得身体里仿佛有什么烧焦了,抑或变凉了。她似乎恍然大悟,一切重担都卸去了,同时她也轻松多了。

姑娘已经跑起来。她越过大尉,穿过"茨冈人"和"牧师"之间,顺着牵狗大兵们的方向跑。她弓着身子,提起裙子。大尉又射出一枚信号弹,以便他们看得见路。信号弹照亮了"山冈"。"十九岁"念念不忘姑娘的眼睛。他张开干裂发炎的嘴唇,汗水在伤口的结痂间淌下来。他像哑巴似的沉默着。他不再去想象,狗会在大尉之前找到姑娘。他心中浮现出很久以前的想象,他看到林间道上的死鸽子,撕扯它的心的不是猎鹰,而是猫。(生活在林间最野蛮的生灵是猫。)

信号弹熄灭了。他们只得在黑暗中行走。狗认识路,驯犬员们走在前面。对于"十九岁"来说,在黑暗中要舒服多了。他的眼睛不再肿胀。他一阵一阵地喘着气。他感觉心情沮丧得比夜还要阴郁,比石头还要沉重,比白色的泥浆还要黏滞。他的手垂着,与他的步子节奏不同地晃荡着,每一个动作肯定都令他很痛。

苍穹暗下来。天空中亮起新星。天空像是遥远葡萄园中的葡萄。他们感受到从河边和林间吹来的风。这个地区一片荒芜。除了大兵们、边界防护设施、军事建筑、尚未取消而依然存在的战争或战争精神以外,这里什么也没有。

姑娘朝着"山冈"的方向跑去,尽管农场在相反方向。她不愿意去农场。没有人在为她守候。(她在睡梦中听到谜一般的回音,那个烧掉的屋子是不是从来就不存在?她听到的回音在说,那些隐而不现、所谓的感情或爱情也许会抹去一切,填满着火的屋子。有些东西已经不在了,看起来却像是从来就不存在。)她决定爬上"山冈",去看一看陪同"十九岁"回兵营的押送队,但他们不会看到她。她身上已经没有斗篷和雨帽了,她不需要它们。她感到腿很累,她宁愿相信这是夜里她在军队寝室里跳舞跳的。这是她允许自己做过的最美妙的事儿,这既震慑了自己,也震慑了他们。她以此报复了所有认为她是个随随便便的女人的人,向自己的命运复了仇。她在其中找到了力量,就像在父亲和母亲死后,还有他们把哥哥带到精神病院时,她在艰难境况下努力证明自己的身份。她又有了属于自己的头脑和灵魂,而不是只有活力、皮囊和血液。

"自由万岁。""麦基克"小声说。

"山冈"比她所想的要陡峭得多。她感到血液在她的血管中奔涌,感到昨天的大雨仿佛还濡湿着她的头发,感到她心脏急速地震颤和跳动。她没有停下来,双腿越来越沉。我的腿像灌了铅,她想。她的嘴角发干。她越往上攀爬,呼吸越发匀称起来。"山冈",我为什么要爬到这儿来?她问。她是想摆脱那些对"十九岁"的念头,还是要抓住它们不放?她想象着要怎样爬到另一面,踩着泥泞,穿行在石头之间。她找不到力量像克服腿上的疼痛那样去抑制住悲伤。她忽然想,她要在夜里爬上"山冈",像在大兵们寝室里跳舞喝酒时一样,裸一会儿身子,顺应一切,就像之前她从农场骑马出来,那次她回来时,虽然惹得几个老头子说她厚颜无耻,骑马外出毕竟令她心满意足。

每一个人都拥有自己的世界。她爬得越高,"山冈"似乎便越为险峻,越为普通。她有一种与大兵们跳舞和在"十九岁"铺位上的感觉,她整个身体忽然只感觉到让人们吃惊的东西。这是她的活力,她的心。

她的鞋子沾上了泥浆。石头在她身后翻滚下去。她总算到了上面。她倚在巨石上。过了一会儿,她感觉听到狗叫声和黑暗中的脚步声。她并没有早到这里一会儿。狗狂叫起来,然而驯犬员们紧紧地拉住它们。她很害怕。她觉得,她是受自己的性格支配的,尽管没人看出这一点。她几乎对一切都感到害怕,她自己、其他境况和气味。她怕得如同……

她还没有看见他们,大兵们就走过去。多亏了狗,她才听出他们的动静。她已经只想爬下去,什么都不去想,即便她知道没有什么地方可去。等到了下边,在山坡的另一面,她忽然感觉到,从星期六晚上到星期天夜里有什么起了变化。(一直被烧到剩下基座的房子。)有什么遗失了。

如果她下一次来,不管会跟他发生什么事,"十九岁"大概已经不会对她多么感兴趣了。大概跟大尉也会如此,假使她什么时候碰到他,或者假使她跟他发生相似的或不同的冒险。

是什么改变了她?"山冈"? 大雨? 夜? 狗的吠叫? "十九岁"? 他会发生什么事? 她会发生什么事? 如果"十九岁"看见她,一看到她的背影应该就会跑得比母鸡还快吧。农场的"维纳斯"。大概她的面孔已经不让他那么喜欢了。她把下巴颏贴向胸口。她又感到一种由来已久的空虚。"山冈"在她身后,星星在她头顶。过了一会儿,她听到养猪场传来猪的吱吱叫,听到把时间搞混的公鸡在叫。(它啼叫着,并不为区分白天和黑夜,而是为了俘获尽可能多的母鸡。而母鸡幸运地朝它走来。)现在,她全身都很疲惫,起初她只是腿部感觉到这种疲惫。她每走一步,就失去一些先前她借以支撑自己的东西。

大尉已经没有信号弹了。他们就这样摸黑走着,姑娘朝一个方向,大兵们的押送队朝另一个方向。

"朋友啊。""茨冈人"沿路反复说着。

他们还没到兵营之前,"牧师"说:"人为了不再活着,不一定非得死。"

大尉寻思着,到目前为止,事情结果得还不错。长久以来,一切就这么持续着,迫使人们习惯并学会如何生活。是的,我可以是凶手。这没有多难。只是这件事并不取决于我,尽管——最终——还是落到我身上。他很惭愧,要驳倒这种说辞是如此容易。

现在天完全黑下来了。狗差不多是在拖着他们。他们总算到了兵营。

在大门口,大兵们看到大尉挽着没戴手铐的"十九岁"的胳膊走在他旁边,"牧师"在另一边撑着他。"茨冈人"和"麦基克"走在他们后面。

"你们没有什么话要跟我说吗?"大尉问。

或许他根本就不想让"十九岁"说什么。他不愿意第一个盘问他。他听到心里有个声音,但他宁可不去听。如果是大尉来审问的话,许多事的答案会像他妻子以其他理由拒绝的那些事一样乏味吧。

"就像我维也纳的妈妈说的,""麦基克"附和着,"头回受益,二回遭殃。跟人打交道也是一样。塞翁失马,焉知非福。"这也可以指大屠杀,人们对于它的认识更糟糕。所有人都知道,这件事还浮动在空气中,他们还没有将它抛诸脑后。

"茨冈人"忽然想到,他没有牙齿,因为无论怎样他还没有装上人造假牙,但大尉也是"无齿"的,他甚至都不想去跟什么抗争,尽管他所有的牙都还在呢。

清晨,天儿乎还黑着,辅助技术营算上大尉二十九个人就去上工了。这是星期一,工作日的开始。他们应该把昨天下午的工作给补上。他们一个个彼此都很相像,也跟每一样其他什么东西相差无几。(后来,在农场和小酒馆里开始有人说,某个人被补判了刑,他们把姑娘当做证人召了去,她试图镇住他们,仅仅用言语和她所说的关于自己的事情。还有,他们枪毙了一个开小差的大兵。根据其他流散开来的传言,他们处决了什么人,因为他偷了军事望远镜、母鸡还是毛巾什么的。谁也没法证实或驳倒这一说法。这中间还发生了许多其他的事儿。)

　　风吹拂着,好天气已经维持了两天。不一会儿,营队的大兵们就满身尘土了,因为泥浆干得很快。风让桦树叶子发出簌簌声,把那些还没被砍倒的桦树向远处拉扯。它们是白色的,树皮脱落了一半,有些在树根处被蔓生的苔藓弄得发霉,沿着树干,越往高处便越健壮。它们形成了河的边缘。它们看起来是无可指责、柔韧葱翠的。余下的荒地被废弃的高岭土矿、白色沙堆、淹没的水洼和矿坑所填满。大兵们坚毅地齐步走过,脏兮兮的,衣服上打着补丁,戴着黑色肩章,像往常多数时候一样没系腰带。

一曲梦幻和激情交织而成的人性之歌

浓缩,紧张,火热,暧昧,情色,激情,大胆,神秘,忧伤,忧伤中,又有一种赤裸的美和扣人心弦的诗意……读完《白桦林》后,我有点失语了,竟不知道如何形容捷克小说家卢斯蒂格的这部长篇小说。我只知道,这是部好看的小说。它能牢牢抓住你的目光和呼吸。它能让你一口气读完。而好看的小说往往都是超越形容的。

《白桦林》格局并不大。故事似乎也简单。时间在二战后,在新旧制度更换之际。地点在捷克某个荒芜地带中的兵营,紧挨着一个农场,面前有一个"山冈"。由于可望而不可即,"山冈"成了某种象征,充满了秘密,让人向往。此外,它还像界线,这边和那边,全然是两个世界。人物是捷克某部某辅助技术营的二十八个大兵,再加上他们的指挥官大尉和农场姑娘。故事主要发生在夜间。因而,一切都是隐隐约约的。一切都是模模糊糊的。小说中的这些人物几乎都没有名字,只有绰号,或身份。"麦基克"、"猴猴"、"检察官"、"牧师"、"茨冈人"、"文身"、"索姆拉克"、"伽利略"、"荷兰人"、"犹大"、"十九岁"、大尉、姑娘等。他们仿佛都被剥夺了名字,被剥夺了最基本的权利,成了某种符号和牺牲品。

辅助技术营带有强制劳动改造的性质。这是特殊时代的特殊产物。二十八个大兵因各种各样所谓的"问题"被集合到了一起。在那个特殊年代,他们都是些"政治上不可靠的人"。他们每天都要从事繁重的劳动。他们个个身强体壮,但在监视下,在藩篱中,却无法过上正常的生活,只好斗殴,斗嘴,偷偷地喝酒,偷偷地唱歌,偷偷地说笑,偷偷地寻找各种方式宣泄,或发泄。这时,一位十七岁的姑娘出现在了他们面前,而且她又是位异常奔放、大胆、有裸露癖的姑娘。她有着"汹涌的乳房",会用"嘴唇和整个身体、双腿、手臂、胸脯笑"。关于她,有着种种传言。"一次午夜过后,人们看见她赤身裸体地骑着马,在薄雾迷蒙的黎明时分才回到农场,很可能是迷路了。薄雾缠绕着她和那匹马,她时近时远,如同雾一般游动。"这样的传言让姑娘像谜,更像诱惑,挡不住的诱惑。当姑娘和这些大兵相遇时,一如干柴遇到了烈火。一场狂欢和爆发在所难免。而狂欢和爆发就有可能导致极端情感和极端后果。这种极端情感混杂着喜欢、责任、冲动、反叛、男子汉气概和隐秘的道德感等因素,是一种极为复杂的情感,而不单纯是爱。最终,"十九岁"就陷入了这种极端情感和极端后果。他要带着这个姑娘逃离。而逃离,在那个特殊时代和特殊环境中,意味着不堪设想的代价。

正因如此,这个故事看似简单,实则极端。而极端故事自然就会生出许多的由头和看头,有着种种的复杂性,涉及社会、政治、心理等诸多的问题,围绕着人性这一大的主题。这是小说家卢斯蒂格的策略。这也让他获得了不少挖掘和呈现人性的路径。其中,性,或身体意识,便是条有效的路径。极端故事,极端故事中的性,或身体意识,犹如一道强光,最能照亮人性和反映人性。倘若仅仅停留于性,或身体意识,那卢斯蒂格顶多只算是个通俗作家。可他将性,或身体意识,提升到了诗意的高度、灵魂的高度,提升到了人类尊严和自我认知的高度。这是《白桦林》的可贵品质和价值所在。

捷克文学有鲜明的混合和交融的特征,自上世纪初以来,出现了两种基本传统。一种是哈谢克确立的幽默、讽刺的传统。另一种是卡夫卡创造的变形、隐喻的传统。这两种传统深刻影响了一大批捷克作家。昆德拉、赫拉巴尔、克里玛、赛弗尔特、霍朗等都是在这样的影响下成长起来的。卢斯蒂格自然也是。更为重要的是,他们在影响和交融中,一个个都找到了自己的声音。昆德拉冷峻,机智,注重融合各种文体和手法,作品充满怀疑精神和形而上意味。赫拉巴尔温和,亲切,关注生活,关注小人物,语言和细节都极富韵味和诗意。克里玛平静,从容,善于从日常中发现诗意和意义,作品表面上不动声色,实际上充满了意味。赛弗尔特豁达,饱满,满怀爱意地捕捉着一个个瞬间。对于他,瞬间就是一切,就是"世界美如斯"。霍朗像个隐士,躲在语言筑起的窠中,为自己,也为读者创造一个个惊奇。

卢斯蒂格呢,与他的这些同胞既有相同之处,更有不同之处。相比于他的这些同胞,他显得更加朴实,专注,投入,他似乎不太讲究手法和技巧,只在一心一意地讲述故事,自己始终隐藏在作品背后,只让人物和情节说话。非凡的经历和内在的激情成为他写作的最大的动力。他还特别重视对话,是真正的对话艺术大师。小说创作中,要写好对话,实际上是件很难的事情。这不仅要有天生的艺术敏感,更要有深厚的生活积累。《白桦林》中,就有着大段大段的对话,支撑起小说情节,甚至推动着小说情节发展,同时又丰富着小说的外延和内涵。对话中,有人物心理,有个性,有思索,有锋芒,有智慧,有幽默,有捷克味道,有故事中的故事。我们不太清楚人物的外貌,但我们却能辨别出他们的声音。声音成为他们的主要身体特征。声音在回响,对话在进行。对话让整部小说变得生动,真实,充满了活力。可以说,对话,是这部小说的精华和闪光点。

几乎所有捷克作家都具有天生的诗意。因此,捷克作家在不同程度上,都具有诗人的气质。像赫拉巴尔,尽管不写诗,我却始终觉得,他就是诗人小说家。卢斯蒂格也不例外。读《白桦林》时,我们几乎处处都能感受到这种诗意。而这种诗意又营造出了忧伤和梦幻的气息。是绝望者的忧伤和梦幻。是性的忧伤和梦幻。是情感的忧伤和梦幻。也是生活的忧伤和梦幻。忧伤和梦幻中,激情在燃烧,尤其在第二章。那简直就是激情之章。在此,我们接触到了小说的另一重要主题,那就是激情。"激情可以煽动起行动,行动也可以煽动起激情。"不管怎样,不能没有激情,激情是人类存在的最大的理由。《白桦林》就是一曲由灵魂和激情唱出的人性之歌。

没有抗议,没有道德评判,没有简单的对与错、好与坏,只有静水流深般的叙述,只有自然而然的挖掘和触及,只有客观而又准确的呈现,只有渐渐加快的节奏,小说恰恰因此获得了无限的感染力和震撼力。农场姑娘、大尉、"十九岁"等几位主要人物也让人难以忘怀。他们都是真实的人,有血有肉的人。在此意义上,我们发觉,卢斯蒂格表面上不太讲究手法和技巧,实际上却精通小说的艺术。

当然,《白桦林》告诉我们的还不止这些。只要细细地读,只要用心地读,你肯定还能读出许多许多。

高 兴

2010 年 6 月 23 日于北京

（京）新登字083号

图书在版编目（CIP）数据

白桦林／〔捷克〕卢斯蒂格著；杜常婧译. 一北京：中国青年出版社，2010.11

ISBN 978-7-5006-9607-0

Ⅰ.①白… Ⅱ.①卢…②杜… Ⅲ.①长篇小说一捷克一现代 Ⅳ.①I524.45

中国版本图书馆CIP数据核字（2010）第201596号

北京市版权局著作权合同登记
图字：01—2010—6672

责任编辑	龙 冬
出版发行	中国青年出版社
社址	北京东四12条21号　邮政编码：100708
网址	www.cyp.com.cn
编辑部	010-57350401
门市部	010-57350370
印刷	保定市新华印刷厂
经销	新华书店
开本	880×1230　1/32
印张	8
插页	2
字数	180千字
版次	2010年12月北京第1版
印次	2010年12月河北第1次印刷
定价	20.00元

本图书如有印装质量问题,请凭购书发票与质检部联系调换　联系电话：(010)57350337